Denis Podalydès, né en 1963 à Versailles, est acteur, metteur en scène et scénariste. Il est sociétaire de la Comédie-Française.

Voix off
prix Femina essai
Mercure de France, 2008
et « Folio », n° 5027

La Peur, matamore
Seuil /Archimbaud, 2010

Étranges animaux
Simil et singulis
(photographies de Raphaël Gaillarde)
Actes Sud, 2010

Fuir Pénélope
Mercure de France, 2014

Denis Podalydès

SCÈNES
DE LA VIE D'ACTEUR

Seuil/Archimbaud

TEXTE INTÉGRAL

ISBN 978-2-7578-4552-3
(ISBN 978-2-02-062917-1, 1re publication)

© Seuil/Archimbaud, 2006

À Françoise

Préface

> *J'aimerais établir mon bureau dans une loge*
> *de théâtre, qui reproduirait la position de ma*
> *chambre dans la maison de mon enfance.*
>
> XAVIER BAZOT

Voici regroupées des chroniques écrites au fil du temps depuis maintenant une dizaine d'années. Si je les souhaite à peu près véritables, elles n'en sont pas moins romancées. L'anonymat n'est pas prétexte à me donner licence de *tout dire*. Peu importe qui parle et de qui je parle (les noms sont fictifs – à l'exception des morts –, les circonstances très souvent modifiées). J'ai toujours écrit ces textes dans le désir, non d'affirmer quoi que ce soit, mais de décrire, dépeindre, raconter une vie *ordinaire* de comédien *ordinaire*. Je ne donne aucune connotation péjorative à ce mot, que je ne prends pas dans le sens de *terne*, *moyen*, *médiocre*, mais dans celui de *coutumier*, *régulier*, *normal*. La banalité en question m'est précieuse. Un autre mot serait pour moi tentant, s'il n'était source de malentendu : le beau mot de *classique*. Plus exactement, sans porter le moindre jugement de valeur, sans jouer le désenchantement du comédien qui commence à en avoir beaucoup vu, je voudrais montrer l'ordinaire d'une vie que l'on a coutume de percevoir comme nécessairement et toujours extraordinaire. Et j'aimerais évidemment qu'on perçoive le caractère un peu, parfois, *extra-ordinaire* de cet ordinaire.

Écrits en marge d'une répétition, d'une représentation, d'un jour de tournage, ou pendant le jour de tournage, la représentation, la répétition mêmes, ces textes doivent beaucoup à la fatigue, à l'ennui, au désir d'échapper à l'attente. Pour me reposer de l'immense lassitude qui ne manque pas de survenir dans le travail, et dissiper la sourde mélancolie qui parfois l'accompagne, j'ai d'abord consigné des notes, esquissé quelques portraits, démarré une anecdote. C'était manière de reprendre goût au travail lorsque celui-ci me donnait l'impression d'être dans l'impasse. Ainsi, les répétitions laborieuses où plus rien ne va ni ne tient, j'en ai souvent conjuré le sort par quelques pages de ces carnets (toujours le même modèle), supports de consolation, d'apaisement, ou, s'il y avait lieu, d'épanchement pour la colère et pour l'amertume : soir de représentation manquée ; après-midi de répétition stérile et humiliante ; attente interminable d'une scène à tourner qui ne vient jamais, et dont l'insignifiance – quand il s'agit d'un petit rôle, ou d'un plan anodin – grandit à mesure que le temps s'étire. Quelques moments de bonheur, de fierté, de gloire (sensation et illusion) – des rêves – sont parfois la matière d'un passage. Je termine le livre sur une longue série de notes prises pendant, et après, un spectacle pour moi mémorable – de ceux qui font dire : « j'aurai au moins fait ça » –, où alternent néanmoins le plein et le vide, l'enthousiasme et la déception.

De toutes ces expériences et de ces anecdotes, j'aimerais que soient rendues autant la singularité que la régularité, autant la banalité que la nécessité, et

montrer que les temps forts du métier doivent beaucoup
– et surtout – aux temps faibles.

Les atmosphères et les rythmes – le style, nécessairement – sont disparates, altérés et modifiés au gré
des humeurs et de la fatigue, de sorte qu'ils ne trament
pas un tissu uniforme de pensée ou de conviction :
j'affirme un jour ce que je dénierai un autre jour. Je ne
songeais pas, en écrivant, aux multiples contradictions
que soulèverait la réunion de ces *scènes*. Et presque dix
années passent. Passent dans le désordre. J'ai mélangé
tout, ne respectant aucune chronologie. Ce qui a eu
lieu huit ans auparavant se retrouve parfois après ce
qui s'est passé hier. C'est une collection dont l'ordre,
s'il est concerté, n'a ni signification ni visée ultimes,
et ne trace aucun parcours. Il dit souvent moins la
métamorphose que la résurgence de l'identique, moins
la *création* que la *répétition*, malgré la diversité des
pièces, des films, des personnages et des personnes.

Il m'arrive d'évoquer indirectement ma propre vie :
essentiellement mon jeune frère disparu. J'aimerais
qu'on n'y entende ni l'expression d'une compul-
sion morbide ni l'aboutissement d'un travail psycho-
thérapeutique, encore moins le malin désir d'ajouter
une note tragique à mon ordinaire ; mais je suis entré
à la Comédie-Française deux mois avant sa disparition brutale, volontaire, et rien ne peut faire que je ne
lie ces deux événements. Quelque chose de lui hante
mon séjour dans ce théâtre, et toujours la Comédie-
Française contient, abrite – la pensée m'en a toujours
été salutaire – quelque chose de ce deuil, accompli en
grande partie dans ses murs. Et la Comédie-Française
est bienveillante pour les morts.

*

11

Si je n'ai jamais cherché à parler directement de la Maison où je travaille, passe mon temps, si ce n'est ma vie, et si mon attachement à elle va précisément sans dire, la Comédie-Française est presque toujours la toile de fond de ces *Scènes*. C'est à mes camarades du Français (essentiellement les acteurs) que je pense en écrivant cette préface, avec la plus grande appréhension : comment liront-ils ce livre ? Certains, bien sûr, s'y reconnaîtront. D'autres s'y croiront ou verront oubliés. D'autres encore s'y trouveront peut-être mal portraiturés. D'autres s'en moqueront. Tous auront leurs raisons. Je ne pourrais être indifférent ou insensible à aucune attitude. Ils sont les juges que je me choisis. Je ne souhaite ni m'attirer leur bienveillance particulière, ni entamer celle qu'ils m'accordent déjà. Je souhaite seulement ne pas changer à leurs yeux, demeurer dans les mêmes rapports, continuer notre travail comme si de rien n'était. Il serait bien vain de penser que mon livre ait tant d'importance qu'il puisse modifier nos communes habitudes, nos façons coutumières d'être ensemble.

Je me suis jusqu'à présent ingénié à retarder, à déjouer la publication de ces chroniques. Je comptais ne le faire qu'après avoir quitté la Comédie-Française, ce qui m'ouvrait un délai si vague – n'ayant aucune idée du jour où je quitterais notre théâtre – qu'il me permettait de toujours différer : tant que je n'aurais pas pris mon congé, je n'aurais pas à me justifier.

J'écrivais d'ailleurs sans songer au lecteur. Il m'importait même d'écrire dans le secret : ainsi préservais-je l'intimité de l'écriture pour soi, souvent nécessaire, en ce qui me concerne, à l'expression libre, détaillée et objective. Mais j'étais surtout tenu par une quasi-superstition : un acteur ne doit pas écrire – et surtout pas sur sa pratique. Cette superstition me venait de mes années d'études au Conservatoire, où j'éprouvais mon bagage intellectuel (pourtant relativement mince : une licence de philosophie), ma culture, mes idées, mes goûts, mon langage comme une source d'embarras, un obstacle délicat entre certains de mes camarades et moi-même ; il en résultait un étrange inconfort, même si j'essayais aussi d'en tirer profit. Je craignais confusément que le travail isolé de l'esprit, le savoir, la réflexion, et les pratiques voisines – dont l'écriture – n'assèchent, ne sclérosent, ne condamnent le jeu, le corps, l'éclosion et l'expression naturelle des passions, toutes choses viscérales que je savais chez moi encore très empêchées, dont j'attribuais les diverses inhibitions à ce qu'on m'avait désigné mystérieusement sous le nom grisâtre, pierreux, anguleux, douloureux de *cérébral*.

C'était vrai, c'était faux. Peu importe.

L'autre raison de ne pas publier tenait à ce qui pourrait être une autre superstition. Je voulais rester fidèle à l'idée qu'un *bon* acteur doit préserver sa discrétion, réserver ses jugements, éviter de se répandre en considérations générales et subjectives, aveux divers, anecdotes de coulisse. L'acteur doit offrir une surface lisse et vierge. Ses pensées personnelles ne nous regardent pas. Rien ne doit obstruer ce qui, en lui, nous amène à un autre que lui.

Et puis je me suis fait scrupule d'écrire et de publier sans être écrivain. Mon goût de la littérature, l'idée assez élevée que je me fais du style, devraient m'interdire de m'y risquer. On comprendra que je m'autorise néanmoins ce livre, en considérant que ce n'est pas en écrivain que j'écris, mais en comédien qui, dans l'angle mort de la coulisse où il patiente, lâchera bientôt son carnet pour rejoindre ses camarades et se remettre au travail.

L'ordinaire des représentations

L'ordinaire des représentations. Après la vingtième, la trentième. Entré dans ce cycle, je m'apaise et je ne souffre plus. Jouer se classe et se fond parmi les occupations quotidiennes. Le public devient informe, nombreux, une toile d'ombre tirée dans la salle. Il arrive, toussote, s'intéresse, s'émeut, s'amuse, rêvasse, décroche, bâille, s'endort, s'éveille, raccroche, voyant venir la fin de la pièce, applaudit, et s'en va, d'un seul mouvement presque harmonieux, nécessaire, identique. En coulisse, on distingue, on raffine : « Aujourd'hui ils sont un peu… », « J'ai vu deux vieux s'en aller… », « Ils marchent fort ce soir… », « Belle écoute, on dirait, étonnant pour un dimanche… », « Ils ont presque applaudi la sortie de X », etc. Petites observations machinales destinées à nous faire oublier que le public, chaque soir, c'est, à la lettre, du pareil au même.

Et si le spectacle fut accablé par la presse, il va poursuivre néanmoins sa vie banale, nous pousserons une à une sa cohorte de scènes, quittant le foyer, nos conversations fades et gaies, nos lectures, nos cigarettes, en entendant les mots qui signalent à notre corps sa prochaine entrée, nous avancerons au bord du plateau, marmonnant la petite réplique à venir, et emboîterons en scène : « *Natalia Petrovna, dites-moi...* », la voix ajustée, sonore, précise, nous reprendrons sans état d'âme notre place dans la convention qui s'égrène, puis ressortirons de même, en nous glissant à nous-même un petit compliment discret, une petite critique sans conséquence.

Je me sens faux, ailleurs, facile, terne, gras, endormi ou nerveux. Mais cela passe. Cela passe, car, demain ou après-demain, il y aura d'autres représentations, meilleures, pires, et nul n'y fera écho ; ainsi la sirène des pompiers, une ambulance, une averse, bruit externe qui n'appelle aucun commentaire et s'oublie.

Remontent alors des pressentiments que je pouvais avoir au début des répétitions. Je savais déjà que cela ne vaudrait ni plus ni moins, il y aurait tel décor, tel acteur dans tel rôle, telle idée de fond, et cela limitait certainement tout espoir de grande réussite. Mais, au fil des répétitions, je m'étais pris au jeu, j'y croyais de plus en plus, je me persuadais même que ce spectacle déchaînerait, ou serait lui-même, une petite révolution dramatique. J'oubliais tous mes pressentiments, oubli vital et thérapeutique sans quoi on ne pourrait pas jouer de spectacles médiocres. Flux tranquille de marée descendante, l'ordinaire des représentations redécouvre un à un tous les écueils, et révèle tacitement, dans une douce indifférence, une vérité qui naguère m'aurait abattu.

Je considère maintenant le metteur en scène – maître imposant dont je guettais le moindre froncement de sourcil – comme un brave homme, après tout. Et, d'ailleurs, que savait-il de cette pièce ? De quoi est faite sa vie ? D'où m'est venue mon allégeance totale ? Faut-il même y voir une erreur ? Une imposture ? N'était-il pas, n'étions-nous pas tous, de bonne foi ? Plus tard, je travaillerai à l'oubli, à l'effacement de ces heures de gloire non sanctifiées où j'attendais de lui l'inspiration soudaine, le mot qui aurait livré la clef de mon rôle ; ses indications furent, un moment, des choix profonds, des décisions philosophiques, des actes de visionnaire, et, peu à peu, avec l'ordinaire des représentations, ces mêmes indications m'apparaissent comme des trucs, d'embarrassantes et arbitraires conventions qui me blessent. J'ai, pour changer de rythme et de souffle, au lieu de césure profonde, des repères naïfs comme des pense-bêtes ; pour inscrire le jeu dans l'espace, manquant d'intentions, de gestes et de signes dramatiques précis, j'effectue de petits signaux compréhensibles de moi seul. Les pires clichés me tiennent lieu de béquilles. Aurai-je le courage et le moyen de les remettre en question ? Je me voûte, ma posture devient une pose indéfinie, une sorte de bêtise m'enveloppe et m'engonce, mon regard s'écarquille et s'éteint.

Un soir, je m'enthousiasme pour un léger changement de ton, croyant réussir là une amélioration patente, un pas décisif vers la conquête du personnage, la plénitude du sens. Mais le pli du spectacle est déjà pris, son identité figée dans les critiques et les commentaires que j'ai entendus ; cet enthousiasme sera bu, absorbé ; la petite modification, d'ailleurs à peine remarquée par les partenaires eux-mêmes, bientôt abandonnée comme une petite coquetterie, une variation gratuite.

Alors je me laisse porter par le cours de la pièce, le corps bercé par le travail sans faille, musical, de ma mémoire. J'entends les syllabes frapper le fond de la salle, monter au lustre, et ma voix, se pliant aux inflexions éprouvées, me flatte et me rassure. À la fin d'une phrase, d'un sentiment, d'une cadence, parvenant à une pause décidée, précise, je me repose tout entier : « Voilà qui est fait », me dis-je. Je me délasse dans le pur plaisir de répéter, je m'absente.

Il ne m'est pas désagréable de m'élever à ce point de vue général, depuis lequel toutes les représentations s'égalisent. J'éprouve la qualité de mon métier dans cette façon d'accéder physiquement à la généralité pure, où l'on peut contempler avec retrait le mécanisme du jeu, comme on peut goûter la sûreté de sa voiture lancée sur une autoroute déserte. Une jouissance certaine naît de cette sensation panoramique, je me demande même si je ne suis pas tout bonnement en train de me dépasser, d'atteindre ma maturité pleine et entière, ma perfection.

Suis-je sur le point de parvenir à cet état d'impersonnalité dont Jouvet faisait le critère distinguant le *comédien* de l'*acteur* ? Une sourde inquiétude me pénètre, tandis que je déclame toujours. Et si cet état ne constituait qu'une condition préalable, à laquelle l'art ne saurait se réduire ? Et si cette élévation n'était dans mon cas qu'une boursouflure ? L'emphase peut naître de cette apesanteur : la voix du *comédien*, s'ajustant à son insu au volume de la salle qu'elle emplit maintenant sans effort, ne deviendrait-elle pas simplement une voix de théâtre ?

J'entends alors, bondissant de la poitrine dans ma gorge, éructant dans mon crâne, l'acteur effrayant que je pourrais être : jaillissant comme un monstre, sous les traits d'un petit marquis emperruqué, enfariné, éclatant du rire le plus faux, il se substituerait à moi quelle que soit la pièce, le rôle et l'époque – Koltès, Eschyle, Ibsen – et plus grande serait l'absurdité de son irruption, plus obscène sa complaisance à rester là, sur des planches où claquerait son talon rouge.

Le malaise succède à l'euphorie. Je ne sais que faire contre ce qui monte en moi de nausée pétrifiante ; terrorisé, j'identifie le mal : l'académisme. Ce doit être cela, que j'ai guetté, surpris et moqué chez tant d'acteurs, dont je me croyais si complaisamment différent, sur lesquels je m'octroyais, en ricanant, une supériorité immédiate et définitive. Je pensais que c'était une affaire d'idéologie, un choix politique malencontreux, le fait d'un caractère indécrottablement réactionnaire, ou la plus désespérante preuve d'un manque irrémédiable de talent. Non. L'académisme est une disposition naturelle, expansive. Il exerce son terrible pouvoir sous le masque d'un plaisir sensuel et flatteur. Abusé, le comédien croit révéler le plus pur et le plus intime de son talent au moment même où il sombre dans la plus accablante banalité.

Je mesure l'étendue de mon obscénité. J'organise ma résistance. Je baisse la voix, j'accélère le débit, j'adoucis toutes les consonnes, je ne me soucie que de clarté, travaillant, comme un confident de tragédie, à délivrer l'information contenue dans mes répliques, avec calme, distance et précision ; je m'interdis tout mouvement inutile, les mains au corps. Je tâche de rester souple, offre volontiers mon dos à la salle, le regard concentré sur le partenaire, saisis toute occasion de le mettre en valeur, me fais oublier. Mais voici que je détecte chez lui des symptômes identiques : je le vois faire l'avantageux, roucouler, plastronner. Comment le prévenir, le sauver ? Il me semble irrécupérable, et lui-même, sans douter de rien, doit se demander ce qui m'arrive – pourquoi je me fais soudain si réservé, si atone ; il en rajoute, déterminé à sauver la scène à lui tout seul, et succombe définitivement. Il ne sait pas qu'il est mort, et d'ailleurs nous n'en parlerons jamais. Je quitte le plateau en prenant soin de ne pas claquer la porte. J'ai vu si souvent des acteurs, à grand fracas, trahir ainsi les artifices du décor et du jeu. Ne l'ai-je pas fait moi-même ?

*

J'ai, pour me protéger du jugement des autres, toute la distance qui me sépare de moi-même. Il y a plusieurs années, un ami m'a écrit cette phrase d'Artaud au revers d'une carte postale. Combien de fois me la suis-je dite, sortant d'une scène où j'avais bien cru tout manquer ?

*

Par aventure, sans m'avoir prévenu, un ami vient me voir jouer et me retrouve après la représentation. Je n'attends presque rien de lui, un tout petit « bravo » de circonstance, une tape amicale, je n'y verrais aucun inconvénient, puissions-nous nous séparer au plus vite, que je m'en aille, et me couche, n'en parlons plus, voyons-nous en un temps meilleur. Mais non, il insiste pour aller boire un verre, manger un morceau. Il n'a pas aimé le spectacle, pas du tout, il étripe mes camarades un à un, sauf moi, qu'il épargne, ou plutôt ignore. Il me sidère, par son appétit, son innocence ; il rit, parle d'autre chose. Le spectacle balourd est oublié. Je ne sais plus quoi dire. Le sommeil m'écrase les paupières. La dernière sentence tombe : « Académique. » Je prends le mot en pleine figure, il m'a découvert, je suis mort. Je conviens de toutes ses critiques, même les plus injustes. J'espère que ma lâcheté lui fera lâcher prise. Nous nous séparons enfin. J'oublie aussitôt cette soirée, je la biffe, retourne à ma voiture, épuisé. Je ressens une certaine compassion envers moi-même, le sommeil en point de mire. Si l'air est doux, je conduis la vitre grande ouverte.

Un autre soir, des cousins me font de grands signes

pendant les applaudissements. Ils ont acheté les meilleures places. Devant la sortie des artistes, ils me congratulent, fiers de leur soirée, de la surprise qu'ils m'ont faite, dissertent et se disputent un peu sur le sens de la pièce, ont une petite restriction, tiens, sur deux ou trois « longueurs », se corrigent, cherchent à évoquer un moment particulier qu'ils ont trouvé saisissant, se perdent, bafouillent, se réfugient dans le compliment général. Ils ont des mots qui, jaillissant dans leur conversation, m'étonnent, ne les ayant plus entendus depuis des mois : « formidable », « bonheur », « présence », « splendide », « intelligence ».

Je n'ai rien de plus à leur répondre qu'à mon ami. Je suis aussi hagard et fatigué, leur enthousiasme n'infusera rien en moi, il est trop tard : plus rien à faire. Ils ne veulent pas me retenir, j'ai sûrement beaucoup de travail le lendemain, je les remercie deux fois, on ne sait plus quoi se dire. Nos liens familiaux très distendus ne nous ont jamais permis de converser aussi longuement. Nous mettrons sans doute des années à nous revoir. Je me sens confit de bonté, et je me surprends à m'enquérir soudain de leurs enfants, dont les noms me reviennent par miracle, de leurs petits-enfants même (dont je n'avais jamais rien su). Nouvelle chaleur, retour d'enthousiasme, ultimes et vibrantes félicitations. Presque en courant, ils s'en vont enfin, voulant préserver cette effusion. Ce n'est déjà plus qu'un souvenir – instant joliment enfui. Et j'oublie, de nouveau, m'en retourne, éteint, anonyme, normal.

Il est trop tard. Plus rien à faire. Ce n'est pas grave. Aucune importance. La nuit légère m'absorbe et me désencombre. Le lendemain, la loge, le costume, les partenaires, mon chapeau, le plateau, le rideau, la pièce, les entrées, les sorties, les saluts, le retour à la loge, le lait démaquillant, mon pantalon, les clefs dans ma poche : tout retrouvera la même saveur, la même quotidienneté, le même charme persistant malgré tout, la même tranquille et bienveillante indifférence de l'ordinaire.

L'exercice de vanité

Aujourd'hui, j'ai joué, à trois reprises, trois pièces différentes, dans les trois théâtres de la Comédie-Française, à 14 heures, 18 heures 30, 20 heures 30.

Je note ceci dans ma loge, pendant le troisième spectacle, dont je n'ai interprété qu'une scène. Pas bon. Voix fatiguée, vaseuse, crispée. Pas fier.

J'attendais beaucoup de cette expérience (j'aurais pu me contenter de deux rôles).

Si c'était à refaire, je ne le referais pas.

Toute la journée j'ai eu peur, en scène comme hors de scène, de perdre le texte, doutant de ma mémoire aussi absurdement que si je m'étais mis soudain à douter de mon ouïe, de ma vue, de ma capacité de marcher, comme s'il me fallait constamment me concentrer sur mes facultés organiques pour les empêcher de me trahir. Cela arrive à tous les acteurs, quelques secondes. J'en fus obsédé toute la journée. Dédoublement vécu dans un sentiment de grande tension physique – nerfs étirés en élastique – et de grande inanité : à quoi bon cette fatigue, si c'est pour jouer moins bien, lorsqu'il était si facile de ne jouer que deux pièces ?

Ma langue a fourché par deux fois tout à l'heure : deux fois je me suis repris pour que le mot *naïvement* s'extirpe de ma gorge, et, avec un violent coup de glotte, j'ai éructé : « Eh ! *En aimerais-je une autre davantage !* », de sorte que les premières syllabes ont été inaudibles. Dans un passage où je dois me relâcher parfaitement, la tête reposant en arrière sur le dossier du fauteuil, j'ai dû, pour me rétablir, contracter la nuque, pousser la voix en catastrophe, ce qui m'a fait aboyer hors de propos. Quand je suis revenu au ton simple, plus personne, à coup sûr, n'y croyait, après un tel couac. À moins d'être particulièrement malveillants, hostiles, attentifs à tout ce qui peut achever de déprécier le spectacle dans leur esprit, les spectateurs n'auront pas remarqué ces peccadilles. Pourtant, après ces deux dérapages, j'ai senti un courant d'humiliation me parcourir. En moi-même, une voix m'a dit – admonestation discrète, mais ferme : « N'en fais pas trop... » Et ces quatre mots n'avaient rien d'un conseil débonnaire, mais portaient l'inflexion sarcastique et feutrée d'un rival sans merci.

J'ai attaqué mon premier rôle de la journée en force et en confiance. J'avais multiplié les *italiennes*[1], hier soir, ce matin, sous la douche, en marchant, sur tous les tons, en chantant, en imitant, en zézayant. Je m'étais tant échauffé, au cours de ces gammes, qu'au moment de jouer, je me suis vu et entendu, mécanique, sans vie.

Après le récit – « *Tu sais, Scapin, qu'il y a deux mois que le seigneur Géronte...* » –, j'ai éprouvé cette sensation de dédoublement nerveux qui ne m'a plus quitté de la journée.

Sans doute le symptôme s'est-il d'autant mieux fait sentir que deux amis, tout au long de l'épreuve, ont filmé mon parcours, sans jamais me déranger ni me sol-

1. *Italienne* : exercice de mémoire consistant à se dire en vitesse le texte sans le jouer.

liciter. Les objectifs de leurs caméras, survalorisant ma petite personne aux yeux de mes camarades successifs comme aux miens propres, ont sûrement aiguillonné mon désir de performance : ne me suis-je pas complu à me regarder jouer, en plus des trois rôles, le rôle de l'acteur qui joue trois rôles ?

J'avais voulu considérer ce samedi 31 janvier comme une journée exceptionnelle et ordinaire en même temps, une somme d'ordinaires qui produirait de l'extra-ordinaire. Une journée trois fois plus ordinaire et trois fois plus extraordinaire. Ce ne fut ni l'un ni l'autre.

De petits incidents n'ont cessé de se produire d'une manière anormale, presque inquiétante. Une actrice a commencé par arriver à la représentation de 14 heures avec trente minutes de retard. Attente, trépignements, impatience, perte de concentration, échange de plaisanteries faciles, état de vacance, interrompue soudain par son arrivée en trombe, qui nous a jetés sur le plateau avec une énergie désordonnée. Dehors se tenait une manifestation de chômeurs et de sans-papiers. Occupation du hall de la Comédie-Française, tumulte. Sitôt la première représentation achevée, j'ai fendu cet attroupement à contresens, en direction du Louvre. Spectateurs en surnombre dans les trois théâtres : salle Richelieu bondée, Studio bourré (ils ont refusé près de cent personnes), Vieux-Colombier plein à craquer. Fusée d'orgueil : *c'est pour moi, toute cette foule, c'est pour moi.* Irruption intempestive d'un sociétaire dans ma loge, après la première pièce : il me congratule de toute son énorme chaleur, cela me touche infiniment, il ressort presque aussitôt. Rencontre d'un ami de longue date, devant le Vieux-Colombier ; il cherche des places ; j'essaye de lui en obtenir à la caisse, mais j'ai peur d'être en retard, je suis en retard, je n'insiste

25

pas pour le faire passer, je n'y parviens pas, je plante là cet ami que je n'ai pas vu depuis des mois, et je file dans ma loge.

J'ai pris très peu de plaisir à jouer les deux rôles précédents, et maintenant je me trouve à quelques minutes de la redoutable scène IV de la troisième pièce. L'ensemble du texte sur les mathématiques est bien articulé dans mon esprit. Je sais où et comment placer les accents, les ralentissements, les accélérations, je suis satisfait de son rythme, mais ma voix est fatiguée. Ma mémoire est en place : en cheminant du Studio au Carrousel et du Carrousel au Vieux-Colombier, j'ai enchaîné calmement trois italiennes, mais je sens ma concentration partir en charpie.

Nombre, masse, lourdeur, insignifiance des pensées qui, en scène, n'ont pas arrêté de me traverser.

Et ce coup de téléphone, donné depuis ma loge à un metteur en scène admiré qui me propose un vrai rôle : effervescence – sentiment soudain d'être l'objet d'un enthousiasme jaillissant de toutes parts –, triomphe et apothéose en imagination, une foule en liesse converge pour m'élever à son Capitole, vacarme, tonnerre d'applaudissements. Je baigne dans des flots de sympathie, de reconnaissance, d'affection spontanées. C'est le Grand Jour, un destin vainqueur s'accélère. Une ambition dévorante me comprime les tempes, se répand à travers mes pensées en désordre, et me jette à bas. Je reviens au silence de la loge, à la nécessité de passer mon costume, de préparer ma dernière entrée.

Chacun, il est vrai, m'a exprimé aujourd'hui de la sollicitude, de la gentillesse, avec des encouragements francs et moqueurs, comme on en lance au cycliste en danseuse dans les lacets de l'Alpe d'Huez. Je me suis bien arrangé pour faire connaître mon exploit.

Ce que tout cela pèse en vanité m'accable. Dépit et confusion.

Passé la scène IV, puis la V, la VII, avec le même sentiment de fatigue, la voix de plus en plus fêlée, épuisée, contrainte d'expulser hors du gueuloir les mots les uns derrière les autres, les syllabes s'entrechoquant, des voyelles perdues parce que je n'ai presque plus d'aigu. Étrange sensation de percevoir un blanc au moment même de l'émission, alors que les consonnes résonnent comme d'habitude. À d'autres instants, j'eus de ridicules accents de fausset sur des pointes interrogatives ou exclamatives.

Rentré chez moi, le bilan de cette journée présente un net déficit. Bon dans aucune des trois pièces. Des spectateurs de la veille ne m'auraient pas reconnu aujourd'hui.

Et ma cousine, entrée dans ma loge après la deuxième pièce, j'ai dû l'éconduire, pour suivre mon programme ! Je n'étais pas au courant de sa venue.

Dans ma fatigue et ma nervosité, excessives ce soir, je sens le poids d'une dette.

Mon escorte est repartie, après un dernier plan sur le balcon de mon appartement. Je n'ai pas assez remercié mes amis de leur discrétion et de leur délicatesse. Nous étions convenus que je les ignorerais, et qu'ils garderaient une distance telle que je n'aurais pas à tenir compte de ces deux petites caméras. C'était convenu. Nous nous sommes donc ignorés.

« Tu crois que tu vas encore passer les portes ? », ai-je cru m'entendre dire au Vieux-Colombier. Il me semble que, durant cette journée, c'est précisément ce que je n'ai pas cessé de faire.

L'Énorme Star

Dans ce téléfilm, je ne tourne qu'une journée pour une seule et petite scène face à l'Énorme Star. On vient me chercher à treize heures quarante-cinq minutes. Une jeune stagiaire m'attend en bas de chez moi, dans une grosse voiture, me salue, se présente, démarre et me conduit avec rapidité. Sa narine est ornée d'une perle. Un casque à fines montures, aux toutes petites oreillettes, passe presque inaperçu. J'en déduis qu'elle doit le porter toute la journée, reliée en permanence à son supérieur. Nous roulons sans un mot. Le tournage a commencé en octobre, finit en février, nous sommes le 20 novembre. Je déchiffre le poids des semaines de labeur sur les traits de la jeune fille, le manque de sommeil, la nervosité. « Comment se passe le tournage ? – Il y a des jours où c'est dur, mais ça va. » Elle aime le cinéma. Elle ne l'imaginait pas si dur. Mais ça va. Elle répète cela trois fois, et se tait. Je me plonge dans la lecture de la feuille de service. Le tournage commence à trois heures. Il est prévu de finir à onze heures du soir. Ma scène est de nuit. Pourquoi me fait-on venir aussi tôt ? La stagiaire l'ignore. Elle travaille à la régie, pas à la mise en scène.

Je situe mal la campagne où nous arrivons, à une soixantaine de kilomètres à l'est de Paris. Au détour d'un chemin, surgit la tête d'un autre stagiaire, tout aussi jeune, lui aussi coiffé d'un casque à fines montures, enjoué, tonique et transi. Il nous salue et nous indique la direction des loges. Nous parvenons dans une immense cour de ferme, envahie de camions et d'autobus. Personne alentour. Le décor est à deux kilomètres. J'aperçois au loin deux autres stagiaires, accompagnés d'un photographe. Je pénètre dans l'un des cars : une loge y est aménagée. Je dispose d'un sofa, d'une radio – déjà mise en marche, sans doute pour m'accueillir –, d'un sanibroyeur encastré habilement dans un réduit, de petits gâteaux servis dans une assiette, sur la table de maquillage, d'un miroir encadré de néons qui gèlent la lumière et l'attristent. Mon costume pend à un cintre. Un épais tablier de cuir me rappelle mon rôle du jour : maréchal-ferrant. On frappe. Deux costumières désirent me faire essayer au plus vite ma tenue. Je remarque que celle-ci n'a plus rien à voir avec les fripes que j'ai essayées une semaine auparavant, en lointaine banlieue, dans ce hangar-tunnel où, sur de très longs portants, toutes les époques semblaient accrochées, bien mortes, en d'interminables épaisseurs de vestes, de robes, de pourpoints.

J'enfile chemise, culotte, gilet, redingote – non, l'une des femmes renonce à la redingote –, tablier. Qu'on rajuste. Elles n'ont pas l'air satisfait. Silence. Je ne trouve rien à dire. Elles non plus. L'une est particulièrement inexpressive – cela me frappe. Nous examinons tous trois le bas de mon gros tablier. Attendons-nous quelque chose, quelqu'un ? Le chef costumier survient, se présente, sourit. Il est originaire de Versailles. « Ah ! », dis-je. Il ne lui faut pas dix secondes pour faire changer culotte, chemise et tablier. Sort immédiatement l'habilleuse, dont je crois bien n'avoir pas même un instant croisé le regard. Silence. Il a quitté Versailles à l'âge de dix-huit ans. L'assistante revient, avec un tas de chemises de grosse toile, et deux tabliers. Le premier est rejeté. Je passe le second. Trop long. « On va pas s'emmerder », dit le chef. Tirant de sa besace une longue paire de gros ciseaux, il découpe vingt centimètres de cuir au bas du tablier. L'habilleuse fait un ourlet rapide. Tous trois sortent. Il est à peine trois heures. Un stagiaire frappe à la porte et m'informe que cinq séquences restent encore à tourner avant de commencer la mienne. Il s'en va. En costume, je me retrouve seul quelques secondes. Jaillit dans ma loge une nouvelle stagiaire : en doudoune, casque sur la tête, très maquillée, sourire éclatant ; elle me sert la main, et me tend le texte de la scène ; je l'ai déjà en trois exemplaires, version anglaise comprise. (J'ai surtout concentré mon effort de mémoire sur cette dernière.) À l'appel d'une escouade d'assistants, plus âgés, qui la houspillent d'un ton badin mais impératif, la jeune femme sursaute. Il lui faut se rendre immédiatement sur le décor. « Immédiatement ! » Sur ses lèvres le sourire s'efface. Elle démarre ventre à terre. Je la regarde courir au loin, en direction de la campagne, puis disparaître derrière une grange. Sans doute l'angoisse d'entendre prononcer par deux fois le mot : « immédiatement ». Là-bas, on tourne. C'est comme si l'on se battait, *au front*. Les caméras sont de lourdes pièces d'artillerie. Ces assistants, une piétaille de pauvres fantassins anonymes.

Je referme la porte de mon car-loge. J'écoute le bruit de mon pas sur le sol creux. Je règle une fréquence sur la radio. Revient la seconde habilleuse, le visage aussi tristement inexpressif, pour me faire essayer des chaussures. Elle tient à me les mettre elle-même. Je manque de perdre l'équilibre en voulant attraper un petit gâteau, à cinquante centimètres de ma main, sans bouger les pieds, en une rotation complète du buste et une extension maximale du bras. Tout à coup je me sens fatigué et inquiet de me sentir en si petite forme. J'aimerais manger une tartine. Le réalisateur fait une entrée en coup de vent : homme énergique, autoritaire, corpulent. Nous avons déjà tourné ensemble. Il est content de me voir, mais s'étonne qu'on m'ait fait venir si tôt. Un assistant, au bas du car, très respectueusement, l'appelle. « À plus tard. – C'est ça. » L'habilleuse est restée accroupie pour me lacer de gros souliers crottés qui me vont très bien. Elle ne semble pas plus convaincue que tout à l'heure. Se baisse à nouveau. Je crains qu'elle ne veuille m'en faire essayer d'autres. Dans la séquence, je suis à la fenêtre, il me semble. Les chaussures n'ont aucune importance. Je pourrais même être en *moon-boots*. Au moins j'aurais chaud. Je n'ose rien dire. Elle ressort. Long moment tout seul. Je ne sais pas si j'attends une autre paire de chaussures. Le tablier me serre et me pèse. Je décide d'attendre. J'ouvre la porte, passe la tête. Un froid beaucoup plus vif me saute au visage. Personne alentour. Assistants, stagiaires, costumiers, tous ont disparu. Ils ont rejoint le champ de bataille. Les autres cars-loges sont silencieux. Quelques acteurs s'y reposent sans doute, dans l'attente de leur propre séquence. Sur la feuille de service figurent les noms de trois comédiens. Des gloires. Du moins deux d'entre eux. Ils veulent la paix, et s'efforcent de ne pas trahir leur présence. En tout cas, ils ont dû remarquer qu'un nouveau était arrivé. J'aurais volontiers fait la conversation. Mais je ne me risquerai pas à frapper à leur porte. Je referme la mienne. Le tablier m'agace. J'allume toutes les lumières. Envie d'aller aux toilettes.

Mais, avec le tablier, le petit sanibroyeur qui occupe le renfoncement du car me paraît impraticable. Coincé derrière cette porte fine comme du papier à cigarette, si l'habilleuse revenait, je ne serais pas en brillante posture. Dix minutes passent. Je n'ai fait qu'arpenter le car-loge, fumer, grignoter petits gâteaux et bonbons en gélatine. Personne. Je dénoue le tablier, dans un accès de désinvolture. Décidé, je vais aux toilettes, l'oreille aux aguets. J'entends des voix ; je me hâte ; les voix se rapprochent. Je m'empêtre. Une voix de petite fille, et celles de deux jeunes femmes. Je bous de rage devant cette pléthore de boutons à ma culotte. On monte dans le car. Rires de la fillette. Elles entrent dans la loge d'à côté.

Un instant devant la glace. On m'avait bien recommandé de ne pas me raser. J'ai obéi. Je renverse la tête, tends mon cou, et me passe le dos de la main sur la gorge, pour faire crisser la râpe de ma barbe. Cherchant que faire. C'est absurde car j'ai tout ce qu'il me faut : trois livres, une bonne quarantaine d'alexandrins à apprendre, cinq ou six coups de téléphone à donner et deux lettres à écrire. Mais le froid, l'incertitude – sont-ce les bonnes chaussures, est-ce le bon tablier ? – m'empêchent.

L'appareil fixé au plafond, auquel je n'avais pas prêté attention, est un climatiseur. J'oriente le bouton vers *warm*, en vitesse *low*. La soufflerie mugit ; j'en sursaute ; un air bien frais envahit la cabine ; j'attends en vain qu'il se réchauffe, la main longtemps tenue au-dessus du clapet : pas le moindre attiédissement. Je ne me décide pas à couper le climatiseur ; en revanche, j'augmente le son de la radio. Grande musique symphonique. Il n'y a presque plus de gâteaux dans l'assiette. Mes chaussures grincent. Je coupe l'engin qui m'assourdit, et remets le tablier, pour me protéger du froid. Allongé sur le sofa rose, je cherche le sommeil, car j'ai pris la décision de dormir, certain que maintenant personne ne viendra plus à moi avant la nuit. Je coupe la radio. Le silence est total. Le tournage me paraît encore plus loin. Sommeil impossible. Les yeux brouillés, je lis.

*

Une heure est passée, pleine de pensées confuses qui ont haché ma lecture : trente pages dont je ne sais presque plus rien. L'habilleuse n'est pas revenue. Le tablier est un peu froissé. Je parviens à apprendre une dizaine de vers. La soufflerie, pourtant coupée, émet un petit bruit bizarre. J'ai enfilé un pull par-dessus mon gilet. Un ami m'a appelé, nous avons parlé longuement, nous avons bien ri. J'entrouvre la porte : la nuit sera tombée dans une heure, peut-être ; il gèle au-dehors. Je suis tranquille ; tout cela est si parfaitement organisé là-bas que je n'ai pas à m'inquiéter. Je ne suis ni perdu, ni oublié. Engoncé dans mon imposant tablier, j'attends mon heure.

Une après-midi d'adolescence, lente, solitaire, étirée jusqu'à la nuit, dans la petite chambre, très loin et très près de la vraie vie : voilà très exactement ce que les temps faibles, démesurés, démesurément faibles du cinéma ne manquent jamais de me faire revivre.

Puis tout est allé très vite. À huit heures, j'ai entendu la voix de l'Énorme Star, qui déambulait entre les cars-loges, le portable écrasé contre la tempe, sans doute, comme je le verrai faire un peu plus tard. Je n'ai pas osé sortir de mon réduit transformé en tanière par cinq heures d'enfermement. Les stagiaires casqués sont réapparus, visages creusés, pour me conduire à la tente-cantine. Dîner sur le pouce. Maquillage, pose de larges favoris – j'ai ri en m'envisageant dans la glace –, ajustement du tablier. Départ vers le lieu de tournage. À la demande de l'habilleuse, le réalisateur jauge mon costume. Grimace. Fait retirer le tablier. « On s'en fout du tablier », déclare-t-il, sobrement. On me place à la fenêtre, une chandelle à la main. Répétition.

D'en bas, l'Énorme Star m'adresse un franc salut. Il lance son texte dont il tient les feuillets à la main. Je jette ma phrase. Très bien. On la coupe un peu. Trop longue. Sinon très bien. Moteur. Action. Voilà. Je descends. Le grand et large acteur me serre la main, et je suis submergé sous le flot de sa voix, de ses anecdotes, de son rire. Deux têtes de plus que moi. Non, je suis plus grand, tout de même. Les épaules couvrent mon champ de vision ; je suis perdu, quelque part entre ces deux épaules, sous le rire qui couvre entièrement ma voix. Des grands pans de phrase qui m'auront cloué sur place, parce que nul autre que lui ne pourrait les dire : « Le Tissot, qu'est-ce que je lui ai mis… », « Andrieu, tu comprends, c'est l'acteur missionnaire, hein, il a une mission, alors il a pas voulu jouer Astérix, c'est dur après, d'aller voir le Téchiné, et de lui dire "je peux pas, là, parce que je suis Astérix", tu vois, c'est pas sa mission, mais qu'est-ce qu'il en a à glander, au fond… » Le *perchman* veut m'agrafer un micro H.F. « Mais il en a pas besoin, il va pas s'emmerder, oh là là… » Je me demande comment pourra s'enregistrer ma prochaine réplique. Elle se perdra, comme la moitié des phrases de ce dialogue, dont l'Énorme Star ne cesse de froisser les feuilles volantes entre ses Énormes Doigts ; « Il s'est encore branloté le Dugoin ! » Quatre lignes volent, remplacées par une simple onomatopée. « Le travelling, là, tu le crois vraiment… » Abandon du travelling. Des scènes entières sont ainsi rayées. On m'amène un gros cheval, très noir et de puissante encolure. Je dois le tenir par la bride tout au long du plan. Poliment, le palefrenier me fait remarquer que mon air peu assuré risque de jurer avec mon rôle de maréchal-ferrant. Je n'ai pas même le temps d'en convenir que la prise est jugée excellente – en boîte. On refait la scène en anglais. La vedette s'énerve, s'y reprend à deux fois. J'en profite pour moins malmener la vraisemblance. Mon partenaire téléphone. Tout s'arrête. Il raccroche. On y retourne. C'est fini. Il me salue, plein de chaleur et de précipitation, s'enquiert de mes projets, son Énorme Main, un instant, serrant la mienne. « Alceste ? Tu vas t'amuser comme un fou, c'est du bonheur, ça. » Je lui demande s'il n'a pas pensé à le jouer. « Il faudrait trouver le temps... » Il disparaît dans son car. À l'extinction des puissants H.M.I.[1], la nuit s'est refermée sur nous.

La même stagiaire me reconduit en douceur dans le noir de la campagne. Elle a tombé le casque. Je rentre chez moi, comme en ces dimanches de jadis où, épuisé par les jeux partagés avec des cousins fantasques, la route berçait mon premier sommeil.

1. H.M.I. : lourds et puissants projecteurs souvent utilisés pour l'éclairage de nuit.

Dernière

Arrivé à la dernière représentation d'*Un mois à la campagne*, je dois bien me l'avouer : je n'ai pas vraiment fait de progrès dans le rôle de Rakitine. Quand il m'encourageait ou me complimentait, le metteur en scène exprimait toujours une petite réserve : dans la scène d'amertume, j'aurais dû briser le carcan, me défaire de mon maintien, de mon élégance, et m'effondrer, atteindre même une surprenante vulgarité dans la confession et dans l'humeur. Non, je ne suis pas allé assez loin. Pas assez loin ? De représentation en représentation, j'ai tâché de m'écrouler plus massivement, de me désarticuler, de pleurer les maigres larmes de mon corps, de me saouler un peu, de crier, de casser le rythme, de respirer bruyamment, de m'étourdir de mille autres façons encore. Rien à faire. La petite réserve est toujours là pour me maintenir à distance appréciable de la perfection. Jusqu'à la dernière représentation à laquelle il a assisté – il en a suivi une quinzaine avant son retour en Russie –, Balachov m'a fait l'amitié de m'en croire encore capable.

Le costume – j'en étais si fier au début – me dessine, me sculpte, tire de moi une si élégante silhouette ; pour n'en rien briser, j'ai toujours pris soin de n'avoir que des gestes doux et ralentis. J'ai trop aimé jouer ainsi

37

sans doute. Debout, presque immobile dans la pénombre, je cherchais des profils avantageux.

Oui, le rôle m'échappe. Je rencontre partout des difficultés. Depuis le premier jour, je n'ai pas cessé de tâtonner. Souvent mon regard se perd, s'obnubile, s'alourdit : l'ennui, je crois, d'une mise en scène, somme toute, convenue, dans laquelle les variations de sentiment, les humeurs, n'empreignent pas assez les corps (pas seulement le mien).

Ce matin, j'ai lu que Stanislavski jouait ce rôle presque toujours assis. Entièrement requis par les pensées du personnage, tout intérieur, il ne montrait rien, laissait à peine affleurer quelques signes d'ironie et de détresse mêlées, réussissant à faire d'une longue méditation inquiète une très pure composition.

J'ai lu ce texte bien tard.

Depuis le début des répétitions, je pense à Leclerc. Il aurait su beaucoup mieux monter cette pièce. J'ai souvent pratiqué l'absurde exercice consistant à imaginer ses indications. Rêve inutile et vain auquel j'ai fini par renoncer. Parfois le personnage d'Antiochus, dans *Bérénice*, m'inspire. Rakitine demeurant *longtemps errant dans Césarée. Lieux charmants où mon cœur vous avait adorée.* Je me dis les vers en silence. Mais plus insidieusement me hante mon frère, qui a mis fin à ses jours, il y a aujourd'hui sept semaines.

Deux mois auparavant, il avait obtenu par mon intermédiaire un petit travail au Français : *doublure lumière.* Afin de permettre le réglage des projecteurs, pendant trois jours, avec deux autres personnes, il prenait dans le décor la place des acteurs, pendant que ceux-là répétaient dans une autre salle. Rien d'autre à faire que d'aller d'un endroit à l'autre de la scène, et d'y attendre.

Ouvrant un soir la porte d'une baignoire – la salle était plongée dans l'obscurité, la scène en pleine lumière –, je l'ai vu, seul sur l'immense plateau, assis dans le fauteuil où je me tiens au début de la pièce (il me doublait donc), attendant qu'on achève sur lui la mise au point d'un puissant latéral, qui l'éblouissait. Calme, attentif aux rares indications de notre metteur en scène – « Voulez-vous bien tourner la tête à gauche ? Merci. À droite maintenant ? Je vous remercie, Éric » (ce ton de politesse me toucha au cœur : depuis combien de temps mon frère n'avait-il pas donné à quelqu'un une entière satisfaction, sans jamais le décevoir, le tromper, le décourager ?) –, il ne laissait rien deviner de sa mélancolie dévorante – il était déjà à bout de vivre –, tandis que les autres doublures, supportant mal l'attente et l'immobilité, plaisantaient sans cesse, profitant de la lumière pour faire des numéros. Mutique, il souriait aimablement de leurs facéties, se gardait de toute pose, patientait. Nul ne connaissait ses épreuves, ne soupçonnait la profondeur de sa dépression, ne pouvait voir ce que je voyais.

Je n'ignorais rien de ce qui le retranchait du monde. Pourtant, dans cette belle patience, je voyais moins la promesse concrète et imminente de mort que la parfaite incarnation de mon personnage, Rakitine. Éric en avait le détachement doux et ironique, l'élégance de port, la mélancolie diffuse, insondable ; elle émanait de lui comme une lumière, plus éclatante que l'autre qu'on n'en finissait plus de régler. *Soleil noir*. Stanislavski eût été comblé. J'enviai mon frère quelques secondes. Ma fascination se prolongea jusqu'au morbide. À l'insu de tous, il atteignit, pour moi, une vérité si éblouissante, que je dus quitter la salle, au bord des larmes, dans le dégoût de mon voyeurisme et de mes réflexions d'esthète. Qu'en aurait-il fait, de se savoir la parfaite incarnation d'un personnage que je devais jouer, moi, tandis qu'il devrait, toutes les lumières enfin ajustées, me céder la place et s'en retourner à son malheur ? J'ai quitté le théâtre sans l'attendre. À cette époque, je l'hébergeais en espérant lui trouver un appartement dans Paris. Petit boulot, petit studio, et la vie repartirait. Je m'en sentais un peu moins certain chaque jour.

Un acteur n'a jamais besoin de rencontrer le modèle de son personnage, au contraire. Ils ne peuvent rien l'un pour l'autre, leurs mondes ne se touchent pas. Et pourtant c'était mon jeune frère, je l'avais retiré à notre mère, je le logeais chez moi, je payais tout en attendant qu'il travaille, qu'il s'installe. Mais je ne pouvais pas me mettre à sa place. Je l'avais compris là, dans ma tristesse et ma confusion de le voir un instant à la mienne.

Retourné chez ma mère, il s'est jeté par la fenêtre un mois plus tard.

L'image en pleine lumière de mon frère me doublant obstrue tout autre souvenir du rôle et de cette pièce avec laquelle je vais, comme mes camarades, en finir aujourd'hui. Est-ce cela, Rakitine, cette trouée aveuglante de mélancolie, cette éternelle et patiente station debout, parfois dans la pénombre, parfois dans un rayon latéral très jaune, ce calme de mort qui se refuse à la représentation ?

Je suis bien content que ce soit la dernière.

Entrée

Je suis dans l'encoignure au lointain cour. Hopkins
entrera derrière moi, juste derrière moi. Tête baissée,
chevelure noire tombant sur son visage, il respire lentement. Tranquille avec sa peur bien à lui. Je n'ai
plus, de nous-mêmes, aucune image satisfaisante : je
ne vois, ne sens, n'entends que la panique, par accès.
Aussitôt le calme et la raison. Alors j'amorce quelques
vers : *allez vous devriez mourir de pure honte. Une
telle action ne saurait s'excuser et...* De nouveau la
panique. *Et ?* j'entrouvre mes lèvres : *tout homme
d'honneur s'en doit scandaliser.* Silence. La coulisse
est vraiment petite à cet endroit : un réduit. On étouffe.
Nous sommes venus nous mettre en place bien trop
tôt. Si nous avions attendu le dernier moment, nous
aurions pu nous épargner cette angoisse debout, à ne
rien faire. Ventre dur. Viscères fondues. Muscles noués
dans la nuit interminable de la coulisse. Si nous étions
restés là-bas, nous n'aurions pensé qu'à venir ici. Rien
à faire de soi, hors cette perpétuité d'attente. Les tempes
comprimées, les yeux me piquent. Coulée de la sueur
– d'un seul trait – de la paupière à la bouche. Main
sur le montant du décor. Je ne comprends pas ce que
vient de me dire Hopkins. Je le regarde, je lui souris,
nous haussons les sourcils. Hein, quoi ? Non, c'est lui

qui a cru que je parlais. Je ne disais rien. Si, bien sûr, un des premiers mots de la pièce qui m'a échappé. Je m'enferme à nouveau dans ma sueur. Attaque. Il faut bien attaquer. J'entrerai d'un pas – d'un pas je serai en scène, la lumière tout autour (j'en vois sur le seuil le tracé brutal) –, je descendrai à la cour, pas trop vite – je vais toujours trop vite, trop sec, trop nerveux – je m'assieds – un temps – je commence. Si je tarde d'une seconde, la peur me précédera, je n'aurai pas commencé. Elle sera toujours devant, à la place de ma voix. Je me comprends. Hopkins entrera à son tour. Tout le premier acte s'étend devant moi comme une mer démontée. Je ne sortirai de là que dans vingt-cinq minutes.

L'eau froide de la scène un jour de première. Et la chaleur du ventre aux tempes. Les veines rampent sous ma peau, font un vacarme de sang. Et la rumeur du public. Assemblés, confondus, rieurs, cruellement exacts, ils sont là, les gens. Le rideau nous sépare encore de cette furie de crânes, de pensées, d'opinions. Trois cents têtes, six cents yeux, oreilles. Le monde entier. La vie entière au bord des lèvres, je n'en peux plus de ce silence où nous accumulons regrets et remords du dernier instant : n'aurions-nous pas dû imaginer autre chose pour cette entrée – si Alceste arrivait après Philinte ? – c'est fait. C'est déjà fini. Il faut guetter la petite brise qui va nous mettre doucement en branle et se laisser prendre, puisque tout est joué.

Non : ce soir, c'est un violent coup de rein qui nous jettera en scène, à craquer nos vertèbres. Quelle colère m'envahit. C'est bien – tant mieux. Et soudain – lourd sommeil. Chute du visage, paupières sur œil brûlant. Bâillement qui me déchire toute la gueule, le plus long, le plus triste que j'aie jamais bâillé. Hopkins bâille à son tour. Encore un autre. C'est une crise que nous partageons. Ça nous fait rire, un peu. Et ceux qui partaient à la guerre, sortaient de la tranchée, montaient au feu, sous les hurlements d'un officier qui leur intimait ni plus ni moins que d'aller se faire massacrer, à la baïonnette encore, sous les obus, que diraient-ils de nous ? Je suis à l'étroit dans mon costume, ventre gonflé. Un pet. La foirade avant la boucherie. Je suis sûr de manquer le premier acte. Au deuxième je serai meilleur, il me convient mieux. Le troisième sera selon. Je préfère ne pas songer au quatrième. Au cinquième je me laisserai descendre en pente douce. Alors ce sera fini. J'entrerai dans le monde d'après, le même, lesté d'une petite, plate, pauvre nouvelle : j'aurai manqué *Le Misanthrope*.

C'est maintenant. Je suis entré. Un seul pas – j'étais en scène. Cela a déjà eu lieu, plus vite que je ne l'aurais pensé. Je ne l'ai pas pensé. Je suis sorti de moi bien plus que je ne suis entré, dans cette immensité gazeuse. Effrayante lumière. Zone de nerfs et d'éblouissement. Il n'y a pas de refuge. Cible en plein soleil de trois cents fusils. Hopkins est arrivé aussitôt. « *Qu'est-ce donc qu'avez-vous ?* » Entrée dans la parole. Reflux de la pensée. Deux couloirs. Je creuse deux couloirs : un pour la parole, l'autre pour la pensée. Je penserai d'un côté, je parlerai de l'autre. « *Laissez-moi je vous prie.* » Des pensées se sont glissées dans le conduit à parole, l'empoissent, épaississent l'eau de mémoire, collent aux syllabes. « *Mais encore dites-moi quelle bizarrerie...* » « *Laissez-moi là vous dis-je et courez vous cacher.* » Je suis dans mon nez. Je dois m'extirper de mon nez. Ma voix est entièrement piégée dans le nez. Je n'ai pas regardé Hopkins dans les yeux comme je devais le faire. Je l'entends à peine. Qu'a-t-il dit ?

43

« … *sans se fâcher.* » Je m'y retrouve. « *Moi je veux me fâcher et ne veux point entendre.* » Je contemple Hopkins, sans raison. Nous sommes tout en sueur. Il n'a pas l'air de trembler. Il se tient avec noblesse. Une noblesse naturelle dans le port, que je lui envie : dos bien droit, épaules dégagées, mains détendues. Je profite de cette confiance qu'il transmet. Je me redresse, cligne des yeux deux ou trois fois, inspire – expire. Je n'y crois pas encore. Je ne suis pas encore entré. Pas sorti du sommeil viscéral. « *Dans vos brusques chagrins je ne puis vous comprendre et quoiqu'amis enfin je suis tout des premiers…* »

« *Moi votre ami rayez cela de vos papiers* » j'ai enchaîné si vite que j'ai mordu le « *miers* » de premiers. Je prie Hopkins, d'un regard, de m'excuser. On y a sûrement entendu le symptôme d'un puissant malaise. « *J'ai fait jusques ici profession de l'être mais après ce qu'en vous je viens de voir paraître…* » Moins nasillard, je prends un peu plus d'autorité sur et dans ma réplique. Je cesse de la voir écrite en lettres grises sur l'intérieur de mon front. Mais le rythme est si sec, si cassant que nulle atmosphère ne se crée autour de moi, nulle chaleur n'en émane, rien n'a lieu. Je parle mort. Métal de ma peau. Commissures soudées, fixées dans ce rictus d'angoisse qui me vient de ma mère. Je sens bien que ça ne prend pas. La salle est une gorge noire et silencieuse qui attend. « *Et ne veux nulle place en des cœurs corrompus.* » Combien dans la salle connaissent par cœur ces répliques ? Un bon tiers. Une centaine de cerveaux reprennent après moi, commentent, critiquent, se sont déjà fait une idée. « *Je suis donc bien coupable, Alceste, à votre compte.* » De nouveau, c'est à moi. Corps en retard sur mon corps. Je n'ai pas franchi le cuir de mon visage. « *Allez, vous devriez mourir de pure honte.* » Cette fois, j'ai démarré. Une impulsion excessive sur « *Allez* » m'a défait de moi brutalement. Quoi qu'il arrive, je suis séparé et embarqué. Un équilibre gazeux s'est produit entre l'air de la scène et mon souffle. Il n'est pas question de plaisir, mais je me fais une raison. Je ne suis plus coupé de Hopkins. Nous commençons. Nous sommes deux héros – Alceste, Philinte – qui, à tour de rôle, racontons toute l'amitié du monde. Le silence n'est plus ce mur contre lequel j'ai brisé mes premières répliques. C'est une certaine qualité de nos paroles. Que le silence soit aussi de Molière, voilà qui serait beau. Nous verrons. Ce que je manque n'a pas plus d'importance que ce que je réussis. Je crois bien que la salle s'ennuie un peu. Qu'y faire ? Je suis *entré*.

Soir de première

La peine que je vais avoir en retrouvant mes amis, à la sortie des coulisses : en demi-cercle, souriant, un peu timides, lointains, évasifs, dans une attitude de désaveu qu'ils chercheront absolument à cacher. Ils auront dû patienter longtemps. Mes plus chers et plus anciens amis. Certains ne se voient plus beaucoup. Ils auront attendu tous ensemble dans la gêne, les paroles rares et mesurées ; l'un d'eux aura sans doute émis un avis dur et définitif ; mais ils se seront sûrement accordés à faire mon éloge, rôdant leur phrase à mon encours ; en silence ils auront pesté de ne pas me voir arriver comme les autres acteurs, qui, depuis un moment, embrassent les leurs, expédient les compliments d'usage. Déjà ils trinquent.

Je tarde à franchir la porte des coulisses. Je transpire en me rhabillant. Je ne sais pas me résoudre à sortir. Les imaginer m'attendre avec toutes leurs amitiés confondues, emmêlées et contradictoires, lire sur leurs visages l'effort et la fatigue d'avoir subi, au nom de toutes ces années d'affection et d'indestructible tendresse, le poids d'une représentation ratée, fastidieuse, embarrassante – tout cela me pétrifie. Je suis chargé de fleurs comme une diva : fleurs adressées par le théâtre comme à toute première, quelle que soit la valeur du spectacle ; fleurs envoyées par l'Administrateur comme à tous les comédiens du spectacle. Fleurs. Spectacle. Comédiens. Théâtre. Les mots pèsent et s'avachissent, passés dans toutes les bouches autour de moi.

Enfin je sors.

Mes amis sont bien là, apparemment plus joyeux que je l'imaginais. Je distribue, sinistre, des baisers sur leurs bonnes joues, à tous. Passées les retrouvailles, il y a beaucoup de silence, quelques paroles affectueuses et vagues, des lapsus, un commentaire sec, bien frappé, de mon ami le plus sévère – pour qui chaque spectacle un tant soit peu manqué est une injure personnelle – et c'est tout pendant ces premières minutes où je tâche de me faire mon idée. Effectivement, elle s'est mal passée, cette première. Le regard que je promène autour de moi, sans toutefois m'attarder sur aucun visage, comme si je cherchais une personne absente, me renseigne impitoyablement : aucun de ces coups d'œil chargés de reconnaissance, de généreuse pensée ; les gens se détournent, ou me répondent par une expression qu'ils parviennent à rendre absolument vide, vacante, indéterminée, comme s'ils ne m'avaient jamais vu. Je m'enfonce dans la poitrine ce constat : j'ai été *mauvais*. Le mot sonne trop dur à mes tempes toujours humides. Disons, *pas terrible*. Oui, cela, je peux le supporter, m'en faire un viatique. Je reviens à mes amis dont la conversation tarit. Ils craignent de me faire de la peine, sans doute. Je devance leur sollicitude en affectant la plus sympathique décontraction, et me montre dépourvu d'illusions, quant au reste, sur la qualité du spectacle. Je propose moi-même quelques arguments qui, après coup, m'étonnent par leur sévérité excessive. Une personne qui dans mon dos m'a entendu intervient, se croit autorisée à confirmer mes paroles, formule d'autres récriminations et, s'appuyant sur la lucidité dont elle me loue, nous assassine familièrement. Mes amis s'offusquent, la contredisent, lui font bien sentir son manque de tact. Nous finissons par en rire. On a bien le droit de dire ce qu'on pense, proteste-t-elle.

Malgré le froid, je continue à ruisseler. J'ai posé les fleurs à terre, ôté mon manteau, puis mon pull, répandant mes affaires au milieu des gens emmitouflés. J'essaie d'expliquer combien cette soirée est particulière. On ne peut pas la juger comme on juge n'importe quelle représentation : trop d'invités dans la salle dont les réactions nous surprennent et nous ébranlent, pas encore assez de rythme, défaillance d'Untel, changements considérables dans la mise en scène en deux jours, pas encore digérés, et la peur, *quelle peur mes amis.* Je m'enveloppe et disparais dans le grand alibi de mon trac. Ce n'est pas moi qui ce soir ai joué, mais l'enfant fou d'angoisse *que vous ne pouvez pas ne pas consoler*, à cet instant, dans ce hall que nous voulons tous quitter au plus vite.

Puissance de l'orgueil en déroute secouant ma lâche personne, qui lutte, révoltée, pour arracher un petit compliment. Pas de compliments. On sourit à peu près tous. Moment irrespirable, au milieu de mes plus chers amis.

Haine

Nous nous sommes rencontrés très récemment. Sympathie immédiate. C'est un couple. Mille affinités soudaines, humour partagé, attentions vives et délicates. L'amitié ne demande pas plus de mystère. Je ne force jamais les amis à venir me voir au théâtre, je les plaindrais même plutôt de cette corvée, mais pour ceux-ci je fais exception, je les invite. Ils sont ravis. Quel jour ? Prenons nos agendas, que ces belles intentions ne restent pas lettre morte. Nous dînerons évidemment ensemble après la représentation.

Bientôt la dernière représentation. Le public afflue, se passionne, applaudit en rythme dès le baisser de rideau, nous fait un triomphe. Les lumières remontent dans la salle sur des visages réjouis. Rappels, nous revenons, dernière salve, on s'incline bas, lentement, fiers et reconnaissants. La coulisse est joyeuse. Pas un soir sans que jaillissent dans nos loges des enthousiastes, des fanatiques, des fous furieux, venus et parfois revenus. Habitués maintenant à ces débauches, nous savons les accueillir, les remercier, les tempérer. Nous jouons très bien les modestes.

Je sors de scène tranquille et détaché, en quête de mes nouveaux amis. En me voyant, ils baissent un court instant la tête, puis m'embrassent. Nos yeux se croisent à plusieurs reprises, vides, malgré les sourires. Timidité. C'est bien naturel, on se connaît si peu. Ils me demandent si je vais bien. Je vais bien. Je ne m'étends pas sur la question de ma santé, m'enquiers de la leur, qui n'est pas moins bonne, et le silence tombe. « Alors ? », dis-je, gaiement, après quelques secondes. Ils me répondent qu'on va *en parler*, et m'invitent à nous rendre au restaurant comme prévu. Nous marchons dans la rue, têtes lourdes. Nous tâchons de réveiller notre sympathie mutuelle, si évidente une semaine plus tôt, délicate et volubile, pour l'heure endormie, gelée, morte. Ils mettent du temps à choisir une table, se disputent un peu en me prenant à témoin ; je décide de m'asseoir près de la fenêtre et leur fais un signe peut-être un peu péremptoire. Nous voilà encastrés, captifs d'un engouement ancien dont nous ne parvenons plus à retrouver le principe. La commande du dîner nous prend une bonne demi-heure. Personne ne se risque à sortir la tête du menu. On lit à voix haute et entre-mêlée chacun des plats. Ils se conseillent mutuellement sans parvenir à se convaincre. Je badine soudain en prétendant que je vais les mettre d'accord, et je choisis une bonne viande avec des frites ; ils me savent gré de mon appétit audacieux qui les libère, comme de mon ton léger bien que faux, qui tranche tout de même avec le silence dans lequel je me suis tenu jusque-là. Curieusement, je remarque qu'ils attendent de moi l'initiative de la parole, de l'humeur, des idées. Si je ne parle pas, ils ne parlent pas. Je ne cherche plus à connaître directement leur opinion sur le spectacle, ils n'ont peut-être pas compris, n'aiment pas le théâtre en général, ou ne savent exprimer leur contentement. J'aimerais quand même entendre quelques mots de leur bouche. Même une critique sévère, injuste, après une heure de conversation trouée, faible, absurde, me serait préférable. Je ne trouve plus l'occasion ni l'énergie, ou la malice, de leur arracher le moindre commentaire. Ils ont pourtant bien dit qu'on allait *en parler*. Mais la femme a trouvé un sujet sur lequel elle ne tarit plus. Il faut attendre. L'homme — je ne songe plus à les considérer en amis, je me détache d'eux de seconde en seconde, les regarde comme des spécimens de muflerie inconsciente — paraît vouloir revenir à la question en souffrance, faisant allusion à la pièce, à la salle, à la Comédie-Française, m'interrogeant sur ce qu'on y prépare, les autres spectacles en cours, leurs distributions respectives, mais s'arrête sitôt qu'on revient sur un terrain trop proche.

« Tu es heureux d'être là ? me demande-t-il.

— Là, ce soir ?

— Je veux dire en général, à la Comédie-Française…

— Oui, très heureux. Tu penses que je ne devrais pas être heureux ?

— Non, je ne dis pas ça.

— Moi je ne pourrais pas être heureuse comme ça, dans une troupe, à faire toujours ce qu'on nous demande de faire, je suis trop indépendante. » La femme est actrice.

J'attends dans une langueur que je ne cache plus le moment de payer, le moment de me lever, le moment de partir, le moment de ne plus les voir, le moment d'en finir avec eux. Ce moment finit par arriver.

Toute la soirée, j'ai cru retenir deux coups de poing en pleine figure de l'un puis de l'autre. J'ai en moi-même fomenté, médité puis renfermé ces deux coups terribles, m'en suis fait mal au ventre, dégoûté par ma propre haine.

J'apprends par la suite que ces deux *amis* m'ont

trouvé d'emblée un peu distant, probablement trop fatigué. Ils n'ont pas osé me dire que, à la vérité, pour être francs, ils n'avaient pas beaucoup aimé le spectacle, s'y étaient largement ennuyés, mais n'ont pas eu le cœur à s'expliquer, d'autant que le succès, les applaudissements nourris autour d'eux les invitaient à la prudence, à la discrétion. Ils me connaissaient si mal. J'aurais dû les mettre à l'aise. Néanmoins, ils espèrent qu'en d'autres circonstances on se reverra : ils organiseront chez eux un dîner. L'amitié reviendra.

Acteur de pierre

Ce qui fait qu'une interprétation cristallise, devient solide, et se pétrifie. Trois temps : invention de jeu dans et par l'état d'incertitude (cristallisation), agencement et construction (solidification), fixation et mémorisation définitive (pétrification). Les trois temps ne cessent d'alterner jusqu'au dernier moment de répétition, et pendant les premières représentations, *couturières*[1], générales, générales de presse. Ils rythment une trajectoire affective, partant de l'enfance du jeu, joyeuse, impatiente, pleine de trouvailles, traversant le doute, l'anxiété, le découragement, et parvenant à la paix, à l'ordre, au *mécanisme* (Jouvet) de la représentation régulière.

Entre l'exaltation qui bouleverse la troupe le soir de la première et le banal climat de bureau qui règne aux abords de la scène quelques jours plus tard, il y a toute une gamme sentimentale, une octave entière, qui fait passer d'une exigence hystérique (« ce sera génial, formidable ») au constat nécessaire, parfois douloureux, de la relativité de la performance. Là

1. *Couturière* : dernière répétition d'une pièce de théâtre avant la générale (celle lors de laquelle on procède aux dernières retouches des costumes).

où nous ne supportions, ni d'ailleurs n'entendions, d'autre jugement que superlatif, nous convenons aisément que *ce n'est pas si mal, nous nous en sortons plutôt bien, au moins on entend bien le texte*. Nous nous contentons de ces phrases mille fois entendues dont l'insignifiance, préférée délibérément au prestige de la critique, manifeste l'intention généreuse de nous épargner, de nous protéger. Je ne demande pas mieux la plupart du temps qu'un minuscule *bravo*, incertain et fatigué, plutôt que d'apprendre, même de la bouche d'un ami cher, ce que je sais déjà et dois oublier pour entretenir la ferveur du jeu.

Ainsi recouvrons-nous la paix. Ainsi finissent l'anxiété dévorante, les torsions de l'estomac, les crispations du foie, la fièvre, les bâillements inexplicables à quelques secondes d'une entrée en scène où l'on doit bondir et pétiller – ainsi s'épuisent les émotions ambivalentes du tout ou rien, ainsi la vie retourne-t-elle à la réalité, ainsi le monde et l'actualité reprennent-ils un sens, comme de faire ses courses, d'acheter le journal (et pas seulement pour les critiques), de dormir.

Cristallisation, solidification, pétrification. Je surprends mon propre corps à me conduire en scène, à marcher, courir et cabrioler. Là où je n'avais pas assez de toute ma volonté pour m'arracher un maigre et conventionnel sourire dès que je percevais un accroc dans l'humeur et le rythme, je me mets à rire de toutes mes dents, sans effort et avec plaisir. Les uns et les autres, nous nous amusons même d'un trou de mémoire, d'une absurdité lâchée par un partenaire : ce sera la meilleure de la soirée.

Mais c'est aussi une défaite : on ne progressera plus. S'il arrive qu'après quelques représentations on décèle, dans la mise en scène, des erreurs – de sens, de rythme, de jeu –, il est presque impossible d'y remédier. Les acteurs ne sont plus disponibles. Ils ont la tête ailleurs : au film qu'ils tournent, au nouveau spectacle qu'ils répètent, aux loisirs auxquels ils vaquent.

On parvient toutefois à joindre le metteur en scène, à organiser un raccord deux heures avant la représentation, à reprendre en commun une séquence où suppure un grossier contresens, à simplifier les déplacements, à gommer un jeu de scène. Trois semaines plus tôt, le maître d'œuvre aurait catégoriquement refusé d'entendre le moindre doute ; d'interminables discussions, tensions, malentendus et frustrations s'en seraient suivis. En cinq minutes, il se peut qu'on réussisse à balayer ce qui s'avère, tout bien considéré, de l'aveu du metteur en scène lui-même, un effet superflu et gênant, à la grande surprise de ceux qui s'étaient battus pour défendre ce qu'ils croyaient être une invention authentique. Il se peut donc qu'on parvienne à effectuer quelques modifications – le pli, néanmoins, a été pris.

Le soir même, au lieu de l'effet retravaillé, une confusion, un embarras, un curieux rythme s'installent. Les acteurs se cherchent du regard, puis se fuient. Le lendemain, on n'est plus tout à fait sûr de ce qui a changé, et pourquoi. Quelqu'un se remet insensiblement sur les rails de l'ancienne version, d'autres le suivent. Le malaise s'accentue. On en parle vaguement. Il faudrait raccorder à nouveau. Ennui, démobilisation. Nous esquivons le problème. Le lendemain, solution de fortune : jouer le passage à toute vitesse, n'y voir et n'y faire voir que du feu. Nous échangeons des regards de félicitations réciproques. Plus besoin d'en parler. Un soir, au bistrot, l'un de nous constate que personne, aucun camarade, aucun ami, pas même le metteur en scène, ne critique ce passage. Nul n'y prête jamais attention. Il n'existe même pas.

Cristallisation, solidification, pétrification. Une carapace finit toujours par se former.

Le metteur en scène nous a dit un soir – sourire traînant aux lèvres au moment de nous quitter après une représentation ordinaire –, citant Francis Ponge : « *Soyons toujours conscients de notre victoire relative comme de notre échec absolu.* » Nous avons bien ri.

Détresse de Roland

Il arrive au maquillage de bon matin, allègre, la voix forte, le visage épanoui, et salue quiconque passe à sa portée : « En forme ? Tiens, bonjour ! Alors ? C'est la forme ? Patrick ! Ça me fait plaisir de te voir ! En forme ? Suzanne, tu ne me fais pas un petit poutou ? Tu m'as l'air en forme ! Et Isabelle ? C'est pas la peine de lui demander, elle est toujours en pleine forme ! » Il est sept heures dans la caravane-loge de ce tournage en costumes, où les acteurs se succèdent aux fauteuils de maquillage pour se faire poser perruque, favoris, moustache. Je figure un personnage quelque peu anecdotique, qui me vaut huit jours de tournage dans la verdure des parcs, l'or et la vastitude des salons qu'offrent les châteaux d'Île-de-France. Je lis, je converse, je lance quelques répliques qui ne me coûtent guère, les joues ornées de deux larges favoris.

Ce comédien en si radieuse forme joue le frère du héros. C'est un rôle d'importance, source d'une inépuisable fierté, d'une joie qui déborde et d'une tendresse qui n'épargne personne. Il n'a tourné jusqu'alors que de petits bouts de scène sans conséquence, peu dialogués, mais qui ont aiguisé son appétit. Tout heureux de partager aujourd'hui le plateau avec moi – il me l'a chaudement assuré –, Roland a tenu à ce que nous

nous mettions les mots en bouche le plus tôt possible. S'ensuit le petit échange, facile et babillard, de nos deux voix qui se réveillent. La sienne étale une généreuse bonhomie ; j'imprime à la mienne, par malice, une virtuosité provocante. Nous sommes appelés pour une première mise en place.

Notre scène de ce matin est simple : nous gravissons ensemble un petit escalier ; je porte une lettre à son frère, qu'il veut intercepter ; je la lui cède ; une mèche de cheveux dépasse de l'enveloppe : « *Oh ! mais quelle horreur, rangez-moi ça.* » Il place le pli dans sa poche, et m'agrippe le bras en me disant, nerveusement : « *Il ne faut pas qu'ils se revoient.* » Je réponds : « *Je suis bien d'accord avec vous.* » Je vais frapper à la porte, et le plan se termine à cet instant.

Au milieu des électriciens qui règlent projecteurs et néons, parmi les câbles qui courent, s'allongent et se tordent, entre les étages, dans le va-et-vient rassurant d'une équipe qui commence sa journée en sifflotant, son allégresse redouble. Très détendue, une tasse de thé à la main, Colette, la réalisatrice, demande le silence pour répéter la scène. En douceur. Elle vante les *rushes* visionnés la veille, nous embrasse, nous, « *mes acteurs* », comme du bon pain. Nous esquissons joyeusement le plan, à l'intention du cadreur, qui a besoin d'une minutieuse mise en place : portant quarante kilos de matériel au moyen d'un harnachement sophistiqué, le *steadycam*, il filme la scène en mouvement et en continu, sans heurts ni à-coups. Roland et moi continuons à détendre nos lèvres en bredouillant, à l'italienne, notre bref dialogue. À peine ai-je remarqué une légère contracture vocale à la fin de sa deuxième réplique, dans sa façon d'enfiler trop vite : « *Oh !-mais-quelle horreur-rangez-moi-ça.* » Colette n'y prête guère attention, plus soucieuse, en cet instant, du mouvement que la caméra doit exécuter que de la scène en elle-même. En redescendant l'escalier, elle glisse toutefois à mon camarade : « Dis-le normalement, ne te fatigue pas. » Roland paraît cueilli à froid par cette remarque : il croyait bien avoir dit son texte *normalement* ; il ne se fatiguait pas ; s'amusait plutôt. Rien de grave.

Les déplacements de caméra se révèlent délicats dans l'étroitesse de l'escalier ; nous n'y sommes pas encore ; l'éclairage doit être modifié afin de masquer les sources lumineuses. À ma demande, un petit café m'est servi. Je me prête avec bonheur au jeu des répétitions techniques où l'on se prend à décomposer, seconde après seconde, mille remuements infimes de la main, de la tête, de tout le buste, à compter le moindre de ses pas, afin qu'il tombe au même endroit de la marche, à préciser chaque regard, à maîtriser un battement de cil, autant qu'une inflexion de voix : sur mon premier mot, je jette un œil sur ma droite, puis je regarde mon partenaire, je décroche sur la fin de ma phrase, j'ausculte un instant le grand tableau qui est à mi-étage, je baisse la tête, je reviens vite sur Roland, à l'instant où l'affolement s'empare de lui, où il découvre la mèche de cheveux, je prends soin de tenir l'enveloppe à la hauteur commandée par le cadreur, puis j'accélère le dernier pas, etc. L'intensité nerveuse dont je serai saisi au moment de la prise produira sans doute un tout autre résultat. Mais ces raffinements de combinaisons entre mouvement, regard et parole, m'occupent l'esprit comme une réussite.

Depuis quelques minutes, mon collègue a perdu de sa gaieté. Il écorne souvent le même mot, se reprend, s'oblige à dire le texte à plat, force l'atonie, oublie les consignes du cadreur – bien longer le mur, tenir la lettre haute, ne pas masquer la mèche de cheveux. Il lance toujours trop vite : « *Oh ! mais quelle horreur, rangez-moi ça.* » Il m'attrape le bras à contretemps ; quand il y parvient enfin, il oublie de ranger la lettre qu'il m'a prise, la froisse ou la déchire ; dès qu'il décompose un peu plus : « *Oh !/mais quelle horreur,/ rangez-moi ça !* », il omet de me retenir ; se reprenant, il m'agrippe le bras à toute force, débite furieusement : « *Ohmaisqul'horreurrangemaça !* », en conservant la lettre à la main. La réalisatrice se montre patiente : « S'il y a quelque chose qui te gêne, on peut le changer : attrape son bras après ta réplique. Fais ta sauce, amuse-toi. » Roland proteste que c'est à lui de se caler ; se moque gentiment de lui-même ; prend à témoin de sa dyslexie l'accessoiriste, l'habilleuse et les deux électriciens qui se trouvent à côté de nous au départ de l'action. On rit, plein de sympathie pour sa joviale modestie. Toujours en grande forme.

On décide de faire une « vraie répétition ». Je sens Roland déconcerté par l'épithète *vraie*. Il ne voit pas en quoi les précédentes étaient fausses. Il en plaisante avec le *perchman* qui réajuste son micro. Je me tais, pressentant le petit drame qui emberlificote ses nerfs. Nous alignons plusieurs répétitions mécaniques, réclamées par le *steadycamer*. Enfin tout est en place. « Pourquoi ne pas tourner maintenant ? », demande la réalisatrice. On filme la vraie répétition. Moteur.

Dès l'envoi de l'action, mon camarade a décalé son pas ; je ralentis le mien, pour qu'il reste légèrement devant moi ; c'est alors qu'il accélère ; je sens qu'il voudrait déjà me voir sortir la lettre, bien qu'il soit convenu que je ne la montre qu'après le tournant de l'escalier. Il me guette fiévreusement ; je sors la missive ; sa première phrase s'extirpe de sa bouche avec effort et finit dans la véhémence. Cela surprend tout le monde, lui le premier. La prise se poursuit, sans accroc. Néanmoins, son intonation porte bien trop haut. On coupe. « Pas mal. » Deux mots lancés en prélude à quelques rectifications vigoureuses. D'abord techniques. Colette avale les marches de l'escalier avec une énergie qu'elle veut joyeuse ; apostrophe le cadreur : il a mal filmé le virage, et la lettre s'est à peine vue. C'est en redescendant qu'elle dit à Roland : « Parle moins fort au début, moins... tu vois ! » Il est bien d'accord, confesse volontiers son erreur, il avait bien senti qu'il parlait trop fort, s'en excuse, très souriant : « Pas de problème, pas de problème. » Le silence. On s'immobilise. Colette module les ordres « mo-teur » et « ac-ti-on » avec une prudence concentrée, nous invitant à un jeu retenu. La montée des marches se fait d'emblée plus calme, plus lente. Peu de regards. Je sors la lettre. « *Qu'est-ce que c'est que ça ?* », me demande Roland. Il a improvisé. J'enchaîne. Il prend la lettre, la soulève ostensiblement à bonne hauteur. « *Oh ! Ma quelle horreur, rangez-moi ça !* » Ai-je bien entendu ? La réalisatrice ne bronche pas. Certes, cela pourrait facilement se corriger en post-synchronisation, des mois plus tard, en auditorium. Mais il oublie de m'attraper. « Coupez. » C'est encore le cadre qu'il faut à nouveau ajuster. Le *steadycamer* nous demande, une fois parvenus à l'étage, de nous tenir le plus près possible de la rampe, même si le mouvement n'a rien de naturel, et surtout de nous garder d'avancer, afin qu'il dispose du recul nécessaire au cadrage de la lettre. Roland fait observer, pour sa maigre défense, qu'il avait bien pensé, cette fois, à brandir haut le morceau de papier. On l'en remercie. Colette nous demande de monter plus vite l'escalier. Il ne se passe rien, sinon, en début de prise. « Il faut un peu plus de fièvre. Surtout de ta part », précise-t-elle à Roland. Elle récapitule quelques indications : bien décomposer le fameux *Oh ! mais quelle horreur*, etc. – elle sourit en accentuant le *mais*, négligeant avec gentillesse les excuses de Roland ; rien n'empêche que mon camarade puisse jouer deux intentions dans sa petite phrase ; *Oh ! mais quelle horreur !* est une réaction de répugnance à la découverte de la mèche de cheveux ; *rangez-moi ça !* peut être dit un quart de seconde après, en m'arrachant la lettre. Roland entrevoit une richesse nouvelle dans son dialogue. Il va en faire son miel. « Au départ ! », enjoint la réalisatrice. Roland cherche à plaisanter avec l'accessoiriste, qui ne l'écoute guère, occupé à replacer délicatement la mèche de cheveux dans l'enveloppe. Les électriciens ne lui prêtent pas plus d'attention. L'habilleuse lui sourit d'un air distrait. Au bas des marches, je lui tapote l'épaule, puis trouve mon geste condescendant et tente à mon tour une plaisanterie. Il ne paraît pas l'entendre. On tourne. Parvenus sans encombre à l'étage, nous jouons la scène à peu près correctement jusqu'au moment où il lève la lettre si haut qu'il en est, à coup sûr, masqué ; s'en rendant compte, il l'abaisse d'un coup sec, avant de s'acharner sur la fameuse réplique, qui lui résiste comme un animal au fond de sa gorge : « *OH ! OH ! mais QUELLE horr… Quelle hoorreur…* – une seconde plus tard, comme un coup de trique : *RANGEZ-MOI ÇA !* » Son regard virevolte de gauche et de droite, semble ne plus m'apercevoir dans sa frénésie ; il me saisit néanmoins avec une rare violence : « *IL NE FAUT PAS/Qu'ils se revoient !* » Il me fait penser soudain à Robert le Vigan. On coupe. Il se honnit. Aucun commentaire de Colette. Elle le rassure. Ce n'est rien. On peut rater. On est là aussi pour ça.

La lettre. *Oh mais quelle horreur*... : plus simple, plus fluide. Bien sûr. Les yeux : moins ronds. Bien sûr. Saisir mon bras. Ne pas me l'arracher. Évidemment. Nouvelle prise. « Pas mal. » La voix est mate, presque sèche. Tout s'est correctement passé. « Manque la vie », dit sobrement et impitoyablement Colette, qui coupe la première phrase du dialogue. Ne pas dire : *Qu'est-ce que c'est que ça ?* qui ne sert à rien. Sauf à Roland, qui aimait bien s'en faire un petit tremplin, lui permettant d'attaquer le *Oh mais quelle horreur* de plus en plus abrupt. Nous enchaînons plusieurs prises, toutes altérées d'une bizarrerie d'élocution ou de rythme dans la maudite phrase. Cela donne tantôt : « *Oh ! mais QUELLE horreur ! Rangez-moi ça !* », tantôt : « *Oh ! – rangez-moi cette horreur, quelle...* », ou encore : « *Oh. Mais quelle horreur. Rangez-moi ça.* » La réalisatrice parlemente avec ses assistants. Nous demeurons silencieux au bas de l'escalier. Roland me regarde avec inquiétude. « C'est pas facile avec cette lettre. » Je ne sais que lui dire et lui propose de nous redire le texte, calmement. Il ne rencontre aucune difficulté lorsque nous jouons ainsi, mais, dès que le moteur est lancé, il s'embrouille. Ses nerfs le trahissent. Il contemple ses mains avec dépit, puis tout son corps. Il ne s'aime guère à cet instant. Il m'envie. Comment fais-je, moi ? Je lui dis que j'ai bien connu ce genre de mésaventure, et des plus désagréables. Je le rassure un peu avec le récit d'une panne que j'eus quelques années auparavant. J'en rajoute un peu, en me peignant dans une situation autrement pire que la sienne. Colette s'approche. « Tu veux un café ? » Il s'attendait à tout sauf à cette question. « Non, non. – Tu es sûr ? » Il baisse la tête, cherche ses mots. « Peut-être un petit alors, ça me ferait du bien. » Il sort à l'air libre, en soulevant le grand tissu noir qui nous coupe du soleil. Accompagné de l'habilleuse, il fait quelques pas dans l'allée de graviers. À son retour, Colette lui parle avec la douceur d'un médecin devant un grand malade : qu'il oublie toutes ses indications, en fasse à sa guise, à son rythme, qu'il retrouve son innocence, la fraîcheur communicative qui lui est si naturelle, pour laquelle elle l'avait engagé, malgré son inexpérience. Elle l'embrasse, maternelle. Il reste songeur, le regard voilé. « Oui, oui… » Sa voix sonne faiblement, en peine de sa joie matinale. Il se remet en place avec précaution, se laisse réajuster le col sans rien dire. Je lui propose de refaire une répétition pendant qu'on recharge la caméra. Par deux fois, comme deux convalescents qui reprennent goût à la promenade, nous remontons les marches de l'escalier, au milieu des techniciens silencieux. Colette nous regarde à la dérobée ; Roland ne s'en rend pas compte. La scène se déroule bien, nous parvenons en haut sans difficulté, il saisit la lettre avec une parfaite aisance, « *Oh ! mais quelle horreur, rangez-moi ça !* », m'agrippe le bras comme il faut, je m'en défais, et atteins la porte de la chambre. Voilà. Colette bondit. Roland semble à peine étonné. Elle aurait tant voulu capter ces deux répétitions, demande à son équipe de se tenir prête. Nous devrions être filmés comme deux somnambules qu'il ne faut surtout pas réveiller. « Moteur », « action ». J'ai à peine entendu les deux sésames. Nous glissons sur les marches. Nous voici en haut. La phrase survient. Le visage de mon camarade, si lisse jusque-là, se décompose. L'œil saille hors de l'orbite. Nouvel emberlificotage. La prise s'arrête. Le *steadycamer* repose lourdement son appareil sur le trépied, sans un mot. Colette n'en dit pas plus. La sueur baigne le front de mon partenaire. Quatre prises nouvelles sont tournées en vain, tant le résultat se révèle piteux. Chaque mot est pour Roland un supplice d'articulation, sa gorge ne laisse plus rien passer, ses mains lui pèsent, ses yeux écarquillés fixent le vide, la lettre est un accessoire diabolique qui se déchire aussitôt qu'il s'en empare, les marches escaladent un calvaire interminable, tout le décor dresse un piège dans lequel il saigne à blanc, chaque seconde de la scène marque une station du martyre, le clap fend sa cervelle décomposée, il ne songe pas même à demander grâce.

Colette visionne les premières prises, en quête de la moins mauvaise. Une pourrait faire l'affaire. Alors Roland, dans un sursaut, réclame pour lui-même une dernière chance. Il paraît soudain ragaillardi. Sa bravoure retrouvée surprend toute l'équipe. Attendrie par cet éclat de crânerie, la réalisatrice ordonne immédiatement le moteur. Cette nouvelle et héroïque version pâtit de sa ferveur presque revancharde ; il n'y a pas eu d'accroc dans le texte, mais le ton reste théâtral et les gestes, désordonnés, impétueux, violentent toujours la scène ; une idée cependant vient à Colette : « Chuchote ! Voilà ! Chuchote ! » Elle s'enthousiasme de cette trouvaille, et remobilise tout son petit monde. La prise embobinée illico est d'abord inaudible, tant Roland s'est plié à la consigne. Les trois suivantes font croire à une amélioration. On en tourne six autres interrompues avant la fin de la scène. Je me suis trompé deux fois, le cadreur aussi, et la perche de son est entrée dans le champ. La fatigue a gagné toute l'équipe. On ne sait plus ce qu'on fait là. Colette a le teint gris. Une pause générale est décrétée. Nous sortons tous au soleil, éblouis, courbatus. Roland est seul à demeurer dans l'escalier. Je le rejoins. À l'étage, il rejoue la fin de la scène, tout bas.

Nous attendons ensemble le retour de l'équipe. Le temps est long. Plus aucun bruit à l'extérieur. Quand un assistant nous déclare enfin que l'on s'affaire maintenant à la scène suivante, dans laquelle nous ne sommes pas, dans un autre décor du château, et que, par conséquent, nous sommes libres, Roland prend une mine incrédule. D'un pas rapide et saccadé, il va aussitôt voir Colette. Je les regarde discuter, de loin. Il revient vers moi, avec un sourire surprenant, et m'explique. Elle a visionné toutes les prises, en a repéré trois honorables, très honorables même, a-t-elle ajouté, si bien qu'il n'y a plus lieu de perdre davantage de temps ; le plan de travail est chargé ; on ne peut se le permettre. Roland est certain qu'il s'agit de la huitième, de la neuvième, et de la treizième prise. Peut-être aussi de l'avant-dernière, très chuchotée. Mais il n'est pas sûr que l'idée du chuchotement soit excellente. Il s'en est rendu compte en reprenant la scène, tout seul, au moment où je l'ai surpris. Il a cru bon d'en aviser Colette, qui en est convenue. La satisfaction rend son petit teint rosé au visage de Roland. Je n'ai rien trouvé à dire, et nous sommes allés nous démaquiller dans le car-loge déserté par les autres comédiens, les coiffeurs et les maquilleuses, que la nouvelle séquence a mobilisés loin de nous. J'ôte doucement mes favoris. La pellicule de colle cède facilement sous mon doigt et la sensation en est très agréable. Roland s'arrache d'un coup et simultanément ses deux postiches. Bien silencieux, nous défroissons longuement nos visages avec des lingettes. Chacun se fixe dans le miroir cerné d'ampoules. Nous échangeons une lotion tonique, puis une grosse bombe d'eau fraîche, pour asperger la peau rougie. En partant, il me remercie de ma patience et des mots que j'ai su lui dire au bon moment. Cela lui a été d'un grand secours dans cette matinée difficile, mais instructive. Il sera heureux de me retrouver un jour, sur une scène de théâtre, ou sur un autre plateau.

*

Un an plus tard, je vois le film : la scène a été entièrement coupée au montage. Les apparitions de Roland sont très épisodiques. Après la projection réservée à l'équipe, je le retrouve égal à lui-même, heureux, content du film, embrassant les uns et les autres, comme s'ils lui avaient beaucoup manqué, *en pleine forme*.

Rêverie académique

Mon naturel craintif, un ennemi dirait *lâche*, enfant j'aurais dit *peureux*, en vieillissant je dirai peut-être *paranoïaque*, me conduit à penser que le statut de célébrité ne me tente pas. Pas en soi. Je n'ai pas les épaules de mon camarade Lloyd à qui cela ira comme un gant.

La Comédie-Française me protège, ses couloirs, ses étages *Mars*, *Samson*, *Rachel*…

Si l'on ne frémit pas, ou si l'on ne s'honore pas un tant soit peu soi-même à l'évocation des Brizard, Granval, Mounet-Sully, Talma, Préville (ah ! Préville !), je dirais – de façon exagérée – que l'on n'a peu à faire au Français, ou du moins je pourrais prédire qu'on n'y restera pas longtemps.

Ces tableaux des prédécesseurs illustres, qui jalonnent les couloirs et les escaliers de la Maison, et dont les regards me toisent charitablement, lorsque je quitte rapidement ma loge et descend rapidement les étages,

Brizard, Ducis, Granval, Mlle Dangeville,

et plus près de nous

Denis d'Inès (mon anagramme raccourci), Debucourt, Clariond,

Hirsch, Aumont, Roussillon, Duchaussoy (ces derniers trop près encore, trop vivants, pour être joyeusement tutélaires).

Ces tableaux poétisent mon statut de pensionnaire.

Je n'ai plus à souffrir de l'intermittence. Je trouve merveilleux d'être un acteur fonctionnaire de l'État au service d'une troupe et du Répertoire. Je ris tout seul, comme on rit en faisant une glissade.

La Comédie-Française est comme la République, la Démocratie, toujours attaquée, méprisée, oubliée, à faire ou à défaire (si je lisais à haute voix cela, je prendrais l'accent nasillard et grandiloquent d'un orateur du début du siècle), on invoque pompeusement ses mannes, ses héros au nom de lycée, on fourre dans l'indifférence générale des cendres et des ossements dans ces Panthéons que sont les quelques livres luxueux et benêts qui lui sont consacrés,

et elle est là, toujours, plein cœur massif de Paris.

Je pense au film de Wiseman[1], à ses plans généraux, extérieurs, du bâtiment, qui scandent le récit : de jour, de nuit, sous la pluie, au petit matin, dans le tohu-bohu de la circulation.

Les Maîtres y sont des camarades. (Ma grande théorie sympathique.)

Puissance de feu de cette troupe, et de son personnel : machinistes, électriciens, coiffeuses, modistes, habilleuses, perruquiers, cintriers, accessoiristes. La

---

1. *L'Amour joué*, de Frederick Wiseman (1996), documentaire sur la Comédie-Française.

rumeur incessante, les conflits sociaux – très graves, ces derniers temps –, le calme et le silence des coulisses, du foyer, des couloirs de loge, pendant les représentations, la seule voix des acteurs en scène, alors, que diffusent les petites enceintes placées à tous les coins de la Maison.

Les toits de la Comédie-Française, si haut, par-dessus les cintres, que je n'y suis encore jamais monté. Il paraît qu'acteurs et actrices viennent – venaient – y prendre des bains de soleil.

Quelque chose de pompeux, de désespérément classique, de gravement compassé, drapé dans le rouge et l'or inévitables, et cependant d'extrêmement touchant, familier, infiniment fécond, toujours, toujours quelque chose à faire, rien, rien qui ne finisse, ou qui ne soit absolument éteint.

Vieux costumes qui attendent de resservir, pendent enfermés en d'innombrables placards, perdent leur éclat, se fanent, à force d'ombre et d'années. Tailleurs qui en fabriquent toujours de nouveaux, avec le même soin, passementeries, hauts de chausses, pourpoints.

Ainsi, je cède parfois, et joyeusement, à l'enchantement académique.

Représentation du 8 octobre

Sans doute un public âgé. Aucune réaction. Rythme du I exécrablement lent. Atone. Je lance mes répliques avec colère, je les tends comme des lanières dont je voudrais flageller mes camarades, et moi avec eux. En collant à leurs échanges, je voudrais les convaincre d'accélérer, de soutenir, de presser le tempo. Qu'est-ce qui me prend, après tout ? De quel droit ?

Vallette creuse des temps invraisemblables à l'intérieur de ses tirades. Il éructe des borborygmes de tuyauterie avant d'articuler le texte, comme s'il délivrait d'abord la masse sonore informe, avant de la découper en phonèmes, syllabes et mots. Son visage est livide, détrempé ; ses yeux rouges, injectés. Quand la phrase est enfin prononcée, elle n'a qu'un vague air de famille avec l'originale. Il reproduit le sens en gros, tout en y glissant beaucoup d'absurdités : « *Et comme ça ne la calmait pas, je lui ai donné tout le plâtre de mon sucrier, et un sucre pour M. Musard, en chocolat !* » Il m'appelle parfois, tonitruant : « Ma fille ! » Il n'est pas seul à faire ce genre de lapsus. Cela fait rire.

Eymond est ailleurs, le regard perdu dans le vide. Même lorsque je l'attrape brusquement par les épaules, impatienté par tant d'évanescence injustifiable, il pose un regard vitreux sur le sommet de mon crâne, et n'en descend plus. Je le soupçonne d'être encore à la recherche d'une composition qui en reste aux intentions. Il y a des amateurs. Insensiblement découragé par sa langueur hystérique et cependant savante, je ne cherche plus son concours, je le laisse jouer pour lui-même, seul, dans une autre époque.

Müller, lourdement, vulgairement, souligne et surligne chaque inflexion, trahit à chaque réplique sa veulerie, sa stupide malice. Je sais bien que le personnage est une parfaite imbécile, mais tout de même. Après vingt ans de répertoire sérieux, saluée pour l'intransigeance de ses choix et la sobriété de son goût, dirigée par les metteurs en scène les plus exigeants (ils l'avaient sans doute soigneusement tenue à distance des rôles de fantaisie) et persuadée de se découvrir sur le tard une veine comique, elle s'y abandonne en furieuse, et s'abaisse à des effets que s'interdiraient les plus rompus des cabots du boulevard.

Comment tempérer ma colère ? Je pourrais bien encourir les mêmes reproches que ceux que je fais aux autres. N'ai-je pas outrageusement cherché le rire du public, comme si je fouillais dans sa gorge pour en extirper un peu d'hilarité ? N'ai-je pas systématiquement oublié de regarder mes partenaires et de rechercher l'accord, en croyant leur être supérieur, en prétendant, à moi seul, tenir la pièce ?

Je rejoins mes camarades au café. Nous partageons deux tournées de bière blanche. Pourquoi m'en suis-je tant pris à Vallette, à Eymond, avec lesquels je ris maintenant de bon cœur, qui n'ont apparemment rien remarqué de mon accès de rage vertueuse ? Je ne me reconnais pas dans ces fureurs de scène. Je voudrais dire à mes camarades combien ils me sont chers, combien leur talent m'est précieux. Fantastique palinodie. Une troisième tournée de bière me les ferait embrasser. Müller se serre contre moi et, dans un sourire d'abandon ravi, me dit qu'elle adore jouer avec moi, qu'elle nous sent merveilleusement complices, accordés, l'un pour l'autre. Je lui avoue ma réciproque estime, et comme la vie est bien faite. Je jure la vérité. Je dis la vérité. J'ai honte de moi, de mes prétentions d'artiste pur, de mes jugements insensés. Nous étions merveilleux ce soir. Une très belle représentation. Ce sont des spectateurs, arrêtés à notre table, au seuil de partir, qui nous le disent, avec reconnaissance, confusion, infinie gentillesse. Quelle troupe nous formons, quelle harmonie, quelle drôlerie, simple, aisée, sans la moindre vulgarité. Nous nous confondons en remerciements humbles, très sincères. Les voilà partis. Nous ne sommes pas peu fiers en payant nos boissons. J'offre une tournée, j'en offrirais bien deux. On se demanderait pourquoi. Enfin on se sépare. Baisers, embrassades, rires.

De ce jour, j'ai conclu un drôle de pacte avec cette troupe : il est des camarades que j'aime profondément dans une infinie circonspection, d'autres qui m'exaspèrent dans l'infinie tendresse que je ne laisse pas d'éprouver, tous sentiments mêlés, entortillés, hypocritement sincères, généreusement tus, définitivement équivoques, moi-même sûrement objet du même étrange amour, de la même tendre méfiance de leur part, moi-même non moins aveugle et lucide envers moi-même.

À la télévision

Après un *filage*[1], les comédiens, réunis dans le foyer de la Comédie-Française, interrompent le metteur en scène au beau milieu de ses *notes*. Nous souhaitons regarder l'un des nôtres à la télévision. Invité, en vedette, sur un prestigieux plateau, Lafon nous a prestement quittés une demi-heure plus tôt pour les besoins du direct. Un vétéran de la troupe fait savoir à mi-voix qu'il aimerait mieux qu'on laisse le poste éteint ; ce jour-là, il a manqué son filage : la plupart des *notes* sont pour lui. Les jeunes ont insisté. Le metteur en scène a cédé, mais à condition de couper le son jusqu'à l'intervention de l'étoile de la Maison. Tout en manifestant sa réprobation (grognements sourds, air las), Clairval, l'ancien, n'a plus quitté l'écran de l'œil, et, lorsque l'un de nous a monté le son, interrompant le metteur en scène au milieu d'une phrase, son visage s'est fermé.

Notre camarade en vive lumière entend bien parler de la pièce, mais on le mitraille de questions sur le

---

1. *Filage* : répétition de toute la pièce, donnée sans interruption. On dit aussi *enchaînement* ou *bout-à-bout*. Le filage connote un stade plus achevé. Pendant la répétition, le metteur en scène prend des notes qu'il délivre aux acteurs à l'issue du filage.

cinéma : « Qu'avez-vous éprouvé quand vous avez reçu le César du meilleur acteur ? », « Qu'allez-vous tourner à présent ? », etc. Notre pièce, ils ont l'air de s'en moquer un peu, les deux sémillants animateurs, tout sourires, pressés, taquins. On passe quand même un petit sujet, très rapide, sur les coulisses du Français. Défilent à la diable divers plans. On y voit des habilleuses, des câbles (en gros plan), des accessoires, les rouge et or de la salle, des acteurs au maquillage : c'est nous ! Mais personne n'a le temps de bien se reconnaître ; cela nous fait rire. On revient au direct : « Alors, cette pièce ? » Lafon tente d'en restituer l'argument, pressé par ses expéditifs animateurs. Parmi nous, l'excitation tombe.

Dans le foyer, je suis à gauche du téléviseur. En me retournant, je vois tous les regards rivés à l'écran... Un silence épais s'est installé. Les mines avides et rieuses se sont défaites d'un coup, se sont creusées, renfrognées. Une sorte de désespoir se peint sur le visage vieilli, usagé, de Clairval. Très vite des soupirs, des bribes : « Bon, allez... », « On peut éteindre ? – Attendez ! – Oh, ça suffit, on ne va pas y passer... » Et brusquement le metteur en scène éteint le poste, d'un geste sec, avec l'air de regretter sa permissivité. Clairval, auquel il doit encore adresser des observations précises, fait peine à voir dans son accablement.

Chacun s'ébroue comme après un mauvais rêve. On dirait l'arrivée d'un train de nuit, entrant en gare au petit matin : pâleur, maussaderie, courbatures, aigreurs, manque de sommeil, envie de café ; on se sent tous vieux, fripés, pas fiers. Et rien ne s'est passé que de très normal ; c'est un voyage auquel nul ne nous a forcés, nous étions partants. Une drôle d'amertume nous submerge. Il n'y a rien à en dire, et nous n'en parlerons plus jamais.

C'est un moment comme cela que nous vivons face à notre camarade qui sourit sur l'écran, en n'omettant pas d'essayer de nous mentionner tous. On ne lui en laisse pas le temps, seules les deux filles s'entendent nommer.

La séance de notes se poursuit dans la distraction générale. Le metteur en scène égrène d'une voix plate quelques consignes pourtant cruciales à trois jours d'une première.

Nous sommes dans le foyer, au cœur de notre théâtre et de notre travail, et pourtant nous avons l'impression que la vraie vie, la gloire, en un mot, est ailleurs. C'est en tout cas ce que je crois lire dans l'œil de Clairval, qui joue au Français depuis bientôt trente ans.

Problème arithmétique

Monologue de Dufausset dans *Chat en poche*, au début de l'acte III. Attendant vainement Amandine dans la serre, il piétine, s'agace, prétend qu'on ne l'y prendra plus. Le rendez-vous nocturne, longtemps convoité, tourne au fiasco. Et soudain Dufausset, que le quiproquo de la pièce fait passer pour un grand ténor tandis qu'il n'est qu'un jeune provincial monté à Paris faire son droit, se met à chanter. La voix monte, enfle, vibre puissamment. Il s'en félicite, s'étonne d'avoir ignoré pendant vingt-quatre ans un tel organe. Il chante encore, et brutalement revient à sa colère.

Pendant les premières représentations, jusqu'à ce monologue, j'ai toujours joué sans état d'âme, élémentaire et fluide, promenant mon corps en scène comme on promène son chien, toute distance bien réglée. Ni en moi-même ni hors de moi-même, je me suis perçu, avec ce plaisir mathématique de l'exactitude, agi et agissant dans un système qui tout entier me porte, m'amène d'un point à un autre, d'un état à un autre, sans qu'il me soit jamais nécessaire de forcer la conviction, le trait, le personnage. Jusqu'à ce monologue.

Le trac, l'énergie surabondante, la griserie m'ont d'abord occulté le problème. Mais, de jour en jour, après ce passage, un doute, une gêne, une anxiété croissent et infectent tout le rôle. Et l'instrument s'enraye. Il me faut tirer, relancer, pousser cette masse organique pataude et rétive que je retrouve sans arrêt en travers de mon chemin : moi. Un animal mort. Je ne comprends pas la raison d'une telle métamorphose.

Après coup, dans ma loge, puis chez moi, je reprends le texte, cherchant où gît le mal. Réplique de transition négligée ? Déplacement artificiel ? Temps trop long ? trop court ?

Avons-nous assez considéré, pendant les répétitions, l'épisode du chant comme une véritable parenthèse, voire une autre scène, au milieu même du monologue, sans liaison apparente avec lui ?

Confondant les humeurs, j'expédie cette parenthèse, néglige sa particularité, accélère le rythme tout au long du monologue, et joue celui-ci d'une même couleur. J'en fais un moment d'absurdité, croyant aux vertus comiques du sans queue ni tête. Perdant mon fil, je me vois contraint au surjeu, à l'artificielle folie, vitesse et dépense paroxystique, à pieds joints dans l'académisme du vaudeville.

Aujourd'hui, j'ai décidé de prendre mon temps. Je m'imagine parvenu au moment délicat. Je m'emporte contre l'inconstance d'Amandine. Tout à coup je regarde la salle, fixement. Je jette alors un œil vers les deux coulisses pour m'assurer que je suis bien seul. Je me penche doucement vers le public, commence à chanter très bas. Peu à peu, j'élève le volume de ma voix, qui me surprend, je me redresse, et jubilant, montre du doigt ma bouche grande ouverte, prend l'auditoire à témoin de ce miracle. Je m'exalte, m'enivre, répète la même phrase musicale à tue-tête, m'égosille, dérape, la cacophonie me ramène à ma colère, et la scène s'enchaîne logiquement.

J'ai découvert cette solution une heure avant d'entrer en scène, à force de gesticuler dans ma loge comme un possédé. J'étais en nage, passant, d'une seconde à l'autre, du fol enthousiasme à la crise d'angoisse. Il me faut éprouver sur le champ mon hypothèse. M'y voici.

*

Cela a marché. Comme je suis heureux. J'ai filé le monologue sans effort. Les trois scènes suivantes sont passées dans le même élan précis, rythmé, facile. Comme au travers d'une artère enfin débouchée, le sang à nouveau circule aisément, à nouveau réalimente toutes les fibres, à nouveau fait battre la pulsation juste.

*

Le lendemain, arrivé à ce même monologue, ma nouvelle formule perd immédiatement son évidence. Je n'éprouve rien, ni plaisir ni peine. Le sort fait au chant me paraît un peu gratuit. Le public n'accompagne guère mon effort. Il riait tant la veille. Ma voix est-elle mal posée ce soir ? Je la crois normale, ni plus ni moins fatiguée. Les temps sont peut-être mal ajustés. J'ai dû faire une erreur de calcul dans la décomposition des moments. Le chant alourdit la scène où il devrait l'alléger. Mes camarades, pas plus qu'hier, n'ont remarqué le changement.

Les jours suivants, j'attends, je guette, je vois venir le monologue avec une rage orgueilleuse. Je m'y débats. Je tente tout. Très lentement. Très vite. Voix basse. Voix forte. Immobile. En marche. Je m'en sors comme d'une rixe.

N'est-ce pas la forme même – le monologue – qui

ainsi me piège ? Seul en scène, je suis livré à un démon qui se joue de mon arithmétique. L'histrion se croit appelé, convoqué à l'heure et au lieu de son triomphe. En force, il veut faire état, éclat de sa puissance comique, briller de tous ses feux bigarrés, s'exposer, exploser, c'est bien à ça que sert un monologue, *mon monologue* dit-on, voici *mon monologue* ! Écartez-vous !

Toujours déçu, un peu honteux, le cabot en moi trop tôt démasqué attend néanmoins son heure, et retourne fourbir ses armes.

Lecture publique

J'arrive à l'hôtel cerné de badauds. Il pleut. De grosses voitures noires précèdent mon taxi. En sortent des jeunes gens très à la mode aux lunettes de soleil mauves. Aussitôt photographiés. Ils signent des autographes sur les petits carnets tendus par des touristes qui ne semblent pas sûrs de les reconnaître. Je descends enfin de voiture, rejoins la réception, attends, obtiens ma clef, prends l'ascenseur, y croise plusieurs journalistes étrangers parés de leurs accréditations, sors à mon étage, entre dans ma chambre.

On m'appelle. Michèle Bardeau, du C.L.I.F. Le C.L.I.F. est une association qui soutient le cinéma dans les petits pays où la guerre a tué la production de films. La lecture que je viens faire ici, en plein festival, est destinée à promouvoir un scénario – dont je dois lire plus de la moitié – et contribuer à sa réalisation. Michèle Bardeau est pour l'instant la seule personne dont le nom me soit un peu familier, en même temps que la voix, plusieurs fois entendue au téléphone. Rendez-vous dans un quart d'heure. Elle semble bien fatiguée. Ce matin, une autre lecture a eu lieu – grand succès, beaucoup de monde – et il fallait en hâte conduire la comédienne à plusieurs points de presse. Je demande la permission de manger, me fais indiquer un restaurant, en bas de l'hôtel. Dans le hall, un orage de flashes enveloppe un couple de jeunes Asiatiques très iconoclastes, que je ne reconnais pas. Dehors, d'autres stars sont arrivées, si j'en juge par le monde, les photographes, la lumière, le bruit.

Une grande femme, long visage, énormes yeux, immenses lunettes de soleil, vient à moi. Michèle Bardeau, du C.L.I.F. Du C.L.I.F., également, Pierre-Ange Mauxion, qui l'accompagne, plus petit, plus gros, encore plus fatigué, mais réjoui, fou de cinéma, dit-il de lui-même en se présentant. Ils portent chacun leur lourd cartable. Michèle Bardeau le laisse choir à côté d'elle, Pierre-Ange Mauxion le pose sur la table, gros, rempli, usé. Michèle, d'un signe, lui enjoint de le poser à terre. Ils s'assoient tous deux avec moi, respirent un peu. C'est une folle journée. Ça n'arrête pas. Ils sortent un paquet d'invitations, dont je ne sais que faire, n'ayant personne à inviter. Ils me demandent si j'ai l'intention de monter les marches le soir même. Non, je n'ai pas de smoking. Ils racontent très vite les premières journées du Festival, m'informent du *buzz*. Le *buzz* ? La rumeur, ce qu'on dit et entend dire des films et qui se répand parmi les rues, la Croisette, les couloirs d'hôtel. La conversation tombe. Pierre-Ange mange un gâteau.

Nous quittons le restaurant. Marche à travers foule. Au loin dans la bruine, flashes, stars, badauds. Michèle et Pierre-Ange n'y font plus attention. « Jovan Hadzic est très heureux que vous lisiez son scénario », me dit Michèle. Le ton est commandé. Je dois être inconnu de Jovan Hadzic. Marche accélérée. Nous sommes sans doute en retard. Le chemin est long, difficile, à travers les gens, les barrières, les voitures officielles, les policiers, sous la pluie.

Nous traversons le hall du Grand Hôtel, toujours encombré de stars anonymes, de photographes, de gens accrédités, de fous, d'ahuris, d'Américains exubérants. Nous passons en hâte dans un salon déjà moins envahi, puis un long couloir plus calme encore, atteignons une salle dégagée, peu lumineuse. Il y a là une petite dizaine de personnes.

Un petit homme à l'air embarrassé, tristement vêtu, fait tache dans l'ensemble du groupe. Michèle me présente Jovan Hadzic. Il me sourit avec une ironie que je ne sais comment interpréter. Son français est approximatif, nous nous en tenons à deux ou trois formules. Je le félicite pour son scénario ; j'en espère la réalisation prochaine. Il m'apprend que le film a déjà été tourné. Coupant court à ma perplexité, Pierre-Ange me présente quatre personnes du C.L.I.F., accueillantes, solidaires, toutes aussi lessivées que mes deux accompagnateurs. Combien de temps durera ma lecture ? J'en rassure plus d'un en affirmant ne pas dépasser les quarante minutes.

Allons-y, me fait signe Michèle.

Nous entrons dans la salle même, profonde, très sombre, presque vide. Cent places, douze personnes. L'heure de la lecture est déjà passée de cinq minutes. Pour me réconforter, Pierre-Ange me dit à l'oreille que, le matin, c'était bourré à craquer.

Sur l'estrade, une table. Sur la table, deux micros, une petite lampe timide.

D'un geste impérieux et bref, Pierre-Ange me demande de patienter en bas de l'estrade. Je comprends qu'il veut m'introduire en faisant un petit effet. Il monte en scène, micro en main, large sourire. Le désert de la salle est amplifié par l'excessive sonorisation. Quel vaste projet, ces lectures du C.L.I.F. Pas moins de soixante-cinq scénarios ont été sélectionnés dans un premier choix. Deux seulement ont été retenus, celui du matin et le mien. Pierre-Ange détaille les mille projets en cours, vante l'extraordinaire dévouement de ses cadres, les remercie un à un, gratifie chacun d'un petit trait d'humour entendu, loue le grand succès de la lecture matinale, s'explique parfaitement le léger déficit de l'après-midi – après tout, ce sont les films, ici, qui ont la vedette, pas les scénarios –, félicite les valeureux présents (pour moitié du C.L.I.F.), et, soudain, hausse le ton, m'invite sur scène avec une énorme chaleur.

C'est à moi. L'acoustique est glaciale. Ma voix s'établit dans un silence approximatif de salle de conférences où le micro poussé à saturation crée non pas l'attention mais la discipline. Ça ne revient pas. Commence ma lecture. Dès les premiers mots, j'éprouve l'éloignement, la distance, l'intérêt mesuré des uns et des autres. La fatigue de tous ces bénévoles du C.L.I.F. Des mois de travail pour en arriver à cette lecture. Ils ont bien le droit de se relâcher. Visage de la plus pure bonté, forçant l'écoute, avachi au deuxième rang, Pierre-Ange sue et rêve. Michèle s'est enfermée dans une attitude de retrait, seule à éprouver gêne et ennui devant tant de fauteuils vides. Le réalisateur n'a sûrement que faire d'entendre ce qui est déjà, sous une autre forme, *en boîte*. Deux journalistes s'agitent un peu, tripotent leur carte d'accréditation ; bientôt l'un des deux s'en va.

Je m'en rends compte à l'instant : j'ai pris la petite lampe, minuscule au bout d'une fine et souple tige, pour le micro de droite. Voilà dix minutes que je l'oriente vers ma bouche, croyant obtenir un bel effet d'intimité vocale. J'ai dû être inaudible. Personne ne s'en est plaint ni même aperçu.

Le scénario est très peu parlé. De longues didascalies détaillent les perceptions visuelles, hallucinatoires, du personnage principal. Je m'y perds. On s'y perd tous. J'accélère. Je profite complaisamment des rares dialogues, change ma voix selon les interlocuteurs. Les moments d'humour ne marchent pas. La tête dans le creux de sa poitrine, son accréditation pendant sur le côté, le journaliste s'est endormi. Pierre-Ange, coude sur le genou, a déposé sur son gros poing sa bonne tête épuisée.

L'ennui que j'inspire m'ennuie moi aussi. Je dévide les mots, les pages, je ne parviens pas à briser la monotonie de ma voix, toute blanche, toute triste, toute molle. C'est une voix qui renonce, de plus en plus, à chaque mot avalé, et qui poursuit sa pauvre route sonore, rectiligne et désabusée. Dans une scène à quatre personnages, j'accuse encore le trait, pour me secouer, me réveiller. Je ne réveille rien, pas même le journaliste. J'accélère encore, me réfugie dans la vitesse. Assaut de virtuosité dans la diction. Préciser les têtes de chapitre, les numéros de séquence, les mentions *intérieur*, *extérieur jour* ou *nuit*, m'agace, m'insupporte : je laisse tomber. Les scènes s'enchaînent, s'agglutinent, se confondent dans ma narration galopante. Je ménage d'inutiles silences, créant de faux suspens. Je bois toute la bouteille d'eau. Une femme s'en va. Je la maudis, je continue. Une scène enfin semble retenir l'attention. On y sent la fin approcher. Le personnage principal meurt. Je baisse la voix. Dans l'immense salle au public si menu, nulle émotion. Ambiance de fin de congrès pharmaceutique. Deux pages encore à tenir. Épilogue. Décélération. Un soleil se couche quelque part. Court dialogue entre l'homme et la femme – quelle femme ? Je n'en sais rien, j'ai dû manquer un maillon –, et tout est dit. Je lève la tête. Applaudissements brefs. Pierre-Ange s'ébroue, bondit en scène, saisit le micro, me remercie au nom de tout le C.L.I.F., souligne la beauté de la fin, entend partager son émotion – vive, peu dicible – avec le public maintenu captif.

Il donne la parole à Jovan Hadzic. Aucune question ne lui étant posée, il n'a rien à dire. Silence. Pierre-Ange, de son regard humble, admiratif, benoît, le sollicite amoureusement. Le cinéaste s'enhardit. Sa voix douce, très faible, s'éteint au bord du micro qu'il tient de guingois. C'est une étrange expérience d'écouter son propre scénario, dans une autre langue, deux mois après la fin du tournage. Que de scènes inutiles. Il a beaucoup coupé. Ce qu'on écrit est toujours superflu quand viennent les images. « Vous êtes un grand visuel ! », dit Pierre-Ange, redressant le micro. Hadzic hésite à poursuivre, s'en tient là, sourire fatigué, me remercie, remercie le C.L.I.F., tous ceux qui l'ont aidé dans la réalisation de son film, ramasse sa veste, pensant en avoir terminé.

Pierre-Ange ne l'entend pas ainsi, relance le débat. Quelles sont les résonances politiques de l'histoire ? La métaphore centrale est-elle encore d'actualité ? Malgré sa bonne volonté, Jovan a l'air soudain ennuyé, comme s'il avait répondu mille fois à de telles questions. Il ne fait pas du cinéma en ces termes-là. « D'autres questions ? », demande Pierre-Ange en se tournant vers la salle dont il ne semble pas mesurer l'apathie.

Un journaliste palestinien demande à quoi tout cela rime, émet un petit rire d'excuse et de satisfaction, se rassoit, insiste : vous n'en avez pas assez de tous ces films sur la guerre ? Vous n'avez rien d'autre à raconter ? Une belle histoire d'amour ? Un conte ? On s'emmerde avec vous !

Je me sens visé autant que Jovan, qui réclame le micro. Polémique. « Vous n'avez pas à me faire la leçon. » La manifestation se termine dans un modeste hourvari.

Une toute petite femme, détrempée de la tête aux pieds, gros magnétophone à l'ancienne en bandoulière, bloque ma sortie, me coince dans la salle, pose son engin à mes pieds, soupire, me demande trois minutes d'attention et colle son micro sur ma bouche. Arrivée à l'instant, noyée par l'orage qui vient d'éclater, elle n'a rien entendu de la lecture, s'en excuse, on y va, le bouton est enclenché. Qu'est-ce que ça me fait de lire, comme ça, en public ? Et je fais ça souvent ? Cela peut-il aider à la réalisation d'un film ? Ne devrait-on pas faire plus pour ces pays dévastés, qui n'ont pas d'argent pour le cinéma ? Serais-je prêt à y tourner ? Quel est mon favori pour la Palme d'or ?

Ses cheveux coulent sur sa triste figure. Le tonnerre redouble. J'abrège mes réponses jusqu'à l'absurde. Un homme élégant, immense, débonnaire, vient à moi, me tend sa carte : scénariste. Si jamais j'avais un scénario qui demande à être retouché, que je n'hésite pas. Ce serait un plaisir. Il conclut sobrement en me disant *bravo*. Je cherche à m'en aller.

Pierre-Ange m'attrape vigoureusement, me félicite, me remercie encore. Michèle souligne la haute qualité d'écoute. J'ai réussi à me rapprocher de la porte. Un photographe me demande de poser quelques secondes sous une grosse lampe. Je dois lever la tête pour prendre la lumière blanche, verticale, et le regarder ainsi, cou tendu à l'extrême, par au-dessus. Je m'exécute, résolu à me laisser faire jusqu'au bout, persuadé d'en finir ainsi au plus vite. On m'invite à me rendre au bar. Tous les membres du C.L.I.F... Non, non, je préfère retourner à l'hôtel. Me reposer. Très aimable, très décidé, je m'éclipse.

Ciel d'orage, comble de titanesques nuages, qui crèvent de plus belle. Les parapluies s'ouvrent de partout. En robe du soir, escarpins, sacs à main emperlés, de grandes et belles femmes qu'un rien encombre et manque de faire tomber enragent, paniquent, au bras de messieurs non moins élégants. On dirait qu'elles n'ont jamais marché sous la pluie. Les flashes se confondent avec les éclairs. Stars, plus loin, près du studio à ciel ouvert de Canal +.

Je jette mon scénario dans la première poubelle venue, accélère le pas, me foutant d'être mouillé. *Il m'a manqué juste un peu de grâce, un tout petit moment de grâce.* C'est une phrase qui me console et que je répète au long de mon chemin.

Une heure à l'hôtel, sommeillant à demi. On me rappelle. Bien sûr, l'émission de radio, je n'ai pas oublié. J'avais complètement oublié.

Michèle, Jovan et moi, derrière un bureau incurvé, subissons la belle humeur, la belle inculture, la splendide condescendance d'un animateur bien peu renseigné. L'interview pour Jovan est une humiliation. Quelle chance d'être choisi parmi soixante-cinq scénarios en lice, vous rendez-vous compte ? En regard de cette passionnante compétition, le film importe peu. On lui demande son budget. Si dérisoire, celui-ci ne soulève pas le moindre commentaire. C'est un film déjà oublié, qui, même tourné, n'aura pas lieu. Quels sont ses favoris pour la Palme d'or ? Plus résigné que jamais, voix encore plus faible, las mais toujours poli, Jovan attend de repartir dans son petit pays dévasté.

Le dîner dans un bon restaurant fait oublier la journée absurde. On se salue, on se serre, on blague, on boit du vin. Le C.L.I.F. est là au complet. À la table de la directrice, une grande star américaine occupe toute l'attention. Ses bras sont immenses, ses épaules très larges. C'est un homme très affable, au sourire si vaste qu'il tient à peine sur le visage. Je disparais tout entier dans sa poignée de main, son énorme sollicitude, sa gloire gigantesque.

Une belle Africaine me saisit le bras, mélange anglais, français, nous déclare *amis*, se dit actrice, me demande comment on fait pour être ému sur commande, puis fait taire tout le monde. Sa voisine, recroquevillée, front contre la table, fait entendre, échappée de la masse inerte de ses cheveux répandus, une voix profonde, sensuelle, ascendante. Toute la table écoute, émanant de cette forme dont la figure refuse encore de se faire voir, une terrible mélopée. Elle lève enfin la tête, fixe la star, ferme les yeux, s'abandonne aux accents les plus rauques. Une, deux, trois chansons. On applaudit. La journée finit en apothéose. Michèle me sourit toutes les fois que nos regards se croisent – le même sourire à chaque fois. Pierre-Ange me saisit par l'épaule, m'emmène à part. Échauffé, les yeux rouges et cernés, généreusement ivre, il me donne chèque, défraiement, contrat à signer, et félicitations renouvelées. Il est tout à fait cuit, mais s'acquitte parfaitement de sa dernière tâche.

Je suis dans la rue. La pluie a tout liquidé. Les passants marchent à la vitesse régulière de la vie régulière. Quelques smokings, par-ci, par-là. Au bout là-bas de la Croisette, je guigne mon hôtel. Longue promenade solitaire et nocturne, rebours de la marche forcée dans la foule et les flashes de cette après-midi. Je les oublie tous un peu plus à chaque pas que je fais. Il ne s'est rien passé.

*

Il y a des jours manqués où les *toreros* quittent les arènes sans trophée, sans succès, parfois sous les sifflets, les injures, ou dans l'indifférence. Tête baissée, visage clos, ils traversent à pied le sable de la piste. Ils montent, vidés, dans leur fourgon, s'assoient à côté de leurs *peones*. J'aime leur visage après l'échec. La peine s'y lit rarement. Magnifiquement pensifs, ils écoutent quelques paroles de réconfort à voix basse adressées par la *quadrilla*. Ils ne savent pas eux-mêmes rompre le silence. La désolation, la consolation, alternent dans leur tête. Ils quittent la ville pour la prochaine arène. Il faudra se ressaisir. La route, le travail, le temps viennent à bout de toute amertume.

Il m'a manqué juste un peu de grâce, un tout petit moment de grâce.

La suivante
(Au jury du premier tour
du Conservatoire)

Le matin aux paupières lourdes et grises, le matin, hostile au théâtre, bâille dans notre salle d'examen. Les candidates en doivent percer la poix. Les odeurs de café débordent de nos bouches et de nos gobelets, désépaississent nos yeux mais pas leurs langues. La salive sera la grande absente de la journée. Il faudrait des sachets de secours. Une moto creuse, en vrombissant dans la rue encaissée, une profonde entaille dans la concentration de la première officiante, autant que dans l'attention erratique que nous lui portons. Le président du jury, à l'entame de sa deuxième scène, lui propose un verre d'eau. Pourquoi ses lèvres, que sa langue avait tenté vainement d'humecter – pourlèchage incessant –, l'ont-elles refusé ?

Point de théâtre dans cette lumière jaune. Salle d'attente avec paravent noir de chaque côté. On vient derrière y chercher des tables, des chaises. Puis on s'y cache, parfois longtemps, avant de faire son petit bond dans la scène : « *Quoi, le beau nom de fille est un titre, ma sœur/Dont vous voulez quitter la charmante douceur/Et de vous marier vous osez faire* fête *?...* »

97

Poussif, maladroit, cacophonique, l'accent sur la finale rompt brutalement l'attention du jury, comme s'il en avait reçu le coup. Comment se peut-il que nous ne parvenions pas à entendre la suite ? Rien à faire. Plus personne ne parle à personne, et personne n'écoute plus personne. Chacun s'est déjà retiré dans sa plus lointaine rêverie.

Je voudrais poser ma tempe sur le velours de la table. J'ai la fierté légitime de l'ancien élève qui se souvient de sa réussite d'autrefois – tout premier sentiment de reconnaissance, aujourd'hui ravivé – lors de cette épreuve initiatique, et dont la présence dans le jury suggère, avec discrétion, la satisfaisante et stable carrière. Mes collègues partagent peut-être ce sentiment. Verron, bien droit sur sa chaise, tout heureux d'être là – c'est un honneur et une revanche d'autant plus grands qu'il fut jadis refusé –, montre de la pondération, un grand sens de l'équité, un constant souci d'« ouverture » dans les délibérations. Attendant que les uns et les autres aient parlé, il ajuste son avis sur l'avis de celui qui, pour lui, fait le plus autorité : Gerbaud, comédien reconnu, metteur en scène efficace, homme engagé. Lui ne laisse rien transparaître avant de parler. L'œil implacable. Rivé sur les actrices. Toutes les actrices. Avant, pendant, après la scène de concours. De temps à autre, il laisse tomber un avis d'une fulgurante trivialité, mortifiant Verron. Moulin se plaît à contredire systématiquement les jugements trop majoritaires à son goût. Il rit très fort aux scènes comiques les moins drôles. Sabre les laides et les trop jolies. Porte aux nues les quelconques et les bizarres. Feint parfois de s'endormir ostensiblement. « À chier ! », n'hésite-t-il pas à dire d'une candidate qui n'a pas encore passé la seconde porte. Je suis souvent de l'avis de Fouquet. Est-ce parce qu'il est à ma droite ? Parce que je l'aime bien ? Nous ne nous connaissons pas. Nos carrières, nos provenances sont semblables. Déterminisme. Madame Salmon, attendrie, élégante, représente le ministère. L'ébahit, la bouleverse le courage qu'il aura fallu à ces jeunes filles pour se présenter au premier tour du Conservatoire, que, malgré son plus ancien désir, elle n'osa jamais passer. S'inquiète toujours de la « précarité » dans laquelle – elle en est persuadée – vivent les trois quarts des candidates. Plus celles-ci viennent de loin, plus elle incline à les faire passer. Elle voudrait leur parler. Les redistribue : « On aimerait tellement la voir dans Camille-et-Perdican ! », dit-elle, songeant moins à la pièce elle-même qu'aux morceaux rituels qu'elle dut jadis travailler dans les cours. Parfois elle confesse ne plus savoir ni pouvoir juger les unes et les autres. « Elles ont toutes quelque chose ! » Le président l'aiguille, la pilote, la circonvient, la muselle.

*

Les répliques se tiennent sagement sur le banc, garçons et filles d'honneur de la candidate, qu'exaltent leurs regards tendus, leur dévotion, leur rire au moindre effet. Petit bloc ardent et passionné dans l'atmosphère objective et circonspecte de la salle d'examen, ils fourbissent d'un même élan les encouragements, les accessoires, les vêtements, puis, quand la scène est passée, complimentent, replient, rangent en hâte, forçant l'optimisme. Ils nous jettent un œil, de temps à autre, croisent mon ennui, je me redresse, mais ce garçon a compris : sa camarade ne passera pas. Quand elle en termine, la délicatesse de ses gestes, l'aidant à se rhabiller, à rassembler ses affaires et ses esprits, ne trahit qu'à mes yeux la certitude de l'échec. Moulin ricane.

La matinée inexorable déverse des Ériphile que chassent les Doña Sol. Les vers, un à un, tombent, se disloquent sur le parquet : « *Hyménée... Flamme... Il périt... C'est un feu qui s'éteint faute de nourriture... Mon espérance est morte...* » Grimacent, brament, se tordent les Infante. On interrompt les Camille avant d'avoir à subir l'unique objet de leur ressentiment. Des Hermione goutte-à-goutte se répandent. Une Esther, pour les besoins de la prière – « *Ô mon souverain roi !/Me voici donc tremblante et seule devant toi* » –, a presque disparu au pied de la table du jury, devant le président. *Parcours libres*[1] si contraints, solitudes extrêmes, illusions provinciales, ambitions démesurées, rêves petits et intenses, en un moment réduits à néant. Elles tiennent souvent leurs mains devant elles, paumes offertes, comme des saintes sacrifiées. Voix si pauvres, qui ne disent souvent que la mélancolie d'un accent qu'elles voudraient bien réprimer. J'en reconnais que j'ai déjà entendues – et jugées, des malheureuses revenues, bonnes joueuses, tendre la voix à celles qui vont tomber. La rue, peu à peu, s'emplit de leur patience et de toutes leurs cigarettes.

Dans ces troupes d'un matin, chargées de valises, de morceaux de décor, de magnétophones et d'instruments, tiens, un petit couple. La candidate se présente, « et voici mon fiancé », dit-elle, amoureuse. Petit baiser

1. *Parcours libre* : épreuve consistant à présenter une séquence de son choix, non exclusivement théâtrale – poème, chanson, mime, etc. –, offrant si possible un aperçu de la créativité, voire des talents cachés du candidat, que les scènes de répertoire ne révèlent pas nécessairement.

d'encouragement ; ils se concertent, s'organisent, se démultiplient, se figent soudain parfaitement synchrones. Se font un signe minuscule. Et soudain bondissent, détonnent, éclatent, explosent, crient, hurlent, en tous sens, de toutes parts, devenus fous, hagards, exsangues. Ni eux ni nous n'entendons ni ne comprenons rien. C'est fini. Épuisés, détruits, ils redescendent, retrouvent leurs gestes aimants et furtifs, la délicatesse de leur amour, leur courtoise timidité. Puis s'en vont.

*

« Quelle scène, mademoiselle, souhaiteriez-vous donner d'abord ?

— J'aimerais vous passer Claudel, si vous le voulez bien. Doña Sept-Épées. Mon amie Louise interprète la Bouchère.

— Passez-nous donc Doña Sept-Épées, chère mademoiselle.

— Merci infiniment.

— Je vous en prie. »

La jeune fille sourit à son amie comme si la partie, bien engagée par cet échange très civil, était à moitié gagnée. Folle de joie, sa partenaire installe un dispositif de chaises imbriquées, court à gauche, à droite, de plus en plus vite. Tête baissée, menton dans la poitrine, immobile au milieu du plateau, Doña Sept-Épées se concentre. Inspire fort, expire encore plus fort. Inspire très profondément, expire à en vomir. La Bouchère, en nage, mais radieuse, en a fini de ses préparatifs ; fait signe à sa camarade ; il est temps. De face, bras le long du corps, mains étales, doigts à peine écartés, celle-ci relève imperceptiblement la tête, yeux fermés, rouge. Relève les paupières comme deux battants, découvrant deux

101

yeux fixes. La bouche s'élargit. Expulse un râle qui s'allonge et mue en un rire des plus inquiétants, très haut, métallique, assourdissant. Tout le jury tressaille. Moulin ricane. La jeune femme couve dans son flanc un monstre prêt à jaillir. Prêtresse de cet accouchement que nous redoutons, sa partenaire en conçoit une joie féroce. Le voilà : un magma de mots et d'humeurs. Confondus, macérés, empestés depuis des années dans cette bouche et ce ventre qui les aurait retournés en tout sens, la parturiente les déverse, une fois pour toutes, en grappe ulcérée.

« ... *J'aivuunmatelot, il ya huitjoursquiconnaît – BougieSonfrère – de laitaétéprisonnierà – Bougie. Ilditqu'iln'ya – riendeplusfacilequede prendre Bougie.*

– Merci !

– *Et – quandnousau – ronspris – Bougie ?*

– Merci mesdemoiselles !

– *Situveuxsavoirceque – jepense, jenecroispas quenouspren – dronsBougie...*

– MERCI, MERCI. »

Embarquées, enivrées, emmurées dans ces mots qui gonflent leurs joues, leurs poitrines, leurs yeux, elles n'ont rien entendu. Refont enfin surface, en nage. Elles restent étourdies, pieds nus, dans leur petite robe blanche détrempée. Ne veulent pas aussitôt se changer ni se rechausser. (Dans Claudel, les candidates ont toujours tendance à jouer pieds nus, le verset appelant le contact tellurique, et vêtues de blanc.)

Phèdre. Elles passent une robe noire. Elles se placent aux deux points d'une même diagonale, Œnone dos à nous, Phèdre au lointain. L'atmosphère s'endeuille. Tout s'aggrave et s'éternise. Doucement, lentement, péniblement, chacune se penche en avant, buste presque cassé, fléchit les jambes, tend bras et mains au-devant de l'autre, s'avance au long de la diagonale. Elles égrènent lentement et uniformément leurs tirades en arpentant non moins lentement et uniformément le plateau. Les *ah* et les *o* sont démesurément allongés dans une vocifération continue et croissante. La transpiration vient très vite. L'oxygène manque à nouveau. La rougeur est extrême, les oreilles sont en feu, les poitrines battent, les pieds glissent. « Merci, mesdemoiselles. »

Elles se soutiennent, se touchent, s'épongent, se congratulent l'une l'autre du regard, y croyant encore, la candidate et la réplique : deux amies absolues, deux absolues rivales, pareilles, emmêlées, solidaires, identiquement enflammées par la sensation de l'exploit qui devrait les propulser ensemble dans la carrière. Apothéose d'une illusion chèrement payée, jusque-là si passionnément entretenue dans le cri, la sueur, la crispation d'une sensibilité congestive, comme dirait Jouvet. La force de la chimère a redoublé la convulsion. Illusion et transe vont ensemble et se perdent ensemble. À leur débauche prodigieuse ne répond que le silence poli d'un jury aux yeux et aux mines vagues. Quand le président interrompt le rite de ces jeunes bacchantes épuisées, elles ne savent pas encore.

La candidate reste en scène, espérant exécuter son *parcours libre*. « Merci, merci », répète doucement le président. Moulin ricane. Il aimerait bien entendre le *parcours libre*, et se divertir aux dépens de la déjà condamnée. Un jeune homme, demeuré jusque-là sur le banc des répliques, fait signe à sa camarade de descendre du plateau. Pas de *parcours libre*. Il aide les deux jeunes filles à ranger leurs affaires dans les sacs épais et bruyants dont la scène est encombrée. Tout à coup la Bouchère – Œnone – fixe le jury. Le sourire de Moulin lui en dit long. Notre commune apathie. Le silence délétère.

Elle comprend. C'est perdu. Elles ont fait fausse route, entièrement amalgamées l'une à l'autre, l'une l'autre s'enfonçant dans la plus étroite impasse. C'est d'un tout autre regard qu'elle considère son amie maintenant. Je parierais que leur attelage finit à cet instant même. Naïve, Phèdre – Doña Sept-Épées – nous salue tout sourire, toujours écarlate, défaite, heureuse, incrédule. Elle comprendra dehors. Un coup d'œil sur son dossier m'apprend que son âge lui interdira de se représenter l'année prochaine. Le garçon la presse de sortir. Que fera-t-elle au soir et au lendemain de l'épreuve ? Recommencer sans doute, en dehors de la voie royale.

Moulin, ravi, prête un bel avenir à cette comédienne. Sa note est toutefois trop basse pour lui permettre de franchir ce premier tour… Verron hésite, fait état de plusieurs qualités, ne convainc personne, se décourage, condamne l'insupportable fébrilité de la demoiselle. Gerbaud ne prend pas la peine de commenter le zéro qu'il lui inflige. Madame Salmon fait une moue dégoûtée, ni Fouquet ni moi n'ajoutons rien, le président clôt le débat. Suivante.

*

Celle-ci tourne sur elle-même comme une toupie, débite le texte à la plus vive allure, se grise, perd l'équilibre, tombe. À terre, trois tons plus bas, rampant vers l'avant-scène, elle ralentit sa diction, espace les syllabes, émet un dernier soupir, meurt souffle coupé, bouche ouverte. Elle demeure ainsi en apnée jusqu'à ce que le président intervienne. Suivante.

Aux jeunes femmes sans beauté, les professeurs peu imaginatifs suggèrent toujours de concourir dans le rôle de Sonia d'*Oncle Vania*, parce qu'on y dit qu'elle est laide. La malheureuse candidate se voit dans son emploi comme en une cage, et joue en cage. Je la trouve néanmoins remarquable, et lui accorde la note la plus élevée de la matinée. Fouquet, Verron, Gerbaud sont à peu près de mon avis. Moulin et la déléguée du ministère protestent : ce n'est pas lui faire un cadeau que de la lancer dans ce métier qui ne voudra pas d'elle, tant elle est vilaine. Le débat tourne à la dispute. Quelles sont les chances d'une laide ? Faire la soubrette ? Ne lui faut-il pas du génie pour surmonter l'obstacle de son ingratitude ? Celle-ci n'a guère que du talent. Madame Salmon croit avoir le dernier mot. Nous maintenons notre note. Ébranlée, craignant l'éventuelle responsabilité d'une injustice, la représentante des pouvoirs publics se rallie à notre suffrage. La candidate passe le premier tour.

*

Dans l'émission d'un vers ou d'une phrase, celle-ci exerce une si étrange répartition du souffle que les premiers mots sont toujours chuchotés, les derniers systématiquement criés : « *N'accablez point Madame uN prINCE* MALHEUREUX./*Il ne faut point ici nous attendrIR* TOUS DEUX./*Un trouble assez cruel m'aGITE et ME* DÉVORE/*Sans que des pleurs si chers me déCHIRENT* ENCORE », etc. Rien n'arrête la candidate, captive de cette invariable diction ascendante, dans ce rythme épuisant, sinon le « Merci ! »

ou « MERCI ! » du président, selon l'hémistiche où il tente de s'interposer.

*

C'est un petit geste qui dénonce immanquablement le truqueur. Au moment de prononcer un mot, une expression qu'il estime spirituels, chargés de sens, ce jeune comédien, en toute décontraction – c'est-à-dire mollement, sa sympathique nonchalance appesantie par un trac mal dissimulé –, replie son bras à mi-hauteur et de l'index, dessine comme une petite virgule, qui pointe, souligne et enrobe le morceau choisi. La voix accompagne ce geste, allonge les syllabes et, pour faire subtil, se place dans les aigus à l'émission du terme choisi. « *Vous vous* troublez *madame, et* changez *de visage/Lisez-vous* dans mes yeux *quelque triste* présage *?* » Ce ton faussement léger, caractéristique d'une paresse malicieuse et immature, je le remarque surtout chez les garçons.

*

Pendant que je rêvais, la suivante est entrée. L'accompagne un petit jeune homme à la peau très fine et très rouge que j'ai déjà vu plusieurs fois : un premier jour candidat malheureux, les autres jours réplique dévouée. Résignée. En deux semaines à peine, il fut tour à tour Scapin, Lélio, Louis Laine, Hamlet, Géronte, Monsieur de Sottenville et quelques personnages contemporains. C'est comme s'il avait trouvé là un emploi. Chaque fois je le vois s'acquitter de sa tâche avec la même application dénuée du moindre enthousiasme. Il ne lui importe nullement d'être improbable dans tel ou tel rôle. Aujourd'hui le voilà Titus. Un Titus des plus petits et des plus maigres, qu'il endosse comme une formalité, sans se compliquer la vie, d'autant plus que sa Bérénice, fort en chair, paraît l'ignorer. Il commence par un ordre ferme et bougon : « *N'accablez point, Madame, un prince malheureux.* » S'ensuit une tout aussi froide interdiction : « *Il ne faut point ici nous attendrir tous deux.* » Elle obtempère. Il débite la tirade avec la même rigueur policière, avant de la clouer : « *Forcez votre amour à se taire.* » Par une moue contrite, elle s'exécute sans attendre, l'air de penser : « Moi, ce que j'en dis… » Maussade, il enchaîne : « *Aidez-moi, s'il se peut, à vaincre ma faiblesse/À retenir des pleurs qui m'échappent sans cesse/Ou, si nous ne pouvons commander à nos pleurs…* – il accélère, entrevoyant sa libération, et lapide le dernier vers – *Car enfin, ma princesse, il faut nous séparer.* » La voilà surprise. Elle n'attendait pas qu'il eût fini si tôt. « *Ah cruel ! Est-il temps de me le déclarer ?* » Elle enfile toute la suite avec une application administrative, indifférente à son propre échec, qui n'affectera visiblement aucun de ses camarades. C'est dans cette surprenante désolation qu'elle achève froidement : « *Lorsque tout l'univers fléchit à vos genoux,/Enfin quand je n'ai plus à redouter que vous.* » Elle s'arrête. Titus n'enchaîne pas. Une Bérénice parfaitement éteinte nous regarde. « Ça fait trois minutes… », nous dit-elle, gentiment, pour s'excuser de cet arrêt en rase campagne. Persuadés que le jury tenait pour intangible le principe de ne jamais prolonger les scènes au-delà de trois minutes, ils s'en étaient fait une règle d'or. Le sablier est vide en effet dans sa partie supérieure. Elle passe Angélique, dans *L'Épreuve*. Trois minutes pile. Merci. Ils sortent. Les notes tombent, très faibles. Aucun commentaire. La vie de cette jeune fille ne changera pas.

*

La suivante obtient sans discuter les vingt points nécessaires à l'admissibilité. Envoyée ce soir au deuxième tour : je l'imagine hurlant sa joie. Très probable professionnelle. Abattage, fermeté, précision. Madame Salmon est dithyrambique. Moulin, Gerbaud acquiescent. Verron emboîte le pas. Fouquet, réservé, ne fait pas obstacle. Je ne conteste pas non plus.

*

Passe également la suivante. Deux de rang. Celle-ci est une comique, réussissant parfaitement son Labiche, dont notre déléguée du ministère s'étrangle. Elle s'en tire moins bien dans un très vieux, très emphatique mélodrame. Adressant un vibrant « *Robert, je vous vois tout bouillonnant…* » à un Robert si paisible, si éteint, si résolument avachi – tâchant désespérément de le réveiller par la voix –, elle déclenche une nouvelle hilarité, qui lui vaut la sympathie du jury, et l'adoration particulière de Madame Salmon. Gerbaud, froid, professionnel, ne levant pas les yeux, la promet défaite au prochain tour.

*

La suivante est entrée.

D'une beauté manifeste, la jeune fille s'avance lentement, le visage mélancolique, affligé même. Gerbaud s'avance sur sa chaise, pose lourdement ses coudes sur la table, enserrant sa tête de ses mains noueuses, comme s'il avait affaire à un cas épineux, requérant la plus douloureuse attention. La fixe en grand professionnel. Le président s'étonne de l'air déconfit de la candidate. « Ma réplique m'a lâchée », dit-elle, comme s'il s'agissait d'un carburateur. Nous entendons souvent cette petite phrase. Prétexte pour changer une scène prévue dans le dossier. Solitude de la candidate qui ne sait pas et n'a jamais su s'intégrer dans le milieu hostile d'une école de théâtre. Authentique trahison. Excuse pour passer en douce un monologue, dont les candidats raffolent, et dont les jurys se méfient. « Ma réplique m'a lâchée, je vous dis. » On devine une rancune sincère. Le président, ému, prend soin de choisir une scène qui se passe de la lâcheuse réplique. Comme deux garçons accompagnent toutefois la belle jeune fille, il est aisé de trouver un remède. En nuisette largement décolletée, la voilà partie dans *Occupe-toi d'Amélie* de Feydeau. À ce spectacle, Gerbaud se tient toujours plus avancé sur sa chaise et ses coudes touchent le bord opposé de la table. La déconvenue du jury est totale. Belle et gracieuse au pied du plateau, elle se révèle si navrante dans les deux minutes de ce pathétique extrait qu'elle en perd tout son charme. Elle n'a pas plutôt achevé son Feydeau qu'elle nous propose un nouveau calvaire dans *Cinna*. Figée dans une atroce crispation, comprenant vite le sort qui lui est réservé, exhibant son martyre, elle pleure sans retenue : « *Cessez, vaines frayeurs, cessez, lâches tendresses* », « *Amour, sers mon Devoir…* » Ses sanglots submergent tout et nous exaspèrent. La voici renvoyée sans ménagement. « Tant de beauté pour tant de bêtise », dit Gerbaud, mélancolique et philosophe en revenant dans le fond de sa chaise. « Celle-ci ne sera pas malheureuse d'échouer », dit le président.

La suivante a les doigts noués et ne les dénouera qu'en quittant la salle, résolvant une fois pour toutes le problème : « Que faire de ses mains ? » Toutes les autres questions sont également résolues. Vissée dans la plus abstraite des conventions boulevardières, les yeux au ciel, l'air entendu, spirituel, la bouche au sec, qu'elle balaye d'un petit coup de langue mutin, elle interprète trois scènes rigoureusement de la même et stricte façon : Molière, Marivaux, Musset. Rien ne vient plus troubler cette convention qui sournoisement la recouvre, et nous engourdit, comme s'il avait neigé. Elle est blonde, sa réplique est brune. Sur deux chaises babillent deux jeunes filles monotones et souriantes. Moulin s'est beaucoup réjoui de leur candeur.

*

« *Nous avons grandi et vos yeux sont plus grands…* » Ils ne se regardent jamais. Treplev préfère s'adresser directement au mur, qui doit lui paraître plus vivant. « *Partir à Eletz en troisième classe…* » C'est la troisième *Mouette* de la matinée. Gerbaud fait rire Verron en se gaussant de cette triste migration qui vole bien bas. Je crains que le partenaire de la jeune fille n'ait entendu, car il vient de crier : « *Nina, je vous maudissais, je vous haïssais…* » Non, il joue. Vitupère à nouveau : « *Et j'ai la sensation d'avoir passé quatre-vingt-dix ans sur la terre…* » Toute la suite en hurlant. Gorge à l'air. Ils sont fatigués, la tête leur tourne. « *Pourquoi parle-t-il comme cela ?* », dit Nina, en se détournant de lui vers nous. « On se le demande ! », répond Moulin, presque à voix haute. La jeune fille n'y croit plus. Le jury n'a rien fait pour dissimuler sa lassitude. Le président fouille dans le dossier de candidature. Verron s'affale. Je me rends à peine compte, malgré moi j'ai regardé ailleurs pendant toute la fin de la scène. *Parcours libre* : *Mon légionnaire*. Pourquoi pas ? Va pour *Mon légionnaire*. Elle chante affreusement. Il y a quelque chose de masochiste dans l'attitude de certains candidats, dû peut-être à l'illusion suicidaire du *tout ou rien*.

*

« *Apaise ma Chimène…* », « *J'aimais, j'étais aimée, et nos pères d'accord* », « *Maudite ambitiiion… Que tu me vas coûter de pleurs et de soupirs…* », « *Si l'on guérit le mal, ce n'est qu'en apparence…* ». Les vers paraissent congelés dans la bouche de ces deux jeunes filles transies et serrées l'une contre l'autre. Le volume sonore est de plus en plus faible. Décidées à nous interdire le spectacle de leurs infimes confidences, elles semblent se parler à l'oreille. Le président les interrompt pour passer à une autre scène. Profondément dérangées, agacées, elles se consultent du regard, attendant l'approbation de l'autre pour condescendre à poursuivre l'audition. Jusqu'au bout, nous avons le sentiment, voyeurs de leur étrange conciliabule, d'être de trop. Au terme de trois scènes identiquement susurrées, elles quittent la salle sans nous adresser ni mot ni regard. Nous ne saurons jamais rien d'un secret si soigneusement dérobé.

*

Je suis le seul à donner une excellente note à la suivante. Seul à voir l'évidence de cette jeune femme dont rien ne m'a échappé. J'ai tout entendu de ce qu'elle disait, tout compris, le sens m'a paru clair et vivant, j'ai ri parfois, les quelques défauts m'ont semblé véniels, mon émotion a grandi, j'ai cru à la perle rare, je n'ai pas pensé un instant que mes collègues pourraient exprimer une opinion différente de la mienne. Ils ne lui ont trouvé qu'une jolie voix. Je tente d'argumenter mais n'y parviens pas. Gagné par le doute, je ne sais pas la défendre. Je voudrais qu'elle revienne, qu'elle rejoue, qu'ils la regardent et l'écoutent encore. Me refusant toute singularité dans ce jury, je n'admets ni de m'être trompé ni d'être le seul à l'avoir remarquée. Qui ai-je vu ?

*

Pause déjeuner. Au grand café du coin, nous mangeons au milieu de postulants fiévreux et d'élèves satisfaits. Ceux-ci, qui font bien savoir qu'ils en sont, encouragent ou consolent publiquement ceux-là qui n'en sont pas, pas encore, ou n'en seront jamais. Nous retrouvons les membres des deux autres jurys (comédiens, metteurs en scène, de théâtre et de cinéma). Retrouvailles, apostrophes, embrassades. Nous aussi faisons bien savoir que nous en sommes. Sous les yeux émerveillés, angoissés, écœurés des uns et des autres, au-dessus des tables, des sandwichs, des bouteilles et des plats du jour, nous jouons le petit monde clos de la réussite ordinaire, confiante et blagueuse. Scène sociale sur laquelle, après leurs années d'études, ou par l'épreuve sélective qui les entasse dans ce café, il leur est proposé de monter un jour. Les candidats se reconnaissent à cette façon de se serrer les uns contre les autres, confondant la fumée de leurs cigarettes, nouant leurs mains, échangeant baisers et caresses, répondant à la comédie du pouvoir par une rage d'amour, de sincérité et d'espoir, dans lesquels nous les savons emprisonnés.

*

Fière, arrogante, la voix calibrée, fustigeant ses partenaires, traversant la salle en tous sens à grandes enjambées, nous réveillant – nous tous qui digérons – d'un seul regard, cette jeune actrice connaît ses chances et troque sa jeunesse contre une maturité inventée dans les cours. Rien ne doit lui résister. Elle écrase au sol le visage du garçon qui lui sert de réplique. La première scène passe comme un train. On lui demande la deuxième. « D'accord ! », fait-elle claquer, comme si nous attendions son approbation pour continuer. Long et périlleux éclat de rire dans *Bajazet*. Elle se sait plus que prometteuse, elle sait l'admiration de ses camarades, et sans doute de ses professeurs, tout acquise. On passe au *parcours libre* : Dom Juan. Oui, le rôle de Dom Juan. Elle sourit de l'effet d'annonce. Enflammé, Moulin nous prend à témoin de cette audace, et, méprisant notre circonspection, braque son œil carnivore sur la jeune fille. Fulgurante femme de vingt et un ans. Taureau désinvolte déboulant dans l'arène. Elle se repaît de ces images qu'elle fait jaillir dans nos têtes. La carrière rendra douloureuse cette course rebelle. Elle rate furieusement ce *parcours libre* où nous l'attendions. Sa charge s'écroule, le temps devient long, son agonie commence. Moulin ne regarde même plus cette « nouvelle Adjani » qu'il avait prétendu déceler dès son entrée dans la salle. Là-bas, sur le plateau triste comme un podium de province, la scène se perd dans l'anecdote et les détails malencontreux. Plus rien, plus personne. Les camarades remballent les affaires étalées. Baissant la tête, ils veulent cacher à l'héroïne déchue leur étonnement, leur déception de supporters presque floués. C'est la première fois – j'imagine – qu'ils se sont ennuyés à la voir. Elle sort en nage et en trombe, sans le moindre regard vers cet inepte jury qu'elle n'aura pas su mettre à ses pieds, laissant un effluve de haine dans sa façon de rabattre la lourde porte qui ne se claque pas. Moulin se plaint amèrement. Madame Salmon n'est pas mécontente de la déroute d'une « petite pimbêche » dont l'arrogance méritait d'être fessée. Le silence de Fouquet, tout pénétré de distraction mélancolique, se justifie : il la connaissait. Parlant à l'imparfait, comme si elle était morte.

*

Une gitane s'avance vers nous en la personne de la suivante, nous salue et nous comble par la grâce de trois scènes excellemment jouées qui lui ouvrent grandes les portes du deuxième tour, et même, à coup sûr, du Conservatoire. On avait oublié qu'une scène comique pouvait être drôle. On avait oublié que l'on pouvait, sur ce pauvre plateau, écouter une personne parler à une autre personne. On avait oublié qu'il pût être émouvant d'entendre une jeune fille déclarer son amour à un jeune homme. On avait oublié qu'une actrice pouvait aussi simplement manifester sa présence. On avait oublié qu'il pouvait être aisé, dans ce sévère dispositif que l'on soupçonnait d'être stérile, de découvrir, reconnaître une comédienne. Je n'ai pas consulté son dossier. Je retiens mal son nom. Elle est passée très vite. Peu de bruit. À peine un éclat. Un accent plutôt. Entendu au début de la première scène. L'inflexion non pas mystérieuse. Non pas précieuse. *Sincère*, comme dit Salmon ? *Vraie*, comme dit Fouquet ? *Authentique*, *profonde*, *intérieure*, comme disent Moulin et Verron ? *Musicale* ? Oui, oui, tout cela, soit. On voudrait dire autre chose pour retenir un peu l'inflexion déjà oubliée. « Que fera-t-elle de cet or qu'elle détient ? », demande Gerbaud.

*

Vêtue d'une robe d'un autre âge, dans la protection supposée de l'anachronisme le plus mélancolique, la suivante nous déclare qu'elle veut se « battre » pour être artiste dramatique. Ses regards vont de gauche à droite. Rien ne lui est familier. Tout l'effraie derrière la pétulance de convention. « De Paul Claudel : *La Jeune Fille Violaine* », dit-elle. Nous le savions déjà, puisque le président lui a demandé précisément cette scène. Elle tient sans doute, comme on le faisait dans la récitation d'autrefois, à commencer par bien dire le titre, avec cet accent ascendant sur l'auteur, et déclinant sur le nom de la pièce. Je remarque ses ongles longs et vernis de rouge. Son partenaire, en veste vert bouteille, chemise blanche et nœud papillon, accomplit sa tâche avec un sérieux de majordome.

« *Adieu, il le faut.* » Elle tousse et s'excuse du regard. Une peur redoublée contracte toute sa personne.

« *Qui suis-je pour que vous me regrettiez ? Comment serais-je digne que vous reposiez sur moi votre pensée ? La chose qui est en vous ne souffre point de partage.* » Une rougeur de sang envahit son visage.

S'est-elle trompée ? Elle hésite un instant, les nerfs à vif, le cœur retourné, mais, courageuse, lucide – c'est maintenant ou jamais –, choisit de poursuivre, malgré la tempête.

« *Et ces deux pauvres mains de femme se posant sur vous, qu'est-ce qu'elles tiendraient qui m'appartienne ?* » Elle déglutit fortement. Son partenaire lui serre les mains. La voix fléchit comme si elle renonçait d'elle-même, se retirant dans la gorge pour se nouer. Près de s'arrêter, au bord de l'évanouissement, elle halète. Pâleur de cire. Traits creusés. Elle n'a sûrement pas mangé depuis des heures.

« *Ô Pierre...* »

L'accent est soudain très juste malgré elle. Quelque chose naît ? La perdition à cet instant pourrait la sauver. « *Au lieu de la main d'une femme à votre barbe, de ses lèvres sur votre joue,*

Reconnaissez l'accolement au principe de votre vie de ces millions de bouches qui tètent ! » Elle s'est reprise. La rougeur a disparu. Une confiance heureuse recouvre son visage et lui rend ses expressions minaudières. La voix est retournée à ses enluminures et ses colifichets. Tout est si joliment dit. Des nuances comme de petits napperons. Il ne manque que les grésillements pour donner l'illusion d'un disque Pathé-Marconi. Que n'a-t-elle rencontré Madeleine Aubrécourt qui, à Versailles, l'eût aimée ? Dans son petit bureau du théâtre Montansier donnant sur le bassin de Neptune, elle l'aurait écoutée dire une fable de La Fontaine et, séduite, se serait fait un plaisir de lui enseigner quelques *effets*, les délicieuses petites singeries qui lui venaient tout droit de Cécile Sorel, œillades, langueurs, petits rires étouffés. Née bien trop tard.

Au crédit de la demoiselle, on excepte de cet inter-

mède suranné la jolie défaillance qui fut son moment
de grâce.

*

La fatigue me colle au visage. Je bois deux verres
d'eau. J'ai mal au dos d'ennui, de tristesse, devant la
suivante qu'on ne sauverait pour rien au monde. Sans
voix, sans salive, sans esprit, sans force, sans rien, elle
joue. La voilà qui danse maintenant. Le président lui a
demandé son *parcours libre*. Elle tripote fébrilement un
pauvre magnétophone. C'est parti. Mon Dieu ! Supplice
redoublé. Comment ne pas crier ? J'égrène mentalement
les injures les plus ignobles. Exercice spirituel pour ne
pas succomber. Je succombe. Je voudrais bien pleurer.
Une infinie compassion reflue sur ma haine : tandis
qu'elle se retourne pour finir sa misérable volte, je
croise son regard. Je baisse les yeux, et plonge dans son
dossier. D'une écriture scolaire et ronde, elle formule
*le souhait de faire partie de ces privilégiés qui sans
doute ne s'en rendent pas compte.*

Le président se penche vers moi : « C'est quand
même une journée terrible. »

La suivante ne se présente pas. Nous avons pourtant son dossier. L'attendons-nous un peu ? Non, c'est
fini pour aujourd'hui. Nous délibérons. Malgré nos
différences, nos inimitiés, nos contradictions, les errements de Verron, les paradoxes distingués de Moulin,
les naïvetés œcuméniques de Madame Salmon, nous
nous accordons sans trop de peine et retenons quatre
candidates pour le deuxième tour. Nous nous séparons
rapidement. Moulin me retient : il veut savoir si Navar
est toujours à la Comédie-Française. Oui. Cela le laisse
songeur et goguenard.

Dans l'escalier, des dizaines de jeunes gens, assis, affaissés, anxieux, parmi lesquels je reconnais les uns et les autres, attendent la liste des reçues. J'évite ces regards qui veulent la lire dans mes yeux. Dans la rue, à distance, j'en vois d'autres qui affluent. M'apercevant, ils accourent, me dépassent, se ruent dans le bâtiment. Au loin, je reconnais, marchant et crevant d'angoisse, celle qui nous a tous enchantés. J'hésite à lui dire qu'il n'y a pas de quoi. Je la féliciterais volontiers. Au coin de la rue débouche la candidate que je fus le seul à aimer. Je baisse les yeux, n'y tiens plus, me détourne, traverse le boulevard de Bonne-Nouvelle, et m'enfuis.

Le trou

Trou de mémoire du 23 janvier, au début d'une longue réplique. Une peur enfantine, ensuite, pendant toute la scène, de laisser à nouveau échapper cet interminable texte qu'il me faut débiter vite, mais calmement. Je me suis senti vulnérable, en danger, à la limite de l'humiliation. Et je croyais alors que ma partenaire guettait cela, *ma perte*, et qu'elle n'aurait pas détesté de me voir couler à pic.

L'humilié offensant
(portrait de Tissot)

Dans le monde, lorsqu'ils ne sont pas bouffons, je les trouve polis, caustiques et froids, fastueux, dissipés, dissipateurs, intéressés, plus frappés de nos ridicules que touchés de nos maux ; d'un esprit assez rassis au spectacle d'un événement fâcheux, ou au récit d'une aventure pathétique ; isolés, vagabonds, à l'ordre des grands ; peu de mœurs, point d'amis, presque aucune de ces liaisons saintes et douces qui nous associent aux peines et aux plaisirs d'un autre qui partage les nôtres. (J'ai souvent vu rire un comédien hors de la scène, je n'ai pas mémoire d'en avoir jamais vu pleurer un.) Cette sensibilité qu'ils s'arrogent et qu'on leur alloue, qu'en font-ils donc ? La laissent-ils sur les planches quand ils en descendent, pour la reprendre quand ils y remontent ?

Ce que Diderot écrit du comédien, je le dis de Tissot.

Tissot est un grand acteur, doublé d'une petite canaille. Immense et pur interprète des plus grandes œuvres, il est l'un des êtres les plus bas, les plus vils qui puissent se rencontrer. Sa médiocrité notoire et paradoxale est en même temps parfaitement connue de lui-même. Il ne s'en cache pas, s'en sert aussi bien qu'il s'en désespère.

Singe. Faiseur de grimace. Hypocrite. Menteur invétéré. Gueulard. Fieffé m'as-tu-vu imbécile et inculte. Vulgaire saltimbanque. Grotesque bouffon. Pitre patenté. Histrion obscène. Incorrigible cabot. Tels sont les titres et sobriquets sinistres dont s'affuble et s'enorgueillit Tissot, qui préfère se ranger aux côtés des Piegelé, Rapétaux, Rondouille et consorts qui peuplent les coulisses du petit théâtre de Courteline que se mesurer à l'ascétique *Comédien désincarné* de Jouvet.

Tout *artiste dramatique*, pense Tissot, a toujours les pieds dans une fange de ruse goguenarde et d'outrance camouflée, dont il s'est plus ou moins adroitement extrait, où il menace toujours de retourner. Je m'y reconnais entièrement, ayant la plus profonde et parfois, à mes propres yeux, la plus coupable sympathie pour l'histrionisme, dont il existe d'ailleurs un parfait et noble usage. La distinction entre acteurs comiques et dramatiques n'a rien à y voir, même si l'imagerie veut que les premiers soient toujours moins *nobles* que les seconds. J'ai vu souvent percer sous le masque du plus distingué des tragédiens (l'appellation n'a plus cours aujourd'hui) la trogne du plus vulgaire cabot. En scène et hors de scène. Ainsi de Tissot.

Quelle déception pour moi lorsque je le connus ! Enthousiasmé par la représentation dont je sortais, bouleversé par ce grand comédien, voulant voir l'artiste de plus près, avide d'en apprendre quelque chose – j'étais alors élève du Conservatoire –, je vis entrer, dans la lumière drue et impitoyable du café où je l'avais attendu, un triste et mol individu, dont la faiblesse de caractère, la mesquinerie, l'insuffisance totale me sautèrent aux yeux. Néanmoins, j'éprouvai simultanément une très vive curiosité, un attachement immédiat, non seulement à cause du plaisir de spectateur qu'il m'avait donné, mais en raison de cette attitude misérable dans laquelle il m'apparaissait.

« Vraiment formidable… Comment faites-vous… Quelle émotion, quelle puissance… Et qui n'exclut pas la légèreté… » En même temps que je lui parlais, si platement, lugubre dans mon éloge, je m'abîmais dans la contemplation de cette faiblesse fondamentale de Tissot, de ce *manque-à-être*. Et je me dis : c'est ça, l'Acteur. Il m'écoutait détailler mon compliment, d'abord avec méfiance, presque avec indifférence, ses traits se plissaient vaguement comme s'il en était légèrement indisposé, ses yeux allaient alentour puis revenaient sur moi, m'encourageaient sans débord de sympathie, toujours en me toisant un peu. Je me tus. Il ne sut que dire, me remercia, me prit l'avant-bras, qu'il ne lâcha plus. Il en redemandait. Je lui parlai d'autres rôles qu'il avait joués, où je ne l'avais pas moins admiré. Il était gagné, flatté, caressé, tout cela lui semblait naturel, évident, il était parfaitement d'accord avec moi, persuadé que je n'en rajoutais pas, que je disais la stricte vérité. Plus j'exagérais, plus je m'éprouvais sincère, et plus j'en mettais, plus il s'y retrouvait. Je le remplissais, lui rendais son existence, le faisais advenir. Je ne parvins plus à m'en défaire. Je me sentais inextricablement lié. Il me fit boire.

Je m'expliquai mal ma conduite. Sans doute, le contraste entre la grandeur du comédien et la petitesse de l'individu, loin de me décevoir, comme je l'avais d'abord imaginé, me fascina. N'était-ce pas la preuve vivante de la beauté de notre métier, capable d'opérer une telle métamorphose ? Je me considérais aussi comme le négatif de Tissot : jeune homme de qualité, comédien médiocre. C'est ainsi que je me percevais, mais j'aurais tout donné pour inverser les termes. N'ai-je pas rêvé d'un pacte faustien où il m'eût infecté l'âme en m'inoculant le génie ?

Il vint me voir jouer, en retour, m'attendit comme je l'avais attendu, me prit dans ses bras. Je crus qu'il pleurait en me débitant compliments et câlineries, mais c'était l'alcool. Son dithyrambe était moins sincère que le mien. Je compris qu'il avait détesté le spectacle, d'un bloc, une fois pour toutes, dès les premières minutes, qu'il avait aussitôt cessé d'y prêter attention. Il ne savait plus rien de la suite, où j'avais pourtant mes scènes les plus importantes. Qu'importe, il m'aimait. Le reste, les autres, il les haïssait. Nous nous renverrions toujours le même ascenseur. Je m'étais immunisé contre son venin. Il me devrait toujours sa misérable bienveillance.

Tissot ne va plus que rarement au théâtre. Lui-même joue moins qu'autrefois. Il préfère le cinéma et la télévision, pour laquelle il aime tourner de longues, détestables, lucratives séries, selon ses propres mots. S'il lui prend l'envie de voir une pièce, il va seul, un livre sous le bras, arrive au dernier moment, paye sa place, s'installe au fond, ne regarde rien d'autre que la scène, ne se lève pas de son siège à l'entracte, n'écoute que certains passages, ne s'intéresse qu'à de menus détails, repars sans un mot, n'attendant personne, m'a-t-il dit un jour. Nous nous rencontrons au hasard.

Il n'aime rien tant que manger une grosse viande en dissertant. « C'est une fantaisie que j'ai, un phantasme, si tu préfères, auquel je n'accorde pas une portée descriptive, mais qui me tient, et dont je ne m'excepte pas : celui qui choisit le métier d'acteur a nécessairement en lui une part de la plus médiocre, de la plus veule humanité. Dont il fait profit. Or et merde. Qu'il soit Jouvet, Gérard Philipe, Philippe Clévenot ou Bruno Ganz. Edith Clever, Madeleine Renaud, Madame Segond-Weber ou la Duse. La tare n'est pas proportionnelle au génie. La conscience de la tare, en revanche, fait la différence. Plus cette conscience est grande, plus l'acteur souffre, mais plus il a de chances de faire de l'or. Il peut toutefois, avec une parfaite lucidité, choisir d'en faire de la merde. D'autant qu'on peut facilement prendre l'une pour l'autre, selon le point de vue...

Ainsi, l'acteur est constamment humilié, en lui-même et par lui-même. Et cela lui procure simultanément les plus grandes joies, les plus belles illusions, et les plus amères frustrations, les plus sournoises déconvenues. »

Tissot aime se comparer à certains personnages de la littérature, où il peut à loisir apprécier, détailler, faire comprendre son abjection et sa détresse.

« Dans le livre IV de *L'Idiot*, Dostoïevski distingue deux catégories d'êtres médiocres : les *Naïfs*, qui ne se savent pas médiocres, et les *Plus que futés*, qui connaissent leur disgrâce. Ivolguine appartient à la seconde classe. Il a *la sensation secrète, profonde et incessante de son manque de talent, et en même temps ce désir incontrôlable de se persuader qu'il est l'homme le plus indépendant du monde...* » Tissot ouvre son livre, usé, taché, souligné : « "*Avec son désir passionné de se distinguer, il était prêt parfois aux bonds les plus irraisonnables ; mais, sitôt que l'affaire en arrivait vraiment à ce bond irraisonnable, notre héros se montrait toujours beaucoup trop futé pour s'y résoudre. Cela le tuait. Peut-être se serait-il même résolu, à l'occasion, à commettre une action extrêmement vile, à la condition de pouvoir atteindre ainsi quelque chose à quoi il rêvait, mais, comme par hasard, quand il en arrivait à la limite, il se révélait toujours trop honnête pour une action réellement trop vile. (Une petite action vile, du reste, il était toujours prêt à l'accomplir.)"* Ivolguine, toujours conscient de ses manques, nourrit toujours de grandes ambitions. Mais il ne peut rien réaliser, rien achever. Il est condamné à jouer, à se jouer, des autres et de lui-même. Même salaud, il ne peut l'être jusqu'au bout. La médiocrité est à la fois sa limite et son terrain d'expansion. C'est ça, l'acteur, mon gars ! C'est à cause de ça qu'il arrive à jouer, à imiter, à loger en lui, dans l'espace vide, son petit personnage, qui lui permettra de donner l'illusion d'aller enfin jusqu'au bout, non ? » Je n'en sais rien, je le laisse dire. « C'est dans cette triste certitude que les plus grands acteurs puisent la matière de leur art, et la beauté de leur expression tient à cette conscience malheureuse, lucide, heureusement métamorphosée en énergie, en activité fictive. La vocation vient quand le petit gars se rend compte qu'il ne pourra rien être jusqu'au bout, qu'il vivra la moitié de sa vie en imagination, parce qu'il lui manque le muscle, le coup de rein. On joue un caractère pour surmonter, éviter l'échec d'être soi. N'y aurait-il pas quelque danger à contrefaire l'homme ? Aucun, si ce n'est celui de ne pas être tout à fait, de ne pas être jusqu'au bout. Quand j'ai incarné ce pauvre diable qui avait tué toute sa famille, et plein d'autres ensuite – il était en prison quand j'ai tourné ça, c'était un vrai salaud, crois-moi –, je n'ai pas pu m'empêcher de penser que de nous deux, c'était moi le plus abaissé, et lui, dans sa cellule, se trouvait alors ennobli, purifié, d'être le vrai, l'*original*. »

Tissot déclare que le plus beau portrait d'acteur qui fut jamais exécuté se trouve dans *La Femme gauchère* de Peter Handke. « La femme et son père vont faire des photos au photomaton. Attendant le développement près de la petite bouche aérée de l'appareil, ils voient sortir une série d'instantanés, représentant un inconnu. Celui-ci arrive, en chair et en os. Au premier coup d'œil, le père décèle en lui *l'acteur*. L'inconnu confirme, ajoutant qu'il est au chômage. Le père se met alors à lui administrer une leçon d'éthique. » De la poche immense de sa canadienne, Tissot tire un second livre, non moins ravagé que le Dostoïevski. Il me lit à voix haute quelques lignes colorées au sur-ligneur : « *Vous êtes aussi lâche que cela, en privé ? Votre tort, je crois, est de toujours garder un peu de vous de par vous-même. Pour un acteur, vous n'êtes pas assez culotté. Vous voulez être un type comme dans ces films américains, et pourtant vous ne vous mettez jamais en jeu. C'est pourquoi vous ne faites que poser.* » Réjoui, Tissot. « Hein, c'est envoyé, ça ? Écoute : "*À mon avis, vous devriez un jour apprendre à courir vraiment, à crier vraiment, à ouvrir la bouche toute grande.*" Et paf, il lui balance un coup dans le foie. L'acteur se plie en deux. La leçon continue : "*Entraîné, vous ne l'êtes pas non plus. Depuis combien de temps déjà êtes-vous sans travail ?*" Ça fait envie, non ? On aimerait pouvoir faire la même chose à tous ces cons, pas vrai ? Écoute encore. L'acteur maintenant fait une déclaration à la femme : "*Votre visage est si doux comme si vous aviez sans cesse conscience de ce qu'il nous faut mourir. Pardonnez-moi si je dis des bêtises. Toujours je veux retirer ce que je viens de dire. J'aimerais être autour de vous par tous les côtés à la fois... Et comme je vous désire. Être ensemble, être avec vous maintenant, tout de suite, pour toujours !*" C'est exactement ça, non ?

Je te le dis : l'acteur, par nature, malgré les rodo-montades, est mou, bavard et amoureux (en ce moment d'ailleurs, j'en bave). Je ne peux m'empêcher de lier ce fait au néant en quoi consiste le texte *appris par cœur*. Gosier bourré par une pâte alimentaire, comme les canards d'élevage industriel ! Pas de création ! Un acteur ingurgite et régurgite une parole dont il ne sera jamais ni l'auteur, bien sûr, ni même le penseur. Truchement ! Talent, goût, allure, présence, gestes, mouvements, accents, intonations, rythme, tout ça n'est que vaines circonvolutions autour d'un vide ! Les gens m'ont cru maître de moi quand je jouais Alceste ou Lorenzaccio, mais je n'y comprenais rien ! J'étais *l'acteur critique* ! Tu parles, je n'ai rien appris ! Ça m'est passé au travers ! J'ai tout oublié. » J'objecte que ses propos n'ont aucune portée générale, qu'il ne parle que de lui-même, de nul autre jamais que de lui-même, je cite Moreau, Térence, Vallette, Gerbaud, Boccage, Lehmann, dix autres, qui n'entrent nullement dans ces critères. Il s'agace, récuse violemment Térence, Moreau et Vallette, indignes de lui être comparés, ne dit rien de Lehmann, autrefois son ami le plus proche, s'enferme dans son aigre et vieux mutisme. Fâché.

Après l'avoir longtemps perdu de vue, je vais voir jouer Tissot. Le spectacle ne vaut que par lui, qui ne le soutient pas en toutes ses parties. Plusieurs scènes durant, il est ailleurs, éteint, fade. Il écrase, malgré tout, la distribution. Je rêve, me rappelle ses frasques, ses erreurs, ses pauvres turpitudes. Et, soudain, un accent dans sa voix me déchire le cœur. Je suis brutalement repris par la pièce, happé par Tissot, que je ne quitte plus du regard. Sa noblesse, l'ampleur de son sentiment, la générosité de sa voix, la précision de son rythme profond, la délicatesse du phrasé, je n'en finis pas de m'en étonner, d'en être bouleversé comme au premier jour où je le découvris. Il domine le rôle d'une hauteur qui achève de tout éteindre autour de lui, poème dramatique à lui seul. Sa composition est très classique, discrète même. Impossible de détailler son jeu, ses choix, sa grâce. *Ce jeu est devenu si transparent, si rempli de ce qu'il interprète que lui-même on ne le voit plus, et qu'il n'est plus qu'une fenêtre qui donne sur un chef-d'œuvre.* Ce que Proust écrit de la Berma, je le dis de Tissot. Il a donc disparu, l'être endolori, médiocre, détestable, résorbé dans l'immense travail d'abstraction que lui a sûrement coûté le rôle. Rien ne reste de mon camarade, passé tout entier de l'autre côté, quand ses partenaires pèsent de toute leur humanité banale. *La voix de la Berma, en laquelle ne subsistait plus un seul déchet de matière inerte et réfractaire à l'esprit.* Je m'efforce de *défalquer du rôle* ce que Tissot apporte, que j'ai déjà vu, que je devrais pouvoir identifier, mesurer, assimiler. *Mais ce talent que je cherchais à apercevoir en dehors du rôle, il ne faisait qu'un avec lui.* Je renonce. La fin du spectacle tient à l'engagement prodigieux qu'il met dans la dernière plainte. *Rayonnement que le spectateur fasciné prenait, non pour une réussite de l'actrice* [de l'acteur], *mais pour une donnée de la vie.* Sait-il à quelle perfection il atteint ce soir ? *Telle l'interprétation de la Berma était autour de l'œuvre, une seconde œuvre.* L'attendrai-je ?

J'ai quitté le théâtre sans voir Tissot. Je ne l'imaginais que trop, arrivant au café, commandant son verre de vin blanc, jetant les yeux autour de lui en faisant le myope pour sauter les importuns, m'apercevant peut-être, m'embrassant et me bourrant de petits coups en me faisant reproche de ne pas l'appeler, de ne venir le voir qu'au dernier moment, d'avoir sans doute voulu partir, de ne pas aimer ce spectacle – pour lequel je savais d'avance qu'il n'avait que mépris –, me demandant des nouvelles de tous ses rivaux, de Navar, de Vallette, de Clairval, ricanant de malice, faisant semblant de ne pas vouloir parler de sa prestation, attendant mes compliments, les dévorant, m'embrassant à nouveau, m'invitant à boire jusqu'au matin.

J'apprends aujourd'hui qu'il est mort dans un accident de moto, et que, ne portant pas de casque, son crâne s'est disloqué, réduit en bouillie.

*

On a dit que les comédiens n'avaient aucun caractère, parce qu'en les jouant tous ils perdaient celui que la nature leur avait donné, qu'ils devenaient faux, comme le médecin, le chirurgien et le boucher deviennent durs. Je crois qu'on a pris la cause pour l'effet, et qu'ils ne sont propres à les jouer tous que parce qu'ils n'en ont point. Diderot, cité par Tissot.

Alcool

Un soir de dernière, Brécourt, assis à côté de moi au restaurant, tandis que je me sers un grand verre de rouge, me prévient affectueusement : « Il faut faire attention avec l'alcool. » Il s'interrompt. J'ai sûrement l'air étonné. Il poursuit : « Quand on joue, quand on répète, ainsi, tout le temps, jusqu'à l'épuisement, particulièrement à la Comédie-Française, on peut très vite se mettre à boire. » Il me donne les noms des uns, des autres, raconte comment ils tâtaient du goulot après des heures de répétition, avant d'attaquer une représentation, et de nouveau après la représentation. C'était sans fin : ils jouaient, répétaient, jouaient, reprenaient des rôles, raccordaient, filaient en scène, jouaient, faisaient aussi de la mise en scène, répétaient de nouveau, jusqu'à plus soif. Au bout de la fatigue, ils cherchaient l'oubli de la fatigue, et c'était l'alcool qui le leur donnait : l'oubli, si nécessaire aussi à la mémoire. Et c'était l'alcool qui faisait repartir, et de plus belle, et qui faisait aussi tomber raide mort. Parfois dans la rue ; devant la porte de leur loge ; quelquefois chez eux. Jamais en scène. Si les camarades veillaient à les retenir discrètement par la manche ou le col, l'orgueil, l'honneur, la conscience professionnelle les faisaient tenir debout, et bien jouer encore. Tout le monde était stupéfait, admiratif. Leurs

partenaires les avaient pourtant bien vus tituber dangereusement, voire ramper, de leur loge à la scène. Leurs
voix démontraient une rare autorité qui, démentant
l'ivresse, en étaient gorgées, et s'y renforçaient.

*

L'alcool en moi parfois descend si bien, si vite.
Mais je crois savoir m'arrêter. L'ivresse me rend très
vite malade à crever.

Et puis je pense à mon frère. La pente qu'il a des-
cendue. C'est cela : une pente. Toboggan interminable
et funèbre. Commençant à boire presque tous les jours,
il ne se voyait nullement devenir alcoolique. Quand il
l'a compris, il l'était depuis longtemps. Nous disions
que *la maladie nerveuse l'avait rendu dépendant de
la boisson.* Nuance.

En riant, j'affirme à Brécourt que je ne suis jamais
saoul. Aux premiers vertiges, j'écarte le verre.

J'emploie souvent ma sobriété, ou ce qui m'en reste,
et plus encore si je suis un peu grisé, à guetter dans
le regard de mes camarades, dans les creux de leur
visage, dans la rougeur violacée des lèvres, dans les
désordres subtils de l'articulation, la trace et la trahison de l'alcool. Détecter les premiers symptômes est
pour moi un étrange plaisir qui va jusqu'à remplacer
l'ivresse de la rasade.

La fatigue est parfois plus qu'une fatigue, l'enthousiasme est parfois plus que de l'enthousiasme : Navar
est soudain trop nerveux, trop braillard ; l'inflexion
désaccordée oscille, dans la même phrase, de la gaieté
à la colère. Une tristesse insondable lui succède aussi
vite, quand l'heure vient de se séparer. La solitude
est en vue, le trottoir va bientôt éponger toute cette

amertume. Il n'est plus temps de s'en reverser un autre, malgré l'exhortation joviale et féroce de Kerjean, qui veut payer sa tournée : « Parce que je vous adore ! » Fracassantes déclarations d'amour, muées, à la moindre fin de non-recevoir, en torrent d'aigreur, d'injures, de vieilles récriminations. J'avais horreur de mon frère lorsqu'il succombait à ces accès de tendresse désespérée. Un soir, il m'embrassa dans le cou. Mais, dans la voix de ce camarade fastueux, l'alcool a des accents drolatiques et bonhommes. « On a bien bossé ce soir ! Merde, les gars ! »

Tout ce flot d'alcool qui se consomme dans le métier d'acteur : l'alcool qui se verse dans les loges, l'alcool qu'on partage au foyer, pour une première, pour une centième, pour une dernière, pour rien, parce qu'un camarade est arrivé, comme ça, avec une pleine bouteille de vodka ; l'alcool qui accompagne parfois les *notes* de travail ; l'alcool après les *notes*, pour ceux qui sont restés, qui ne savent pas partir sans passer par le café d'à côté ; l'alcool que l'on boit avec les amis venus censément plébisciter la première. La main enserrant un verre, c'est ainsi que l'on préfère entendre les avis, les compliments, les critiques, les phrases sibyllines et mitigées. Passée la tension des premières retrouvailles avec les amis, et pour fêter la fin de ce moment délicat, on partage une bouteille, et puis on commande à manger, ce qui amènera bien deux ou trois autres bouteilles, pour peu que d'autres se joignent à nous, passant de table en table, et s'enquérant des avis qui circulent. On accueille les nouveaux venus, on déplace des chaises, les bouteilles tintent de partout. La sympathie, la fraternité débordent. On ne sait plus d'où fusent ces giclées d'enthousiasme, ces générosités prometteuses. On re-commande à boire. Il y en a qui s'y retrouvent très bien, profitent de toutes les bouteilles, orchestrent le remplacement de chacune, et, dans le fracas de l'amitié anonyme et désordonnée, qui leur convient parfaitement, sans qu'on ne perçoive rien de leur désastre, en toute lucidité se saoulent à mort, presque froidement.

La représentation, au soir du lendemain, imposera qu'on soit toujours, à peu près, avec plus ou moins de bouffissure, les mêmes, disant les mêmes mots, dans le même sentiment, sous le même visage. La cuite de la veille est facile à maquiller ; la cuite du soir, inéluctable, n'est pas encore au programme. Jouer entre deux bitures. La plupart n'y verront que du feu.

Fatigue de l'acteur verbal

Les autres travaillent. Mon entrée en scène est différée. La répétition piétine. En costume, je me promène entre les étages. Pendant ces moments de liberté, à l'intérieur du théâtre, dans l'obligation de ne pas en sortir – à tout instant je peux être appelé en scène –, je me livre à quelques déambulations. J'aime aller au foyer des spectateurs. S'il est vide, j'y répète volontiers. De temps à autre, je passe la tête dans la grande salle, vérifie qu'on n'a pas besoin de moi et, si ce n'est pas le cas, je poursuis mon travail solitaire, exercice de mémoire, entraînement physique, monologue, rêverie désordonnée à voix haute, pleine d'inspirations et de pannes, selon. Des heures entières parfois, mélangeant tout, dans une grande jubilation régressive, dont il m'arrive de sortir exténué.

Je viens de retourner dans ma loge. Par les *retours*[1], j'entends les autres qui travaillent. Aujourd'hui se diffuse le babil d'une triste répétition : voix du metteur en scène qui interrompt le jeu mol et mécanique ; reprise ; lenteur, fatigue, arythmie ; interruption nouvelle, je ne sais pourquoi, comme un train en rase campagne qui

---

1. *Retour* : petite enceinte placée dans les loges, ateliers et bureaux, retransmettant répétitions et représentations.

ralentit, s'immobilise, paraît épuisé dans le souffle des pistons, puis se tait, comme s'il allait finir là et ne jamais repartir ; voix des acteurs comme des premiers passagers qu'on entend timidement s'étonner, réclamer, s'informer ; arrêt ; silence prolongé ; voix des techniciens. Les acteurs en scène attendent sans doute que se règle un problème de décor ou de lumière. N'est-ce pas qu'un prétexte ? Un accessoire ne convient pas. On change d'accessoire. On entend des accents de découragement, d'agacement, de sourde colère. « Oui, je sais je me lève trop tôt. » « Si tu me tiens comme ça, je n'y arrive pas. – Comment je te tiens ? – Tu veux que je te montre ? – Non, ça va. » « On comprend que je lui ordonne d'y aller ? – Comment ? » Worms répète la question au metteur en scène qui diffère de répondre. « On comprend ce que je fais, oui ou non ? – On comprend, on comprend. – On comprend mais ce n'est pas bien, c'est ça ? Je le somme d'y aller quand même, c'est plus qu'un ordre, c'est… – Oui, oui. – Non mais vraiment ? Dis-moi. – Oui, peut-être que ça manque un peu de… de fermeté… – Non mais c'est toi qui m'as dit… – Oui, oui… – Alors ? – Oui… » Soupir, embarras, silence. Nul ne sait plus que dire. La répétition s'enlise toujours plus avant. Chacun doit regarder dans une direction différente. Je connais bien, tous les acteurs connaissent bien cette dépression dans la répétition, la désespérante traversée de l'inutilité, de la laideur de tout. On en fait parfois grand profit. Comment cela va-t-il reprendre ? Il faut reprendre. On reprend toujours, plus ou moins tard, plus ou moins à propos. On croit reprendre, sortir de la crise, éviter le ratage, l'amer constat. De grands spectacles ont surmonté pareilles heures d'atonie. Voici d'ailleurs que la scène recommence : les voix disent un retour de hardiesse et d'envie.

Sans moi. Nul ne songe à me demander des comptes à cet instant. Je n'existe pas. Grande vacance. En dehors du théâtre, on me croit au travail, on ne me dérangerait pour rien au monde. Dans le théâtre, je vais mon petit chemin oisif au travers des couloirs et des galeries, marmonnant. La scène s'arrête à nouveau – un juron (Worms) – et repart. Lentement, tristement, grossièrement. Voix de Quinault épaisse, passive, fourbue. L'acteur pousse son chariot d'intentions, d'intonations. Rien ne le tire de son train de mort. Même séculaire accent dans la diatribe, le désespoir, l'ironie. Le répertoire des intonations maison. L'air est gavé de ces inflexions bonhommes que l'on entend dans ce théâtre depuis quand ? toujours ? Et dans les autres théâtres ? Aussi, bien sûr. À travers ces canaux usés jusqu'à la corde, la pièce délivre sa pauvre éternité de classique Larousse. Le metteur en scène laisse faire. Entend-il ? Sûrement. Il laisse tourner à vide la lourde machine qui pondra bientôt son vieil œuf. Dans l'indolence et la satisfaction générales, sans joie, sans mal, sans rien. La machine française actionne ses leviers, poulies, roule le plus élégamment du monde sur ses gonds massifs. Académisme débonnaire, fait de naïveté, de rouerie, d'indifférence et de métier. Nul doute : j'y prends largement ma part. Ma part sociale. En argent. Voix sûrement identique à celle de mes camarades. Fondue dans la léthargie dramatique. Je suis aujourd'hui trop lâche et trop fatigué pour tenter de répandre une inquiétude, susciter une interrogation, proposer un suspens. Un autre le fera. Sinon, le spectacle retombera dans son jus. Cela plaît souvent. Parfois on ne demande pas mieux. De grands succès se sont ainsi fourbis.

Académisme : rotondité flatteuse de la machine. Ronronnement gigantesque du grand chat noir théâtral. On croise les bras. Les acteurs déploient leurs gréements éculés : c'est la tradition qui fête son éternel sommeil. Quelqu'un n'a pas parlé, n'a rien dit, a laissé filer la scène, l'acte, la pièce, n'a pas demandé pourquoi le verre était visiblement vide quand Clairval a fait semblant de se désaltérer, n'a pas demandé pourquoi Worms était si mal placé à l'arrivée de Rochemore, n'a pas fait état de ses doutes, n'a pas sourcillé quand on a décidé d'arrêter la répétition plus tôt que prévu, s'est absenté, reclus en lui-même, comme tout le monde. La tristesse s'est emparée de toute la machine, graissée d'indifférence. Hébétude propice. On regarde le train passer. La pièce parle toute seule. Il suffit de dire le texte. On entre et on sort. On a du métier. On sait y faire. On pousse les répliques comme des petits wagonnets au fond d'une mine tarie. Le bois grince sous les escarpins étiquetés. Ça se passe très bien. Bel artisanat. Qui a parlé ? Personne. « On n'y croit pas comme ça ? Oui ça n'est pas très clair... Il y a des choses qui... Mais ça va se roder... En quelques filages, et quelques représentations, le rythme va... Ça va se trouver... » Phrases effilochées au long de l'après-midi, amalgamées en une seule rumeur qui accompagne chaque répétition sans la compromettre. Le *Ça* de tout ça est énorme. C'est le sac où l'on enfouit tous les doutes, toutes les espérances, les remords, les colères, les principes, les désirs et les intentions du premier jour.

Je ne suis pas redescendu. Le désœuvrement me mène un peu au hasard, d'un couloir l'autre. Par curiosité, très indiscrètement, j'ai pénétré dans la loge de Gaillard. Il y a les acteurs qui tapissent les murs de photos d'eux-mêmes et ceux qui mettent un point d'honneur à n'afficher que tableaux abstraits, photos mystérieuses, amulettes, qui sont souvent de parfaits autoportraits cryptés. Gaillard fait partie de la première catégorie. Il est là dans tous ses rôles. Il en a joué des quantités. C'est un chahut d'époques, de costumes, de visages, de grimaces, d'attitudes. Je reconnais des camarades, des prédécesseurs illustres, des morts. Tous devenus, un jour ou l'autre, partenaires de Gaillard, rictus figés à jamais en sa compagnie. J'y figure, tiens donc, l'air complètement idiot, dans un spectacle des moins mémorables.

Par les *retours*, j'entends soudain de la vie. Qui parle ? Non, c'est de nouveau Worms, qui n'en peut plus. Quinault bâille toute sa tirade. Le mot *tirade* lui convient bien. Il va de *tirade* en *tirade*. Entre les *tirades*, il dort. Vallette ne s'est pas réconciliée avec Talbot. Cela s'entend. Il y a peu, je crois qu'ils s'appréciaient encore. C'est fini, apparemment. « Tu me dis où tu veux que je sois, et je me réglerai. » Rochemore s'emporte. Worms doit lui demander encore de se placer selon son bon vouloir à elle. « Fais comme tu veux. » Les acteurs s'arrangent entre eux, montent leurs petits coups, se servent, se font des politesses, des vacheries, organisent leur petite vie sur le plateau. Le metteur en scène laisse faire. « Mets-toi où tu veux, je m'en fous. – Mais moi aussi je m'en fous. – Alors ? »

Je suis retourné dans ma loge. Je traîne. Dans le miroir, me servant de ma large veste, prenant fièrement appui sur ma jambe gauche tandis que j'écarte la droite, mon pantalon me dessinant des jambes de *torero*, je mime trois passes de cape, très lentes, inutiles, mais concentrées.

« On a le temps de faire un enchaînement ? – On a le temps. – Alors reprenons tout l'acte. » Le régisseur procède à l'appel. Il me faut descendre, et vite. Ma vacance finie, en force je redeviens personnage, fantôme, fantoche, voix morte parmi les voix mortes.

L'enchaînement de l'acte est un calvaire. J'y suis pitoyable. Moi qui ironisais sur le jeu de mes camarades, je suis bien le pire : humeur fausse, gestes maladroits, voix cassante et perchée, diction complaisante et chantée. Inattentif aux partenaires. Effets comiques attendus et soulignés. J'en rirais de ne faire rire à ce point personne.

L'acte se termine dans un silence de mort.

Les camarades qui – éteints, fuyants ou doucement ricaneurs – ont suivi de la salle la répétition ne nous disent rien à notre descente du plateau. Les *notes* sont données dans la salle du sous-sol. Rendez-vous dans une demi-heure. L'assistant ne fait pas plus de commentaire. Les machinistes envahissent le plateau, démontent l'improbable décor, lavent la scène de toute cette incertitude crispée.

*

La distribution s'est répartie sur les chaises, bancs et fauteuils de la salle de répétition. Le silence, malgré une restauration rapide à la cafétéria, ne s'est pas rompu de la fin de la séance à ce moment critique.

L'acte s'est avéré si médiocre que le metteur en scène, résolument optimiste à l'ordinaire, ne prend aucune précaution oratoire. Tout est à refaire, dit-il. Il se remet lui-même en cause, se fustige, s'excuse, avoue de graves erreurs.

Il faudrait tout casser, tout déchirer, décor, costumes. Je rêve inutilement.

Talbot s'en prend à lui-même, consent à se faire

bouc émissaire. Propose de couper dans son rôle. Si profondément découragé, visiblement d'accord avec notre camarade, le metteur en scène le considère et reste coi. Il aimerait tant supprimer tout l'acte, où rien ne se passe, où tout est à vau-l'eau, où nous sommes de si consternantes figures, la médiocrité même. Silence entrecoupé de soupirs, de phrases avortées, d'apostrophes qui tombent. Et silence.

« Faudrait qu'on revoie la scène, là, avec mon petit truc… C'est vraiment pas bon, enfin, moi j'en ai l'impression… » En prenant ainsi la parole, Poisson surprend tout le monde. Si placide à l'ordinaire, si peu interventionniste, se contentant d'un rien, ne demandant rien, ni louange ni critique, entrant et sortant de scène sans le moindre espoir ni la moindre peur, le voici amer, presque révolté, réclamant des soins comme un malade qu'on aurait, sans égard, depuis des heures, laissé en souffrance dans un couloir d'hôpital. Sa voix puissante – que son corps petit et malingre voudrait toujours démentir – est chargée de peine et de menace, d'un *ras-le-bol* dont l'expression si énergique laisse pantois. Le metteur en scène s'attendait à tout, sauf à ce rude épanchement, et ne sait que dire. Le silence prolongé qui s'ensuit finit par gêner Poisson lui-même : « Je ne sais pas… Mais c'était mieux avant, non ?… Ou bien… Je ne sais pas. » Il s'agit d'un petit passage musical, où l'acteur, soudain, quelques secondes, sans le moindre motif, danse et chante. Proposé par le metteur en scène dès les premiers jours de répétition, cet effet d'absurdité comique n'a jamais convaincu. Supprimé la veille, le petit moment en question a été remplacé par un effet atténué (il danse, mais ne chante plus) et s'indifférencie maintenant dans la monotonie générale. Le reste ayant paru beaucoup plus préoccupant, on a négligé de rediscuter la pertinence du petit intermède, Poisson s'y était habitué, s'était plu à cette touche musicale et colorée, y avait trouvé son compte. Il soutient que s'il chante, comme avant, ce sera moins triste, moins bizarre et plus incongru : plus drôle. Comme le metteur en scène paraît on ne peut plus irrésolu, vague et déconfit, Poisson insiste : « Tu trouves que ça a toujours été mauvais ? » Pas de réponse. « On peut tout enlever aussi, ça ne me gêne pas. – On va retravailler, on va retravailler… – Mais quand ? – On va voir, on va voir. » Poisson propose de couper l'effet en question lors du prochain filage : on verra s'il manque, ou si on peut s'en passer. Proposition acceptée avec gratitude.

L'air est lourd. Nous n'en pouvons plus. La répétition s'achève lugubre. Je guigne quelques commentaires auprès du metteur en scène, dont le visage est de plus en plus éprouvé. Il voudrait en finir vite, mais je ne peux pas m'en aller dans le découragement où je suis ce soir. L'interrogeant sans détour sur les pires moments de ma prestation, « ce n'est pas si mauvais, attention, pas si mauvais », m'interrompt-il, énervé. J'affecte le ton froid et technique du comédien pour lequel il n'est question que de réajustement. « Tu sais, c'est déjà pas mal du tout, il y a franchement pire, tu n'es vraiment pas loin. Et puis tu sais… » Tout est là. Ce *et puis tu sais* dit tout, contient tout, achève tout : le ratage, la relativité du ratage, l'aveu d'impuissance, le désir de paix, la fin du rêve, l'ultime désillusion, la douceur modeste du *pas si mal*, l'amère sympathie de celui qui bientôt n'en sera plus. Désemparé, je m'affaisse un peu plus. Mais les autres nous rejoignent, décidés à l'étouffer de questions. « Bon alors les gars ! » Il se rajuste et fait face : rappelle laborieusement les intentions de départ ; le sens d'une scène, dont nous étions convenus ; des places que l'on n'a pas respectées ; des pertes de concentration fort dommageables quand on prétend jouer sous quinzaine. Il purge sa fatigue dans une dureté qui lui rend des couleurs. Mais la lassitude l'emporte et ce n'est pas un mauvais bougre.

Dans la rue, nous restons entre nous comme des mauvais garçons inemployés. On ricane. Une petite pique contre Worms. On démolit le metteur en scène. Au café, nous fomentons une petite révolte que nous savons sans lendemain.

Quinault, que l'on n'a guère entendu jusque-là, prend doucement, affectueusement la parole. Après sa sortie de scène, il s'est installé à la corbeille, a regardé la fin de l'acte : jamais nous ne l'avons autant touché. Quelques moments l'ont tout simplement bouleversé. Nous croyons qu'il plaisante, le connaissant pour un des plus farouches boute-en-train. Mais sa conviction paraît profonde, il ne s'arrête pas là.

« Aujourd'hui, vous avez joué fatigués. Oui, ce n'était pas bon. Mais, dans la détente et le relâchement, la béance de la fatigue, vous avez libéré plus d'humanité, de naturel, de vérité émotive que lorsque vous jouez *énergiques* et *concentrés*. Certains se servent mal de leur fatigue et se replient sur leur maigre savoir, sur leur voix, comme Poisson. Il a tort de s'accrocher à son petit couplet ridicule. Il ne progressera pas. Votre fatigue vous a désigné le territoire à parcourir. La marée basse vous fait mesurer l'espace, immense, de votre potentiel. Vous êtes fatigués, mais vous ne devez pas vous comporter en *acteurs fourbus*, si absolument désillusionnés qu'ils ne jouent plus que le strict minimum, ne riant jamais, mais indiquant le rire, n'ayant qu'un ou deux gestes pour signifier la détresse, une seule expression pour la surprise, etc. Voyez Poisson. Entièrement codé, stéréotypé, il ne peut plus avancer dans son art. Il est perdu. Mais l'acteur seulement *fatigué* ne se résout pas à n'avoir qu'une seule expression pour la surprise, à seulement signifier qu'il pleure. Il laisse voir qu'il n'a plus d'expression. Il ne pleure plus mais présente un visage dévasté. S'il rit, c'est aux larmes, ou il ne rit pas. Son absence le rend à lui-même. Il ne joue que le nécessaire, l'intelligible. Il est enfin là. Dans la mélancolie du mauvais travail, il est parvenu à desserrer, à casser le systématisme désabusé, la gangue académique. »

Ce discours est tenu par un de nos camarades à qui l'on a si souvent reproché d'être toujours trop irréprochablement, froidement et infatigablement virtuose, désespérément académique. Moi-même, cette après-midi, je désespérais de Quinault. Nous ne savons plus que penser. Une tendresse inédite nous lie soudain les uns aux autres, sans un geste, et dissipe les humeurs, les jugements, les contours, comme si nous recouvrait, avec ces paroles, diffusée par elles, une nappe de brouillard bienveillante.

*

Rentré chez moi, je fais le rêve (éveillé) d'être un acteur descriptif. Je ne joue rien qui ne soit objectif, net, évident. Je me tiens à distance de toute interprétation abusive. À vrai dire, je n'interprète rien. Je remplis de mon corps, de ma voix, l'espace nécessaire à la compréhension de la pièce. Aucun geste, aucun accent qui n'offrirait l'intelligibilité la plus élémentaire. Je donne. Je ne suis rien. Je donne à voir et à entendre. Les affects sont réservés au spectateur. Je ne suis pas immobile et sans vie. Je vais et je viens, je peux même aller très vite, je peux même danser, si le sens voulu le requiert. Je produis l'expression des sentiments adéquats, l'expression adéquate des sentiments. Si je suis en colère, ma colère est mate, brève, distincte, s'arrête aussitôt que le spectateur en a capté le signe. Et je poursuis mon chemin. Si je suis abattu, une légère suspension de ma tenue, un affaissement suffit à donner la note. Si je suis gai, je souris une seconde, je me tiens droit. Mes mains sont gaies. Mes pieds aussi. Cela se voit. Tout se voit, au premier coup d'œil. Je parle vite jusqu'à l'événement majeur, et ralentis lorsque celui-ci survient, ou plutôt, afin de le faire survenir. Tout est rythmique. Je ne suis que succession de vitesses différentes. Je suis une boîte de vitesses. Un index tendu désignant une situation, une histoire, un fait, une couleur. On ne me regarde pas, on m'écoute. Ce que l'on voit de moi, ce sont des formes en mouvement qui produisent une seule phrase. Je peux être drôle, si la situation est comique. Je ne chercherai jamais à l'être. Je ne saurai jamais si je le suis. Si j'entends rire dans la salle, je ne saurai jamais si j'ai personnellement suscité ce rire. Je ne me renseignerai pas. Je sortirai du théâtre sans un mot, mais poliment. Ennuyeux ? Peut-être. Parfois. Mais, au moins, on aura tout compris, tout entendu. On ne pourra pas me reprocher l'obscurité, l'inutile complication, la démonstration pathétique. On m'oubliera logiquement. On se souviendra d'abord du sens. On racontera la pièce. À mon propos, on dira seulement : « À un moment donné, il y a un type qui a dit ceci ou cela, il a fait ceci ou cela… » Rarement plus.

Alors je serai toujours le même. Comme on m'aura oublié, je ne serai jamais le même. Dans le même temps.

Horizontal et vertical. Je traverserai les spectacles. Tous les spectacles. Ils ne seront plus des spectacles, mais des livres. La scène sera la page. Je serai un mot. Plusieurs mots. Un texte. On ne verra de moi que les mots qui me composent. L'acteur verbal. Je prendrai ce pseudonyme : Verbal. Reste à trouver le prénom.

*

Je me couche. Fourbu.

Rêve

En haut. Presque sur le toit de la Comédie-Française. Les loges sont tout en haut, dans le rétrécissement de la voûte. Cela fait penser à un clocher. Je me souviens aussi du théâtre Montansier à Versailles dont le faîte délabré menaçait de s'écrouler. Le risque de chute est grand : la loge où je suis est une sorte de balcon précaire au-dessus de la cage de scène ; et le maigre plancher est en pente. Je manque de basculer en enfilant mon pantalon de costume. Des osselets s'éparpillent, tombent dans le vide. Grande peur. Pas prise au sérieux par le personnel joyeux, chantant, affairé.

Je me promène dans les loges, où sont accrochés les tableaux des vieux sociétaires, Dumesnil, Marchat. À la surface de l'un d'eux, comme sur un écran, passe un vieux film, avec Orson Welles et Jules Berry, Felton (qui n'est pas comédien) en jeune premier égaré. Ce n'est pas un film de Welles. Les habilleuses s'affairent dangereusement autour de moi, manquent de me précipiter en ramassant les osselets. Je suis dans le jaune flambant du costume d'Octave. Je croise Rochemore, qui répète aussi Octave, je suis dans son costume, ou lui dans le mien. Je m'empare d'objets qui lui appartiennent, papiers, trucs. Je me sens supérieur à lui.

Ascenseur bringuebalant, turbulent, qui mène à

d'autres loges encore moins sûres, perchées dans le vide. Je fais remarquer qu'il faudrait réparer : cela fait rire. Je manque plusieurs fois de basculer, à cause du plancher fracassé. L'ascenseur tombe. Sa chute est silencieuse, car la pièce a commencé. Je suis en retard. Moi aussi je devrais tomber, plonger, pour ne pas rater mon entrée. Le vieux théâtre est un puits. Les loges sont désespérément suspendues à ses parois. Tout tombe d'un jour à l'autre.

Mémoire de la bêtise,
ou le théâtre des limites

Quand je constate le peu de mémoire que je garde de mes plus récentes lectures, dont ne me restent que des bribes anecdotiques, de vagues impressions, de simples noms de personnages ou de lieux, je me sens accablé de bêtise. Voilà deux semaines que j'ai terminé *Isabelle d'Égypte*, d'Achim von Arnim ; je l'ai dévoré. Aujourd'hui, j'ai tâché de m'en faire succinctement le récit à voix haute. Je m'y suis repris à plusieurs fois pour extraire de ma mémoire le souvenir d'un seul passage, précis, exact. Néant. Que du vague, de l'informe. Je relis quelques pages ; parfois je lève la tête, je raconte. Paraphrase inintelligible. Retournant immédiatement à ma lecture, j'apprends par cœur quelques mots, j'imprime vigoureusement dans mon esprit, par des moyens suggestifs, certaines phrases, certains thèmes. Je commente, à voix très forte, en arpentant mon appartement, l'histoire du Golem, double noir et maléfique. Je m'allonge et contemple, au plafond, les images du récit, que je voudrais imprimer dans ma mémoire, comme s'ils étaient des souvenirs vécus.

Un autre roman, *Le Cavalier suédois*, de Leo Perutz, lu deux fois, à dix ans d'intervalle, revient à mon esprit – pourquoi celui-là ? –, s'interpose, réclame sa part ; je ne parviens pas même à reconstituer le moindre fragment. Histoire sombre, romantique et fantastique. Le Cavalier est un fantôme. Ne serait-ce pas aussi un Double ? Je n'ai pas le livre sous la main. Je retourne à *Isabelle*. Mais *Le Cavalier suédois* me met à la question : « Qui suis-je ? », demande-t-il. D'autres contes surgissent, mêlent titres et péripéties, *La Main du diable*, *Princesse Brambilla*, *Spirite*. Je ne raconte plus, j'invente. Ça ne prend pas, rien ne se tient, du vent. Ma tête, bien échauffée, s'énerve. Enragé, je saisis le premier volume venu sur le rayonnage à hauteur d'œil. C'est un livre de poèmes, acheté il y a des années chez un bouquiniste. *Le Cœur populaire* de Jehan Rictus : « *Idylle : Môm', c'que t'es chouatt' ! Môm' c'que t'es belle !/Je sais pas c'que t'as d'pis quequ's temps,/C'est sans doute l'effet du Printemps/Et qu'tu viens d'avoir tes quinze ans,/Mais c'qu'y a d'sûr... t'es pus la même.* » Je lis le poème entier comme un rôle, avec l'accent des faubourgs ou ce que j'en imagine. Un quart d'heure dans le Paris du début du siècle, en pensant aussi aux poètes du Chat noir, dont je possède une anthologie, rangée tout en haut de ma bibliothèque. Je n'ai pas le courage d'attraper une chaise pour mettre la main sur ces livres qui végètent écrasés sous le plafond. Jehan Rictus me tombe des mains.

Je regarde les autres livres serrés dans les rayonnages. Beaucoup sont avidement soulignés, parfois annotés. La masse de papier pressée, ces kilos de livres qui remplissent trente-cinq cartons à vins – au dernier déménagement –, convertis en substance intellectuelle, n'occuperaient qu'un minuscule tiroir. Il y a des livres que je n'ai pas lus. Il y a mes préférés (je ne les connais jamais aussi bien que je le crois) ; il y a des livres que je connais parce qu'ils ont joué un rôle dans mon éducation (certains recoupent la précédente catégorie) ; il y a des livres que je ne rouvrirai jamais ; il y a des livres que je me promets de relire ; il y a des livres que je n'ai jamais lus ; il y a surtout ces pensées interminables que je roule devant ces rayonnages, qui ne s'accrochent à aucun livre en particulier, les enveloppent tous, me les rendent indispensables, quelquefois pénibles, réfractaires, toujours vivants.

Il est des oublis que je me pardonne volontiers. J'ai oublié certains romans à péripéties nombreuses, lus à une époque particulière où je prisais les genres policier et historique (*Le Cavalier suédois* est de ceux-là, mais de l'avoir lu deux fois m'a rendu son oubli impardonnable) ; j'ai oublié beaucoup de pièces de théâtre – j'en lis proportionnellement très peu, j'oublie même jusqu'aux pièces que j'ai jouées ; j'ai oublié les livres qui faisaient partie d'un programme scolaire de jadis, auxquels rien, par la suite, ne m'a reconduit.

En philosophie, oublier le contenu d'une lecture pourtant méthodique, patiente, concentrée, me faisait cruellement penser que j'étais, par nature, d'intelligence moyenne. Limité de toutes parts, mais fort de la connaissance de cette limite, je me consolais en me précisant à moi-même que je n'étais donc pas *borné* : seulement *limité* – cette nuance m'était très précieuse. L'être *borné* n'a pas conscience de l'au-delà qui l'environne ; il n'est jamais *dépassé*. Sûr de lui, il se croit achevé. L'être *limité* sait mesurer l'étendue de ce qui le dépasse. Les bornes sont comme des murs qui enferment le sujet *borné* dans son monde aveugle. Les *limites* sont comme des lignes tracées au sol : elles laissent au sujet le pouvoir de considérer les horizons inaccessibles. Ce touchant raisonnement m'a accompagné pendant des années. Il me berçait. Il se substituait facilement aux réflexions laborieuses que m'imposait une dissertation, et donnant un air philosophique aux déconvenues que m'infligeait la philosophie, il détendait mélancoliquement ma cervelle.

Mes lectures de Wittgenstein et de Spinoza ont douloureusement blessé mon orgueil. Lorsque, sous l'immense verrière de la bibliothèque Sainte-Geneviève, j'eus achevé l'*Éthique* de Spinoza, je refermai le livre avec fierté ; relevai doucement la tête vers les hauteurs de la voûte ; m'étirai en allongeant mes jambes sous la table, et mes bras devant moi, sous la lampe transversale ; je sentais sur moi les regards envieux des étudiants qui continuaient à besogner à mes côtés ; les yeux mi-clos, je voulus parcourir un instant la contrée du savoir que je venais de conquérir de haute lutte, et tracer les nouvelles limites de ma connaissance. Mais rien ne me vint à l'esprit sinon du blanc, du silence, des caractères d'imprimerie désassemblés, puis du noir. Rien.

J'essayai bien de reconstituer au moins le dernier chapitre, l'ossature de l'ouvrage, quelques concepts, une vague idée de la philosophie spinoziste. Des mots affleuraient : *scolie* (au masculin), *affections*, *proposition XXVIII* (ou autre), *substance*, le nom du traducteur : Appuhn. Le naufrage était absolu. Je me souviens de l'abattement formidable dans lequel je descendis les escaliers de la bibliothèque, tandis que je m'efforçais de récapituler quelque autre connaissance philosophique qui me consolât. J'aurais pu me dire que je n'étais pas spinoziste. Aurais-je été plus sensible à Kant, à Platon, à Descartes ? Je cherchai vaguement le philosophe dont ma pensée s'enrichirait. Une kyrielle de noms – les noms seuls, pas un seul concept – défila dans mon esprit. J'aurais préféré, ce soir-là, être un paisible individu *borné*.

Ce philosophe d'élection dont j'éprouvai le manque, je crus le trouver enfin. De Wittgenstein, à l'imitation de plusieurs de mes camarades, dans le grand vent de philosophie analytique qui soufflait dans ces années-là, j'aimais tout : le nom, le visage, l'œuvre (avant même de la lire), les titres, le destin, le caractère, la singularité, les manies, le mythe entier. La si célèbre première proposition du *Tractatus* – *Ce qu'on ne peut pas dire, il faut le taire* –, je la reçus de plein fouet, comme un commandement absolu. Bien des étudiants s'en tenaient là, et Wittgenstein semblait n'avoir dit que cela dans sa vie, condamnant une fois pour toutes la métaphysique, l'esthétique, la morale, du moins sous leur forme transcendantale, inconditionnée, absolue, et quantité de spéculations incertaines, qui, dans l'examen minutieux de Wittgenstein, tombaient d'un coup, très *logiquement* – comme j'admirais la puissance exacte, non comminatoire, et décisive du raisonnement *logique* –, dans le domaine du non-sens. Au lieu de trouver des réponses aux questions insolubles, il avait trouvé moyen de dissoudre les questions elles-mêmes. Mieux valait alors se taire.

Je m'émerveillai qu'en une seule phrase on pût faire tant de ravages. Me rendant bien compte que, si je voulais prétendre en faire mon philosophe préféré, il me fallait avancer plus loin dans la connaissance de Wittgenstein, j'entrepris de me faire une idée plus précise de *ce qu'on ne peut pas dire*, et surtout de la manière dont il fallait s'y prendre pour le *taire*, une bonne fois pour toutes. J'étais persuadé qu'en m'arrimant à ce problème toute l'intelligence dont le vingtième siècle avait été capable basculerait dans la cuve vive de mon cerveau, le remplirait à ras bord. J'attendais de la philosophie en général, et Wittgenstein me paraissait le plus approprié, qu'elle me fournisse les armes intellectuelles les plus sophistiquées : elles devaient me donner le pouvoir de ruiner entièrement un raisonnement, un point de vue, une thèse qui me sembleraient opposés, contraires, voire hostiles, sans que je dusse employer aucune forme de violence ou d'intimidation, dont j'étais incapable. La philosophie m'offrirait les moyens de faire ma place, de me défendre, d'attaquer, sans lever le ton, sans coup frapper, aimablement. Spirituellement.

Je savais que je ne choisissais pas la facilité avec Wittgenstein. Si j'avais calé sur Spinoza, on voyait mal comment je survivrais au très difficile logicien viennois. Mais l'honneur, le goût général qui distinguait Wittgenstein entre tous, la conversation de mes plus brillants amis, le sens du risque, la séduction infinie du style de Wittgenstein – court, élégant, énigmatique dans sa clarté –, la griserie même de ce nom répété inlassablement, tout me prescrivait de m'atteler à son sujet pour ma maîtrise. Cahier à mon côté, plume à la main, assis à la table (de bibliothèque, de cuisine, de salle à manger, de bureau – jamais dans un fauteuil ou dans un lit), je lus, j'étudiai, j'annotai, je scrutai, je disséquai, je grattai, mangeai, déglutissai, régurgitai, réabsorbai, avec une extraordinaire ferveur, une opiniâtreté de rat, une rigueur, une abnégation toutes militaires : le *Tractatus*, les *Investigations philosophiques* (*Philosophische Untersuchungen*, j'aimais mieux le dire en allemand), *Le Cahier bleu* et *Le Cahier brun*, *De la certitude* (très court, il me reposa ; j'avais en outre le sentiment d'entrer dans l'intimité wittgensteinienne ; il m'arriva de le lire dans le bus), et les *Remarques philosophiques* (*Philosophische Bemerkungen*). Je ne parvins pas à lire l'œuvre complète, car il me fallait toujours m'interrompre, soit pour reprendre ce qui me semblait fuir de mon cerveau, soit pour lire ce dont Wittgenstein lui-même postulait la connaissance, soit pour me ruer sur les commentateurs, qui me devenaient de plus en plus indispensables, et dont l'étude maniaque recouvrait même ma propre lecture du Maître. À portée de main, j'avais toujours les livres de Jacques Bouveresse, de Vincent Descombes et de Christiane Chauviré. En fait, je ne les lâchais jamais. Je passais de Wittgenstein à Bouveresse, puis revenais à Wittgenstein, qui me renvoyait à Bouveresse, puis Descombes, Chauviré, après quoi je lisais à nouveau ma page de Wittgenstein, à l'infini. Non que j'y entendisse rien. Mes notes aux dissertations étaient, somme toute, correctes. Mais, fort laborieux dans l'exercice de synthèse, je ne parvenais pas à réduire mes acquisitions intellectuelles à quelques propositions précises, resserrées, qui m'auraient permis de me promener librement dans mes nouvelles pensées wittgensteiniennes, limpides, méthodiques, incorporées à ma chair. Je ne pouvais relever la tête. Les petits résumés qu'en marchant dans la rue je tâchais de construire devenaient vite vagues et confus. Je ne retenais que quelques formules secondaires, détachées de leur contexte, flottantes comme des morceaux épars à la surface de mon intellect. J'enviais ceux de mes camarades qui donnaient l'impression de comprendre, de retenir de vastes théories dont à haute voix, entre eux, ou même avec le professeur, sans aucun texte sous les yeux, ils débattaient farouchement. Quand ils m'incluaient dans leur conversation, je ne pouvais faire autrement que d'opiner du chef, admiratif et consterné. C'étaient de vrais philosophes. Je ne parvenais qu'à me fabriquer une culture purement quantitative, ajoutant des livres aux livres, et ne savais pas rendre compte d'un seul. Comme *Bouvard et Pécuchet*, je copiais. J'ai noirci plusieurs cahiers qui n'étaient que paraphrase de Wittgenstein, Bouveresse, Descombes, Chauviré. J'aurais pu recopier ces cahiers sur d'autres cahiers. J'aurais voulu les savoir par cœur, comme des rôles.

*

Devenir comédien, apprendre des textes par cœur, en faire mon activité quotidienne, bientôt mon métier si la chance voulait me sourire, m'a reposé de ces épreuves ingrates. Au Conservatoire, je considérais ma nouvelle pratique comme une vaste et simple détente. Je faisais discrètement valoir mon bagage philosophique devant des camarades que les noms mêmes de Wittgenstein ou de Spinoza, lorsqu'il m'arrivait négligemment de les glisser dans la conversation, suffisaient à persuader que j'avais une tête bien pleine, et bien faite. C'était à leur tour d'opiner du chef, admiratifs. Je voyais bien aussi que mes professeurs – ceux qui, en général, voyaient d'un bon œil qu'un jeune acteur eût une licence de philosophie – se montraient prudents et réservés quand je les amenais sur les terrains spéculatifs : ils se hasardaient un peu, dissertaient – je leur faisais sentir que j'étais prêt à en découdre ; ils comprenaient mon avance ; tout était bien frais et dispos dans mon esprit, tandis qu'ils n'avaient pas *philosophé* depuis longtemps ; ils se renfrognaient, se taisaient, abdiquaient. Je triomphais.

Il ne m'en fallait guère davantage pour penser qu'une tête d'acteur sonnait un peu creux. La mienne comme la leur. Je me satisfaisais de ma supériorité relative. Moi-même *limité*, j'avais plaisir à considérer leurs *bornes*.

Dégagé de ces complexes estudiantins, que partageaient bon nombre de mes camarades de khâgne, sans en parler alors, je ne suis pas tout à fait quitte pour autant d'une idée que je me suis faite de l'acteur. Il lui manquerait toujours ce que le spectateur lui prête si volontiers : le bonheur d'être au cœur de l'œuvre, de l'incarner. Il ne serait là que pour contribuer à cette illusion, qui suffit cependant au plaisir de la représentation. Un professeur s'aidera de la puissante interprétation d'un comédien pour donner à ses élèves le goût et le sens d'une pièce. À cet acteur, il attribuera une connaissance intime et enviable dont il serait tout prêt de se sentir privé. Certes, il saura faire la part du metteur en scène, mais l'interprète restera nimbé d'un prestige inentamable, pour avoir donné corps et visage à l'expérience esthétique d'une belle soirée au théâtre.

J'ai plutôt le sentiment que jouer un rôle ressemble à une traversée linéaire, purement quantitative, de l'œuvre, comme on visite, en touriste, un château ou un musée. La répétition, au contraire, me donne la satisfaction d'une plongée dans l'œuvre : par l'idée même de répétition ; par le travail poussé jusqu'à l'ingratitude ; par les conversations, les commentaires, les idées folles qui traversent les esprits ; les silences, l'hébétude, l'incertitude qui s'ensuivent, le vide absolu dans lequel nous tombons souvent, où nous reconnaissons l'ampleur de notre tâche ; par les sursauts furieux qui donnent la clef, au moment où nous ne l'attendions plus. Malgré ce temps de recherche passionnée, la représentation ne garde plus trace de ces émois intellectuels. Ceux-là sont peut-être si profondément incorporés qu'ils n'affleurent plus à la conscience. Il faut entrer, agir, sortir. Cela va si vite. Les pensées, les idées, sont devenues des effets. On a tout oublié des pannes, des trouvailles, des doutes. Oubli nécessaire d'un temps infusé tout entier dans le geste, l'attitude et le ton.

Dans *Le Misanthrope*, j'ai fait le rêve absurde d'arrêter la représentation, de me tourner vers le public et d'expliquer ce qui m'avait conduit à jouer ainsi tel passage que je venais d'exécuter. Je ne voulais pas donner le personnage, mais les pensées du personnage. Je croyais possible de montrer l'aventure intellectuelle d'Alceste, amour compris. Sa mélancolie tenait aux contradictions qui le déchiraient : se défaire du monde, racheter le monde, sauver Célimène, se défaire de Célimène. Je m'enorgueillissais de braver le préjugé anti-intellectuel qui refuse aux grands personnages de théâtre, surtout à ceux de Molière, la possibilité d'être, avant tout, des hommes qui pensent. On les préférerait animaux. Les acteurs aiment jouer la bête, l'enfant, ou le fou. À les entendre, les caractères, en général, appartiennent souvent à l'une de ces trois catégories.

Lettre morte. Ce rêve demeura un rêve. Il m'aurait fallu jouer la critique d'Alceste, ou *Le Métamisanthrope*.

Dans cette interprétation, j'ai senti la naïveté comme la vanité de mon effort, autant que jadis dans mon étude de Wittgenstein. J'eus la même sensation des limites de mes capacités. Ma voix ne rendait pas l'accent que je cherchais. Mes ambitions se trouvaient à l'étroit dans les gestes et les mouvements que je me voyais faire.

Je suis complaisamment sévère envers moi-même. Il ne m'appartient pas de mesurer le degré de réussite ou d'échec de mon interprétation. Mais j'ai rarement quitté la scène le cœur léger. Rien ne m'était plus laborieux, plus pénible, plus ardu, que l'arrivée d'Alceste au quatrième acte : *Ô ciel ! de mes transports puis-je être ici le maître ?* Je peinais comme un cycliste trop lourd dans une route de haute montagne. Rien ne me semblait naître, croître et fructifier des pensées que j'avais tant désiré mettre en action, des émotions qui cependant m'étreignaient, de ce souvenir – qui n'était plus qu'un souvenir – d'un Alceste si profondément blessé qu'il déclarait à Éliante un amour intempestif, sincère (adressé à une Célimène de substitution) et, de ce fait, odieux. Tout se passait comme si j'avais écrit un texte que je ne parvenais pas à traduire sur la scène. En somme, mes échafaudages s'effondraient, l'intelligence investie se retournait en bêtise, je n'avais plus rien dans le crâne, sinon des bribes, des rêveries, et des prétentions. Comme pour *Isabelle d'Égypte*, je ne savais plus rien du roman pourtant dévoré. Comme pour l'*Éthique*, les mots, les vers, les noms étaient lettres mortes. Et je me souvenais cependant de l'autre *Misanthrope*, vu l'année d'avant, dont j'avais tant rêvé en travaillant, que j'avais cru pouvoir, à travers ma mémoire et mon admiration, rejouer. Mais c'est ailleurs qu'il se rejouait, au-delà de mes chères limites, d'où je le contemplais stupidement, sans mot ni pensée pour en saisir la règle. Se rejouant ainsi sans cesse, sur l'autre scène inaccessible où se donne, depuis très longtemps maintenant, le théâtre de ce qui me manque.

Mémoire de trou de mémoire

Précipice abrupt, cratère immédiat : le trou de mémoire. C'est la vingt-troisième date de la tournée du *Legs* de Marivaux, peut-être la quatre-vingtième représentation. Ma langue est trempée, laquée de ces mots toujours et heureusement et invariablement semblables. Il est neuf heures moins le quart. Je mouds mes grains de Marivaux à heure fixe. Nous en sommes à la scène x : *la Comtesse, le Marquis.* Je suis le Marquis. Très en forme, je n'ai pas à me forcer. Je me complais à penser que ce rôle me va comme un gant, capable que je suis de le jouer à jeun, endormi, démoralisé : je m'y retrouve toujours facilement et retombe, quoi qu'il arrive, sur mes pattes légères.

À cet instant de la représentation, je viens de dire : « *C'est qu'Hortense aime le Chevalier. Mais, à propos, c'est votre parent ?* » La Comtesse (Auger) me répond : « *Oh ! parent de loin !* » Après le temps d'un fugace regard entre nous, comme d'habitude, je commence, dans le ton calme, méthodique, non moins ordinaire que chaque soir, la longue et sinueuse réplique : « *Or, de cet amour qu'elle a pour lui, je conclus qu'elle ne se soucie pas de moi…* » Et puis plus rien.

Nous sommes le 9 mai 1999, à Bourgoin-Jallieu :

à cet instant précis, le trou. Le noir de l'enfer du trou. Cratère immédiat, précipice abrupt.

Aucune panique. Je récapitule promptement : je viens donc de dire, sans la moindre hésitation : « … *Or, de cet amour qu'elle a pour lui, je conclus qu'elle ne se soucie pas de moi…* » Par conséquent, il est enfantin pour moi de poursuivre : « …………………………… »

La phrase, sur la page, je la sais. Elle continue, se prolonge, très logiquement. C'est une pensée parfaitement articulée. La pensée en question, je l'ai : là, dans l'envers de mon crâne. Si ma tête pouvait parler, ailleurs que par la bouche. Je me concentre, me pressure, me fustige. J'ai très chaud, mais je crois réussir mon opération. La phrase, la voilà, dans la blancheur de la brochure. Il n'y a qu'à la lire. Mais je ne peux pas la déchiffrer. Rien à faire. Pourtant, il n'y a que trois lignes apprises et sues par cœur, depuis des mois, presque un an. Je le jure. Je ne me trompe jamais. Mon texte ? Je le sais au rasoir, par cœur, par tout moi-même. C'est lui qui me parle.

Je ne comprends plus rien. Ce n'est pas une panique à ce moment qui l'emporte, mais une lourde moiteur qui, de bas en haut, s'extirpe, piquante d'abord, et puis qui dégorge, des tempes, du front, et jaillit presque du col. Une épaisse fatigue, une incoercible paresse, un bâillement si ample que je suis englouti dans sa profondeur, une désinvolture de l'être entier, dont l'insolence tellurique, pour un peu, me pousserait au fou rire. Cela se déroule dans la même seconde. Monte enfin la pure, la puissante peur, pure peur panique, l'extrême de l'effroi, qui m'emmène tout en haut, piqué sur la pointe du plus haut clocher d'angoisse.

Trou de mémoire. Je bafouille dans la stupeur, pour moi-même, bouche cousue : trou noir de mots. Mouroir de trop. Trop de miroir. Mer de moite déroute. Muette mort du Roi. Plonger dans un océan de mille routes en fuites, patauger dans la merde moite d'une diarrhée immédiate, mourir soudain et sans un cri de s'être cru voix royale, mourir sur un mot, déchu. Se liquéfier dans la bouillie du babil qui boursoufle aux lèvres du bafouilleur. Noir.

Le noir dans le cerveau déserté. Grotte gigantesque et grenier lugubre. Noir, toujours. Soudain, une lueur. J'entrevois, au milieu de l'obscurité, l'éclat d'un morceau de phrase :

Je n'aurais…

Rien à voir. Pas de sens. Je m'y accroche quand même. Transpercé par le regard de plus en plus fixe d'Auger, ma partenaire, j'ouvre ma bouche molle : « *Je n'aurais…* faire que… sentiment qu'elle m'aime… »

Mots plus ahuris que moi, qui battent comme de petits drapeaux. Ailes de chauve-souris claquantes d'effroi. Me refusant tout sens. Ils pendent à mes lèvres. Le Marquis, en moi, achève de disparaître. La Comtesse, en la personne d'Auger, dont l'œil est à chaque instant plus inquiet, se désagrège. La machinerie mentale de la représentation, qui turbinait impeccablement dans les têtes des quelques trois cents spectateurs, des six acteurs et des douze techniciens, toute l'organisation coûteuse d'une tournée de la Comédie-Française, s'arrête là, pesamment, indéfiniment.

Coutances. Pourquoi Coutances ? En un quart de seconde, me revient, traversant mon cerveau, comme un courant d'air brûlant entré par la brèche de ce *Coutances*, la fin de la réplique.

« … Elle me refusera, et je ne lui devrai plus rien. Son refus me servira de quittance. »

C'est revenu. Merci à *Coutances*, qui a rallumé dans la nuit *quittance*, et remis en branle tout le système de mémoire. Néanmoins, il manque quelque chose, à l'intérieur même du morceau de texte revenu. Je me souviens du mot *semblant*. Ce mot fait partie d'une phrase qui précède : *Elle me refusera...* Ne la cherchons plus. Elle doit maintenant disparaître, oubli à oublier, afin que mon débit reprenne un cours plus serein. Cela passerait les bornes. Je ne peux plus me permettre aucun suspens. Les gens, plutôt bonasses jusque-là, s'impatienteraient.

Auger enchaîne très énergiquement. Je reprends derrière elle, sans hésitation. Elle répond. Je rétorque. Elle se lance dans sa longue réplique. Je lui souris. Elle craignait sans doute de ne plus la voir arriver. Elle y met tout son cœur et prend tout son temps. Je lui en sais gré. Cela m'autorise une petite pause. Je cale mon regard sur son cou, respire profondément, l'écoute avec une calme vigilance, travaille à l'apaisement total de mes nerfs. J'inspecte ma boîte crânienne, décongestionnée. C'est comme si je me promenais dans une enfilade de salons un lendemain de cohue. Et soudain, tout au fond, dans une arrière-salle, loin de la bouche, je lis, je vois, j'entends : *... je n'ai donc qu'à faire semblant de vouloir l'épouser...*

Avec une vitesse foudroyante, le morceau se replace dans l'ensemble du passage enfin reconstitué :

Or, de cet amour qu'elle a pour lui, je conclus qu'elle ne se soucie pas de moi ; je n'ai donc qu'à faire semblant de vouloir l'épouser, elle me refusera, et je ne lui devrai plus rien, son refus me servira de quittance.

C'est bien cela, cela colle, et se jointe : la phrase est bien là, entière. La voici qui se dresse devant mes yeux, obnubile mon regard. Puis elle se dérobe, change de matière. Elle ondoie, liquide, aux abords de ma bouche :

Or, de cet amour
qu'elle a pour lui
Je conclus

qu'elle ne se soucie pas de moi

Je n'ai donc qu'à faire semblant de vouloir l'épouser

elle me refusera
et je ne lui devrai plus rien
son refus
me servira de quittance.

La réplique s'organise maintenant comme un doux poème à la syntaxe délicieuse et trempée. Je voudrais tant la dire et lui rendre justice. Ce n'est plus le moment... *Or, de cet amour qu'elle a pour lui*... Nous sommes si loin de l'accident... *Je conclus qu'elle ne se soucie pas de moi*... Il n'y faut pas revenir... *Je n'ai donc qu'à faire semblant*... Nous en parlerons plus tard... *Semblant de vouloir l'épouser, elle me refusera*... Nous en rirons... *et je ne lui devrai plus rien, son refus*... Tout ce que vous voulez... *Me servira de quittance*... Mais à l'instant, j'en suis à : « *Vous me ravissez d'espérance !* »

Il me faut la paix. Et du silence.

Je n'ai donc qu'à faire semblant de vouloir l'épouser...

Les mots cognent dans une clarté aveuglante, tonnent au-dessus du palais. Je me tends contre la voûte. Je vais hurler. Par bonheur, c'est bien : « *VOUS ME RAVISSEZ D'ESPÉRANCE !* » qui l'emporte, et s'en va au grand jour de la scène. Mais à quel prix. J'ai crié ma réplique. Auger constate l'inquiétante hébétude de mon œil. Sa voix s'anime soudain en ma direction. Elle s'aide de sa réplique suivante pour me relever le menton, m'ajuster. Puis elle fait de son « *Hélas, elle serait donc bien difficile* » une gifle retentissante, partie de toute volée sur cet *hélas* qu'elle dit ordinairement si délicatement. Auger attend mon *NON VRAIMENT, JE N'AI PAS OSÉ LE LUI DIRE* pour juger de mon état, se rend compte qu'il ne faut plus en rajouter, et décide d'apaiser son « *Et le tout par timidité* », sur lequel, habituellement, elle aime accrocher le ton de sa colère amoureuse. « *ELLE EST SI SENSÉE QUE J'AI PEUR D'ELLE…* » : je plaide sa clémence. Auger me comprend, hésite. Mais son « *Parlez, Marquis, parlez, tout ira bien* », d'une ironie parfaitement opportune, redoublée par l'irritation habituelle qu'elle donne magistralement à cette réplique, explose avec une violence telle qu'elle me jette au visage autant son impatience que mon indécente faiblesse.

Mon crâne n'en finit plus de ruisseler. Qu'y puis-je si, à chacune de mes répliques, tente de se substituer :

JE N'AI DONC QU'À FAIRE SEMBLANT
DE VOULOIR L'ÉPOUSER

Comme un lierre dévorant, ce bout de phrase s'entrelace dans les lignes de mon texte. Comme un papillon noir, il volette entre mes tempes contre lesquelles je ne puis l'écraser. Je bourdonne de cet orage de mémoire et ne m'en remets pas. Chaque réplique à venir fuse vers moi comme un train anonyme, énorme masse d'acier dont je ne distingue pas les mots. Ils m'arrivent en désordre dans la bouche. J'en découpe les syllabes au dernier moment. La pensée, les intentions, la psychologie en sont tout à fait absentes. Cela parle quand même :

« *En effet, quand on le dit naïvement…* »

Un instant de panique. Nouvelle confusion. Pitié. *Pense, porc*. Me dis-je, comme Pozzo à Lucky dans *Godot*. Il ne manque que quatre syllabes sur cette réplique. Ce n'est rien : un souffle. Allez.

« *… Comme on le sent…* »

Tout va bien. C'est cela. Enchaînement solide. Courtes répliques. Voici le dernier test : la longue réplique de ma colère. Elle arrive. Attention. Ne cherchons plus aucun mot. Le Sentiment. Le souffle. Une respiration. Contraction. Énergie et souplesse. La mémoire n'est pas une question. N'existe pas. À moi.

« *Ce n'est que façon de parler. Je dis seulement qu'il est fâcheux que vous ne vouliez ni aimer, ni vous remarier, et que j'en suis mortifié, parce que je ne vois pas de femme qui puisse convenir autant que vous, mais je ne vous en dis mot, de peur de vous déplaire.* »

Parfait. Tâchons de garder cette humeur. Je suis juste. C'est étonnant. Je sais tout, évidemment. Ce n'était qu'une petite faiblesse momentanée. Je veille cependant à ne pas être trop confiant. Cela m'a trahi, j'en suis sûr. Je croyais posséder mon rôle. Je m'admirais d'une telle maîtrise, me ravissais moi-même, et contemplais du fond de mon palais tout ce *moi* au travail. À l'extérieur : la comédie de la faiblesse et de la pusillanimité. À l'intérieur : vigueur, audace, souveraine possession de soi. Et c'est alors que plus rien.

Je fais maintenant l'effort mental de réarticuler chacune de mes répliques avant de les émettre. Le temps de réflexion est extrêmement court, mais il me faut ainsi contracter mon cerveau pour éviter la rechute, et chasser la peur. Ma voix ne m'a pas trahi, mais la lassitude se fait lourdement sentir.

La scène se termine enfin. Entrée d'Hortense. J'ai du répit. Rêvant d'un petit boulingrin où je me reposerais, je profite du long silence dans lequel l'entrée d'Hortense a plongé le Marquis pour m'en tenir lieu. Je n'ai que trois répliques, courtes et faciles. Arrive le Chevalier. C'est encore plus simple. Presque rien à jouer. Je n'ai qu'à pivoter vers le public, légèrement sur ma gauche. J'exprime alors l'angoisse d'être en si fâcheuse posture – ce qui est de mon ressort – et joue l'aphasie. Pour ce passage, je suis comme un poisson dans l'eau, parfaitement adéquat à la situation. J'en rirais maintenant, si le regard de ma partenaire ne guettait le moindre de mes faux pas. Plus nerveuse, moins sûre d'elle-même, ne se sent-elle pas à la merci d'un trou de mémoire, elle aussi ? Non, ma camarade est inébranlable, ce soir.

À la faveur du silence qu'observe le Marquis, je m'allonge, intérieurement, comme sur un gazon bien ras, entretenu, matelassé. J'entends même des rires. Je n'ai jamais su ce qui les provoquait exactement : mon expression ? un jeu de scène d'un ou d'une de mes partenaires, dans mon dos ? le comique de la situation ? Il importe peu. Ce soir, ces rires me comblent d'aise, de gratitude et me font des oreillers frais. Des horizons de verdure tapissent ma mémoire retrouvée. Je vois toute une campagne. Les plus charmants des souvenirs d'enfance viennent occuper les chambres confortables de mon cerveau restauré.

« Oh, vous me pardonnerez, je n'aime que trop. »

Petite réplique que je viens de taper comme une balle de tennis, sans peine remise en jeu, tant mon attaque est vive et pleine d'à propos.

« La preuve s'en verra quand je l'épouserai, je ne peux pas l'épouser tout à l'heure. »

Hop ! Je me suis permis une petite fantaisie : je n'ai pas projeté cette phrase, qu'en d'autres jours j'expulse violemment. Je l'ai laissée tomber de ma bouche. Mes camarades sont surpris. La Comtesse est clouée : quel aplomb ! se dit-elle sans doute. Je veux le croire. Je m'en flatte, et m'en m'amuse. Moi qui, échappé de mon propre crâne et de toutes ses roues et roueries, reviens de l'Enfer, je ne suis plus en moi-même : tout entier à ma propre surface. Je m'aventure dans le plein de la scène, jouant le jeu, impersonnel – enfin. Ce n'est pas trop tôt et ce n'est que le strict ordinaire. Curieusement, le nom de *Marivaux* me passe un instant dans l'oreille. Je le salue. Je me sens loin de tout mon corps à présent. Je rejoins mes camarades dans la verte routine. Heureux de nous retrouver, nous forçons un peu l'allure, vers la pente de la fin, les saluts, les loges, le restaurant, l'hôtel, la chambre, le sommeil et la nuit.

Je n'ai donc qu'à faire semblant de vouloir l'épouser.

Mémoire

Apprenant le rôle du *Menteur* de Corneille, j'ai eu
bien de la peine à retenir ces vers :

Aussi ne croyez pas que jamais je prétende
Obtenir par mérite une faveur si grande :
J'en sais mieux le haut prix ; et mon cœur amoureux,
Moins il s'en connaît digne, et plus s'en tient heureux.
On me l'a pu toujours dénier sans injure ;
Et si la recevant ce cœur même en murmure,
Il se plaint du malheur de ses félicités,
Que le hasard lui donne, et non vos volontés.
Un amant a fort peu de quoi se satisfaire
Des faveurs qu'on lui fait sans dessein de les faire :
Comme l'intention seule en forme le prix
Assez souvent sans elle on les joint au mépris.
Jugez par là quel bien peut recevoir ma flamme
D'une main qu'on me donne en me refusant l'âme.
Je la tiens, je la touche et je la touche en vain
Si je ne puis toucher le cœur avec la main.

*

Je considère le bloc de mots déposé sur la page :
une colonne verticale, solide, que je vais par la bouche
avaler. Je ne compte pas le nombre d'alexandrins, je

171

n'ai qu'une perception massive de la tirade. Je vais la faire choir dans mon cerveau. J'ai aussi l'idée de la changer en substance liquide et de la verser en moi.

Pour l'instant, un pain de mots. Pain de glace, paroles gelées, morceau impossible à réduire et qu'il faut attaquer avec patience, modestie, méthode. Méthode ? Elle reste à inventer. Je lis la réplique, m'arrête aussitôt, recommence à lire, à haute voix maintenant, un, deux, vers, recommence, m'arrête. Je lis encore une fois. D'un trait. *Aussi ne croyez pas que jamais je prétende/Obtenir par mérite une faveur si grande.* Je relève la tête. Regard dans le cerveau : qu'y vois-je ? Rien, tentative nulle. Si, attendons. S'articule, sans effort, ceci : « *Aussi. Ne croyez pas. Que je prétende.* » Non. Je produis mon effort : « *Que jamais je.* » Non, ça ne prend pas. « *Aussi ne pensez pas que.* » Non. « *Ainsi.* » Non.

Je relis : *Aussi ne croyez pas que jamais je prétende.* Je relève la tête, presque sûr d'être venu à bout du premier alexandrin. Fier, je me propose de le déclamer d'un trait comme on enfoncerait un clou d'un seul geste précis et puissant. Au moment de proférer le premier mot, mon attention est détournée par un coup de téléphone, je décide de ne pas répondre, reprends ma respiration : « *AUSSI NE CROYEZ PAS. NE CROYEZ PAS.* » J'attends quelques secondes en m'interdisant de regarder le livre. Yeux fermés. D'un trait. Je suis sûr d'en être capable, me sens frais et reposé. Allez. Tout doucement. Délicat, minutieux, je me lève. J'attrape une canne que j'ai toujours à portée de main. J'en fais une épée. Un sabre. Je plante mes yeux dans le mur, face à moi, et, tendrement, l'apostrophe : « *Aussi ne croyez pas que jamais je prétende/Obtenir* – je m'arrête, ne respire plus – *par mérite* – je tends ma canne vers le plafond, toujours face au mur tout blanc, front rouge et plissé – *Nenufavesi GRANDE*. » Oui bon. Ce n'est pas ça mais. Je m'énerve. J'y suis presque. J'insiste sur les quelques syllabes qui me manquent. Je localise et entoure le trou qui s'est fait dans mon esprit. Les sons que j'ai formulés sont justes, mais dans le désordre. Je dois, malgré la bouillie verbale présente, m'en tenir à eux. Cet effort, absurde pour le moment, aura sa récompense. « *Nunefaveu. FAVEUR.* » *Faveur* s'est extirpé du néant, et se grave dans ma mémoire. Il n'en bougera plus. J'ai donc : *faveur si grande*. Je me donne une bonne minute ; après quoi je vérifie sur la page, relis, puis redis, et j'enchaîne. Je pose la canne. Je la reprends. Je me tiens bien droit. En *torero*. Pieds joints sur la moquette. Tranquille, ferme, délié. La canne est la baguette de la *muleta*. J'attends. Accomplissant, en esprit, un grand arc de cercle, en me déplaçant physiquement de quelques centimètres, faisant maintenant face à la fenêtre, je reviens au texte. J'attends, je respire, je me prépare, je retiens, je lance, à tue-tête : « *Aussi...* » Silence. C'est comme si j'étais tombé. Rien. Rien ne sort. Comme si dans l'arène aucun taureau, du toril, ne sortait, sinon un petit chien pelé. Tout est perdu. Deux mots, puis un troisième, sortent, minables : *Prétende, grande*, et *faveur*. C'est tout. Je reconstitue : *mais n'imaginez pas que*. Je sais que ce n'est pas ça, mais l'obstination que j'aurai mise va susciter un appel d'air, creuser un trou. Quand j'aurai relu le texte, la partie manquante sera aspirée dans le trou agrandi, où les mots seront désormais profondément encastrés, soigneusement agencés, autour de *faveur*. Après deux relectures, je ne parviens cependant plus à fixer le moindre terme. Déconcerté, je me repasse les répliques précédemment apprises. Dans la foulée, je tente de franchir l'obstacle : « *Aussi n'y voyez pas de malice plus grande/Et cherchez désormais les fruits de ma prébende.* » N'importe quoi. Ma cervelle s'avachit. Je finis par chanter ces mots sans queue ni tête.

Coup de canne sur la table. Retour au texte. « *AUSSI NE CROYEZ PAS QUE JAMAIS JE PRÉTENDE/OBTENIR PAR MÉRITE UNE FAVEUR SI GRANDE.* J'enchaîne. *J'EN SAIS MIEUX LE HAUT PRIX ; ET MON CŒUR AMOUREUX, / MOINS IL S'EN CONNAÎT DIGNE, ET PLUS S'EN TIENT HEUREUX.* »

Voilà du grain à moudre, du pain à pétrir, pour une heure au moins. À l'étude. (Le français parlé en Belgique dit *étudier* pour *apprendre par cœur*.) Étudions.

Les deux derniers vers dessinent, dans l'espace encore très vide de mon palais de mémoire, deux arcs. *Palais de la mémoire.* Pièces immenses encore vides. Salons de danse. Enfilade de corridors. Je pars en glissade. « *JE SAIS MIEUX LE… ET MON…* Euh… *PLUS IL… MOINS IL… REUREU.* »

Je me débarrasse de cette canne, reviens au livre. Essayons tout bas. « *Aussi ne pensez pas que jamais je prétende/Obtenir par faveur une m'irrite si grande. J'en sais le mieux haut prix cœur amoureux. Digne. Heureux. Moins, plus.* » Je m'assieds. Long regard par la fenêtre. J'ai faim. Pourquoi est-ce si pénible, aujourd'hui ?

Je relis toute la réplique. Repose le livre. Je vais dans une autre pièce. Recommence. « *Aussi ne croyez pas que jamais je prétende* – oui, j'y suis, c'est exactement cela, et je continue sans effort – *Obtenir par mérite une faveur si grande* – aucune erreur, visualisation parfaite, ancrage, lest, plongée dans la vase profonde de mémoire – *J'en sais mieux le haut prix* – quoi ? Je sais. Silence. Je me tais. Arrêt. Je monte de plusieurs

tons – *J'EN SAIS MIEUX LE HAUT PRIX, J'EN SAIS
MIEUX LE HAUT PRIX, J'EN SAIS MIEUX LE HAUT
PRIX, J'EN SAIS MIEUX LE HAUT PRIX* – station,
élan, saut – *ET MON CŒUR AMOUREUX, MOINS
IL S'EN CONNAÎT DIGNE* – je ne sais rien mais je
sais quelque chose et ce quelque chose est : – *ET
PLUS S'EN TIENT HEUREUX.* » Qu'est-ce que ça
veut dire ? Je me reproche de ne pas assez travailler
l'intelligibilité du passage. Lecture :

> « *J'en sais mieux le haut prix ; et mon cœur amoureux,*
> *Moins il s'en connaît digne, et plus s'en tient heureux.*
> *On me l'a pu toujours dénier sans injure ;*
> *Et si la recevant ce cœur même en murmure,*
> *Il se plaint du malheur de ses félicités,*
> *Que le hasard lui donne, et non vos volontés.*
> *Un amant a fort peu de quoi se satisfaire*
> *Des faveurs qu'on lui fait sans dessein de les faire :*
> *Comme l'intention seule en forme le prix,*
> *Assez souvent sans elle on les joint au mépris.*
> *Jugez par là quel bien peut recevoir ma flamme*
> *D'une main qu'on me donne en me refusant l'âme.*
> *Je la tiens, je la touche et je la touche en vain,*
> *Si je ne puis toucher le cœur avec la main.* »

Dorante, en pleine place Royale, profite de la chute
inopinée de Clarice et, pour l'aider à se relever, lui
tend la main. Hasard, invention de l'instant, providence
amoureuse. Comment mériter celle qu'il ne mérite
aucunement : en lui faisant croire que rien n'est dû au
hasard. Dorante, vers après vers, force le destin. Sans
même les relire, je dis à pleine voix : « *JE LA TIENS
JE LA TOUCHE ET JE LA TOUCHE EN VAIN* – c'est
bien cela, je les sais, je les vois, ils sont là – bonheur
de mémoire – c'est comme si moi-même je les avais

écrits – *SI JE NE PUIS TOUCHER LE CŒUR AVEC LA MAIN.* »

Tiens..., touche..., touche..., toucher en vain. J'aime et la progression et l'insistance : de la main au cœur et du cœur à la main, qui n'est plus la main hasardée, mais la main à marier. Faire sentir au long de la réplique cette façon d'aller droit comme une flèche malgré les apparents détours. « *On me l'a pu toujours dénier sans injure.* » Qu'a-t-on pu toujours lui dénier ? « *Et si la recevant ce cœur même en murmure* – la *recevant ?* la faveur ? – *Il se plaint du malheur de ses félicités, / Que le hasard lui donne, et non vos volontés.* » Cela, je le conçois bien. Dorante ne se satisfait plus de ce que l'occasion lui offre. Il veut déjà tout de Clarice : son cœur, son âme, son désir. Comme il va vite. Il y a quelque chose qui court dans la réplique et lui fait opérer un saut logique dont je maîtrise mal la cohérence, mais dont je goûte la précieuse énergie.

Que dit Dorante ? Je réponds à voix haute : « C'est me faire injure de croire que je ne sais pas ce que je vaux, fort peu sans doute, en comparaison de vos mérites. Mais cela ne m'empêche pas de courageusement vous aborder. Et si, lorsque je reçois vos faveurs, je ne suis pas encore satisfait, c'est parce que ce n'est encore que le hasard qui me les offre, et non votre désir. »

Je poursuis : « Ce n'est pas mon mérite qui m'attire votre faveur, mais le hasard. Je suis si peu digne de votre mérite que je bénis ce hasard. Mais je ne m'arrête pas là. Je veux plus que votre présence inopinée : je voudrais que vous l'eussiez voulu, que vous ayez désir de moi. Que serait, sans cela, notre rencontre ? »

Infiniment heureux de la rencontre, Dorante veut la conquête. Comment passer de la courtoisie à la galanterie, de la galanterie à la possession dans la même phrase, en masquant ce débordement, cette accélération scandaleuse ? Tout paraît s'enchaîner par déduction comme s'il n'avait pas conscience de son audace. Le saut gît dans le vers : « *Et si, la recevant, ce cœur même en murmure...* » Le murmure du cœur est en fait le hiatus creusé par le désir intempestif. Reprenons du début, pour vérifier l'hypothèse érotique.

« *AUSSI NE CROYEZ PAS QUE JAMAIS JE PRÉTENDE/OBTENIR PAR MÉRITE UNE FAVEUR SI GRANDE.* » Je relis toute la suite d'un trait, je me lève, reprends ma canne, que je tiens comme une canne, je vais marchant de pièce en pièce. « *J'EN SAIS MIEUX LE HAUT PRIX ; ET MON CŒUR AMOUREUX, / MOINS IL S'EN CONNAÎT DIGNE, ET PLUS S'EN TIENT HEUREUX.* » Les affaires vont bon train. Avide d'engranger, je remplis ma mémoire, je meuble les salons, y fais entrer air, désir, mouvement, geste. Je joue déjà. Je reprends, euphorique : « ON ME L'A DIT... ON ME PALU... SANS INJURE. » Un vers obstrue malencontreusement le superbe corridor que je viens de creuser. *ON ME L'A PU TOUJOURS DÉNIER SANS INJURE.* Je relis puis redis dix fois de suite ce vers. J'ai perdu la continuité du sens. En désencombrant le corridor, j'ai détruit le corridor lui-même. Fatigue subite, étourdissement. Pause.

Juan Ruiz de Alarcón a écrit *La Verdad suspechosa*, *La Vérité suspecte*. Corneille l'a adaptée. Cette réplique s'y trouve, plus courte, plus facile. J'ai beau m'en pénétrer, je ne parviens toujours pas à graver les mots dans le gris – le gras – de ma cervelle. Divagation. La scène du Théâtre-Français, où, le jour venu, je devrai produire mon effort, connaissant, sachant, ayant incorporé forcément les vers, tous les vers, m'apparaît. Je ne vois plus les mots, mais des visages, des formes, des corps, pas tout à fait ceux de mes camarades, pas tout à fait ceux des amis, parents, connaissances qui ne manqueront pas d'être là, le premier soir du *Menteur*. Je n'aurai aucune pensée pour ce travail de mémoire, lui-même oublié. Rien ne s'interposera entre le texte et moi, entre la page et la bouche. Plus de papier, plus de livre, plus de mot. Les vers et la voix. Délivré dans la voix, dans l'eau de la voix, dans le flot du jeu, tout ce qui n'est encore que rocaille, mot, lettres, pages, vers, butées, contretemps, obstacles de toute sorte, tout coulera, s'écoulera, le jour venu. Dans quatre mois.

Il faut encore rabâcher. Ressasser. J'écris ces lignes pour sortir du ressassement où je dois, séance tenante, retourner. Je me suis fixé ce terme : ce soir, je saurai, à la perfection, la totalité de cette réplique. Par le cœur.

Mes pensées ont si fort dérivé de leur cours mécanique de mémoire que je n'y suis plus du tout. Le début, qui me semblait acquis (*aussi ne croyez pas que jamais…*), s'est évaporé. Allez. Je m'assieds quelques instants, un gâteau à la main. Je vais ramasser la canne, laissée dans un coin, et mimer quelques passes tauromachiques.

Des vers du *Misanthrope* ont défilé sans raison. Quelques-uns, égarés, amputés, dérivant. L'idée que les rôles se recouvrent les uns après les autres, que la mémoire usée ne parvient plus à conserver les anciennes partitions, qu'elle doive même les effacer pour faciliter l'enregistrement des nouvelles, me dépite. Tout demeurait autrefois. Je me souviens de *Tartuffe*, appris en classe de seconde. Je n'ai pas d'effort à faire pour restituer *Laurent serrez ma haire avec ma discipline/ et priez que toujours le ciel vous illumine*. Je n'en sais guère plus, à vrai dire.

Pour conjurer le sort et le temps, je me redis, après

vérification, la première longue tirade d'Alceste. Celle-ci me reste assez bien. Je réactive tout le premier acte, puis le quatrième. *Ô ciel, de mes transports, puis-je être ici le maître.*

Le soir tombe. Je ne suis pas très avancé. De guerre lasse, m'allongeant au sol, j'ouvre le livre du *Menteur* comme si c'était la première fois. Je reprends au début. Silence en moi et hors de moi. Absorbé dans ma lecture, je ne dis rien. Voix au repos. Cervelle débarrassée. J'aime la typographie de ce livre. Deux alexandrins me tombent dessus : *Je la tiens, je la touche et je la touche en vain, /Si je ne puis toucher le cœur avec la main* – les deux derniers de ma réplique du jour. Mes favoris, mes préférés, mes chouchous. « *JE LA TIENS JE LA TOUCHE ET JE LA TOUCHE EN VAIN/ SI JE NE PUIS TOUCHER LE CŒUR AVEC LA MAIN.* » Je chante. Je danse. Ma canne. Vite. Une étoffe. Je me drape. Je veux tout dire. Je veux jouir et parler. Je jouis de ces mots à venir par lesquels je vais débouler en scène. Je remonte le curseur de mémoire. Démarrage. Embellie. Un grand soleil me découvre toute la page. Petite vérification. Immense désir d'apprendre. « *AUSSI NE CROYEZ PAS QUE JAMAIS JE PRÉTENDE/OBTE-NIR PAR MÉRITE UNE FAVEUR SI GRANDE* – je parle doucement en laissant l'articulation se faire toute seule – *J'EN SAIS MIEUX LE HAUT PRIX* – sensation, à cette hémistiche, d'atteindre, en vélo, le sommet très escarpé d'un col, effort bien récompensé par une vue splendide, un panorama sur tout le rôle – *ET MON CŒUR AMOUREUX* – ce cœur amoureux coïncide pour la première fois avec le mien. Je monte la voix – *PLUS IL S'EN CONNAÎT DIGNE* – je ne cherche rien, tout vient sans peine – *ET PLUS S'EN TIENT HEUREUX* – rarement rime m'a rendu plus heureux.

Je poursuis – *ON ME L'A PU TOUJOURS DÉNIER SANS INJURE* – c'est la première fois que ce vers me vient aussi naturellement. Je parle de plus en plus fort – *ET SI LE RECEVANT CE CŒUR MÊME EN MURMURE* – cœur bouleversé par ce murmure de cœur – *IL SE PLAINT DU MALHEUR DE SES FÉLI-CITÉS, /QUE LE HASARD LUI DONNE, ET NON VOS VOLONTÉS.* – Et la suite vient, tout aussi aisément, je n'en crois pas mes oreilles. La finale en « tés » me comble – *UN AMANT A FORT PEU DE QUOI SE SATISFAIRE DES FAVEURS QU'ON LUI FAIT SANS DESSEIN DE LES FAIRE* – d'un coup, voix puissante mais calme – *COMME L'INTENTION SEULE EN FORME LE PRIX, / ASSEZ SOUVENT SANS ELLE ON LES JOINT AU MÉPRIS* – j'accélère, pour voir. Ton vif – *JUGEZ-PAR-LÀ-QUEL-BIEN-PEUT-RECEVOIR-MA-FLAMME-D'UNE-MAIN-QU'ON-ME-DONNE-EN-ME-REFUSANT-L'ÂME* – je suis aux confins de ma mémoire, au bord de l'oubli – *JE LA TIENS* – cela je le sais absolument par cœur et le laisse déborder de mes lèvres sans même rien ou presque prononcer – *JE LA TOUCHE* – j'y suis, je touche au but – *ET JE LA TOUCHE EN VAIN SI JE NE PUIS TOUCHER LE CŒUR* – je m'arrête une seconde, par caprice (jamais je ne ferai, en jeu, cette rupture idiote) – *AVEC LA MAIN.* »

*

J'ai tout redit trois fois. J'ai dîné. J'ai regardé la télévision. J'ai lu. Je me suis couché. Au matin, méfiant, j'ai relu le passage avant de m'y risquer. Mais je savais. Par cœur.

La piscine

Coincé en Belgique. À sept heures du matin, la séquence n'est pas finie. Il faudra continuer la nuit prochaine. Deux autres scènes sont prévues dans la piscine creusée en sous-sol de cette villa de milliardaire. Le Nabab a passé la soirée à servir des cocktails aux deux vedettes qui font l'événement de ce tournage : la Grande Actrice et le Fils de Star. La Grande Actrice m'a donné une leçon. Je n'avais qu'une scène avec elle. Il me fallait sortir prestement de l'eau, en maillot de bain, reculer le long du bord tandis qu'elle avançait d'un pas inexorable vers moi, débiter un petit monologue plein de menace et d'effroi, atteindre dans mon dos un appareil de gymnastique où je devais me saisir d'un pistolet et, dès les derniers mots de ma tirade, le braquer sur elle. Nous n'avons tourné qu'un seul plan de cette séquence. Mais, dans ce petit jour froid et gris, je suis épuisé.

*

Nous avions été hâtivement présentés l'un à l'autre vers huit heures du soir. Une demi-heure plus tard, elle m'avait convoqué dans la vaste chambre qui lui servait de loge. On lui choisissait des souliers. Elle

181

congédia son habilleuse, me pria de m'asseoir. J'hésitai un instant entre un fauteuil microscopique, où toute tentative d'installation me semblait vouée au ridicule, et le bord du lit, au risque de me donner un air légèrement cavalier, si bien que je préférai m'insérer dans le petit fauteuil tant bien que mal. Après s'être allumé avec grâce une longue et fine cigarette, elle entreprit de me conter son entrée à la Comédie-Française, ses rôles, ses partenaires, les bonheurs qu'elle y avait connus, son ingénuité, quelques enseignements qu'elle en avait tirés, les circonstances de son départ. Elle me parla surtout de Louis Jouvet : « Jouvet disait… » Elle n'acheva pas. S'ensuivit un silence qui se prolongea si longtemps que je crus d'abord à une devinette, puis à un léger trouble de mémoire, et je finis par chercher quelque chose à dire. Enfin elle poursuivit : « … il faut aimer passionnément son métier. » Rien d'autre. Le ton était grave, impérieux. Il recelait quelque mise en demeure. Je comprenais toute la nécessité du silence qui avait précédé. À la banalité de la phrase ainsi introduite, il devait donner le caractère monumental d'un principe. Elle tâchait de me transmettre l'autorité même de Jouvet, qui n'avait sans doute employé ni ce ton ni ce suspens, mais avait dû produire sur elle l'effet dont elle voulait me gratifier. J'émis un petit *oui* qui ne sortit pas comme je l'aurais voulu. Étranglé, sourd, interrogatif, il prenait une teinte sinon d'insolence – « Et alors ? c'est tout ? » –, du moins de stupidité : je n'avais rien à ajouter. Me rendant compte que j'étais muet depuis le début de cet entretien, au travers duquel cette Grande Actrice me jaugeait, je m'évertuai à chercher une phrase qui lui dirait de la façon la plus simple, la plus décisive et la plus solennelle combien j'aimais mon métier. Dans la fièvre du combat que je menais contre mon aphasie, je parvins à lui répondre que Jouvet aurait sûrement été très content de moi. Elle ne fit aucun commentaire et continua. Je ne savais plus si elle citait encore Jouvet ou si elle s'exprimait en son nom propre. Les deux sans doute : « La passion pour notre métier, c'est cela qui peut faire de nous de vrais acteurs. Il faut tout lui sacrifier. Tout brûler pour lui. Il ne nous le rendra guère, l'ingrat. Mais c'est ainsi. Aimer, avoir du plaisir. Donner du plaisir. Et puis c'est tout. » J'eus encore la sottise de bégayer une réplique : « Oui, ça… C'est bien vrai… Il faut… Parce qu'on ne peut pas, comme ça… » Je n'avais pas su comprendre qu'il n'était nullement question de dialogue entre nous. J'aurais dû lui adresser un long regard entendu, me lever, la fixer de nouveau dans les yeux, sourire, et lancer enfin un : « Merci, madame » empli de dévotion. Lui montrer combien mon cœur s'était enrichi. Je n'avais pas eu cette présence d'esprit. Au contraire, je m'enlisai en m'efforçant de lui dépeindre la Comédie-Française d'aujourd'hui, puis je déviai sur le tournage lui-même, allant jusqu'à m'enquérir de la cantine – trois minutes après avoir parlé de Jouvet ! J'eus aussitôt conscience de mon prosaïsme (mais je mourais de faim), et pris mollement congé d'elle, sans avoir réussi à exprimer ni ma gratitude, ni ma joie, ni l'honneur que j'avais de jouer à ses côtés. Je résolus de lui prouver tout cela par mes actes, la nuit même.

Jusqu'à notre scène, je n'osai plus lui adresser la parole. Je la contemplais de loin, trônant sur son fauteuil de cinéma, auprès du réalisateur. Elle suivait attentivement le tournage de plans qui ne la concernaient pas. À deux reprises, elle corrigea les indications erronées des cascadeurs chargés de régler la bagarre prévue entre le Fils de la Star et moi. Comme tout le monde, elle s'inquiétait de l'état de ce jeune homme que la nuit avancée, la lenteur du tournage, la difficulté des scènes qu'il fallait jouer dans l'eau, en se battant au milieu d'hommes-grenouilles, rendaient excessivement nerveux. Le moment venu de jouer la bagarre, il était saoul. J'appréhendais naturellement la brutalité intempestive de ses gestes et de ses cris. S'y exprimaient une rare souffrance, puis un contentement absurde, auquel succédait une colère que rien n'apaisait, sinon les coupes de champagne que deux jeunes hôtesses s'empressaient, en riant, de lui servir. Au milieu de la piscine, où il plongea tout habillé dès la première répétition, malgré les protestations lasses de la costumière, il apostrophait gaillardement les filles, qui se contorsionnaient pour ne pas tomber dans l'eau en lui tendant les coupes. Il s'en prenait aux techniciens. Des prénoms hurlés. On le laissait boire. La grande dame réussit à l'attirer jusqu'à elle. Tout dégoulinant, il s'agenouilla, posa sa tête dans son giron, se calma. Je la voyais qui parlait, mais ne l'entendais pas. Puis il vint me prier de lui pardonner son indiscipline, son manque de maîtrise du texte, s'accabla de tous les noms. Je n'en finissais pas de scruter sa peau : des archipels de cicatrices, d'écorchures, de contusions. À la racine du pouce béait une coupure atroce qu'il avait négligé de faire recoudre. Suintante, crevassée par l'eau de la piscine, elle lui faisait sûrement mal. Dans ses yeux et dans sa voix, je reconnus, outre l'empreinte de l'alcool, l'air et l'accent de faiblesse incurable qui, chez mon frère Éric, décourageaient toutes mes paroles de remontrance, d'espoir ou de consolation.

*

La bagarre n'est toujours pas tournée. Je fais des longueurs dans la piscine tiède où l'on a décidé de me filmer. Une équipe de cadreurs-hommes grenouille met en place une caméra sous-marine, afin de me prendre d'en dessous. On dirait une torpille. Puissamment harnaché de bouteilles et d'un gros casque par lequel lui seront communiquées les directives nécessaires, un plongeur se laisse couler au fond de l'eau. Assis devant le *retour vidéo*, le réalisateur demande un cadre plus serré. Le chef des plongeurs, par le canal de l'*intercom*, transmet l'ordre à son camarade immergé. Rien ne se passe. Le metteur en scène, impatient, manifeste un mouvement d'agacement. Deux nouvelles tentatives de transmission restent sans effet. Pour éviter de prendre froid, j'effectue quelques brasses. Le plongeur, au fond, donne une impression de désinvolture, apparemment sourd aux instructions du réalisateur, de plus en plus véhémentes : « Le nul ! Jamais vu ça. Il est bouché votre gars ! Et il a fait *Le Grand Bleu* !! MERDE ! Tenez, voilà, transmettez-lui ça, de ma part : MERDE ! » Le plongeur remonte à la surface. Dès que sa grosse tête émerge, nez pincé par le masque, expulsant un gros souffle d'air comprimé, les yeux ahuris, le réalisateur l'insulte sans ménagement. « Grâce à votre incompétence, un merveilleux comédien va attraper la mort ! » Gêné par l'épithète, j'adresse au cadreur masqué un regard que je voudrais empreint de sympathie et d'humilité. Il n'a pas l'air de comprendre. Son casque ne fonctionne pas. Il jure n'avoir rien entendu, et requiert, en soufflant de plus en plus fort, un minimum de respect. D'un signe discret, je tâche de l'assurer du mien. Le casque réglé, il replonge, d'un battement de palmes nerveux. On refait le cadre. Il semble recevoir les instructions. Cependant, de grosses bulles ne cessent de remonter à la surface en brouillant l'image. On lui enjoint de couper sa respiration pendant les secondes nécessaires à la prise de vue. Le rideau de bulles ne tombe pas. Les échappées régulières d'oxygène poussent à bout le réalisateur. Le chef de l'équipe sous-marine prend la défense de son plongeur : « Nouveau problème d'*intercom* ! » La liaison est péniblement rétablie. Nous apprenons du même coup que le plongeur répond au diminutif de Jojo. Le réalisateur, ironique : « Très bien, faites comprendre à Jojo qu'il doit s'activer. » Marchant de long en large, il marmonne sans arrêt le sobriquet du cadreur, qu'il considère tantôt comme une dérision ridicule dont il finit par rire, tantôt comme une provocation qui le fait fulminer.

Tout paraît rentrer dans l'ordre. « C'est bon », dit le chef, confiant. « Moteur. Ça tourne. » Les bulles défilent. « Coupe ta respiration, Jojo », lance le chef dans l'*intercom* capricieux. Les bulles, encore. « Jojo, tu ne m'entends pas ? » Long, beau chapelet de bulles. « Jojo ? » Le réalisateur hurle au milieu de la mélodie gazeuse : « Nom de Dieu, il la coupe sa respiration ? » Il menace toute l'équipe d'un renvoi massif. Il circonstancie ses griefs. C'est la troisième fois qu'il rencontre ce genre de problèmes avec cette société. Le succès du *Grand Bleu* ne justifie rien. Qu'on ne lui en parle plus. Le chef précise, *mezzo voce*, qu'ils ont fait aussi trois *James Bond*, escomptant un effet d'autorité, qui ne vient pas. Nous guettons les carreaux de la piscine où le plongeur ondule indéfiniment. La réverbération m'hypnotise. Mes paupières sont lourdes. J'ai froid, malgré mes mouvements de bras. Cinq heures du matin. J'aimerais bien sortir de l'eau, mais je crains d'ajouter à la tension. Jojo fait des signes, et des bulles. Il reçoit toujours aussi mal. Le réalisateur perd tout sang-froid, vocifère, s'agite en tout sens. Son assistant le saisit brusquement par l'épaule. La surface est lisse. Plus une bulle. « Moteur… » Il se fige, les yeux fous, rivés sur son écran de contrôle. Toujours pas de bulle. « Tourne. » L'ingénieur du son garde son calme, ne se départant jamais de ce *tourne* un peu chantant. « Action ! » Profond silence. Je fais deux longueurs de bassin, en jouant d'élégance, tirant fort sur les bras et les jambes. Jojo retient sa respiration, et nous avec lui. Il la réprime et la ravale, en une apnée stupéfiante. Cela n'en finit plus. Je cesse de nager. Le plan s'étire. « Coupez ! » La surface est toujours aussi plate. L'homme-grenouille flotte, inerte, entre deux eaux. Le chef frappe le rebord immergé de la piscine avec un objet métallique. Un autre s'apprête à plonger quand la masse turquoise de Jojo remonte doucement, expirant comme une baleine. Il soulève son masque, cherche le regard du réalisateur, qui ne lui prête plus la moindre attention. Je sors du bassin et me frictionne énergiquement.

*

La nuit est loin d'être finie. Un grand silence enveloppe la préparation du prochain plan : ma scène avec la Grande Actrice. Le réalisateur, pour se désengourdir, éructe, de temps à autre : « Poppy, combien de temps ? » Je perçois les puissants et communicatifs bâillements de l'habilleuse et de la maquilleuse, désœuvrées. Je tente de reprendre ma lecture, malgré le froid de l'aube qui pointe, et la fatigue qui me mange les yeux. On a réveillé la Grande Actrice ; elle sommeillait discrètement dans le fauteuil à son nom. Je sens que, derrière ses lunettes noires, elle m'observe.

La scène doit se dérouler de la manière suivante : je nage tranquillement dans ma piscine. Soudain, alentour, les lumières s'éteignent. Je m'arrête au milieu de l'eau, surpris. Un grand air d'opéra retentit. Terrifié, je crawle à grands moulinets, maladroitement. En me hissant sur le bord, j'aperçois Hilda Reiner qui avance d'un pas implacable vers moi. Je recule sous le feu de son regard. « Vous ne m'aurez pas comme les autres, moi, Hilda Reiner, c'est moi qui décide, c'est moi qui dirige, vous m'avez débarrassé de cette bande de pleurnichards médiocres, de nullités, ça ne mérite pas de vivre... » Au terme de mon parcours, je me saisis d'un revolver que je braque aussitôt dans sa direction : « Merci, Hilda Reiner, votre rôle est fini, il est temps de quitter la scène. »

J'ai bien du mal, en marchant à reculons, à rester à bonne distance de la *steadycam*, qui me tient en amorce. L'opérateur n'arrête pas de me souffler, la voix altérée par l'effort : « Ta droite, *man*, ta droite ! » Nous répétons ce mouvement dix fois de suite. Entre chaque essai, Dave (ainsi s'est-il présenté, bien qu'il ne soit pas le moins du monde américain ni britannique), le *steadycamer*[1] à l'épaisse queue de cheval, vient, à deux centimètres de mon nez, me susurrer – afin de ne pas gêner ma concentration – quelques indications hautement techniques, en dépit de leur accent quasi amoureux.

Je débite le dialogue sans la moindre nuance, obsédé par le parcours sinueux qui m'est imposé. Cela me donne un ton paniqué que je n'ai pas choisi. J'enfile les perles. La Grande Actrice ne me quitte pas des yeux entre les prises. « Didier, viens me voir. » Je ne songe même pas à rectifier. Elle me conseille de jouer

---

1. *Steadycamer* : voir p. 60.

davantage en autorité. Ma marche à reculons témoigne suffisamment de ma peur, je n'ai pas à en rajouter. Avec plus d'assurance et de menace, le suspens sera ménagé. J'en conviens volontiers, la remercie, et travaille aussitôt à cette modification capitale. « Vous ne m'aurez pas comme les autres, moi, Hilda Reiner, c'est moi qui décide, c'est moi qui… » Elle m'interrompt d'un geste, et m'ordonne de me garder pour la prise. « Tu le tiens, maintenant. Tu feras ça dans le contre-champ », m'assure-t-elle.

Flatté, je m'isole, en attendant que les techniciens aient ajusté les lumières, et mouline mes lignes de dialogue. « C'est moi qui décide, c'est moi qui dirige, vous m'avez débarrassé de cette bande de pleurnichards médiocres, de nullités… » Je n'ai plus la moindre idée de ceux dont je parle, mais je les accable de toute ma haine, je ne fais aucun quartier, tout pénétré d'une autorité nouvelle, dont je ne me savais pas capable. Je m'apaise un instant, au bord de l'eau. Le manque de densité, de profondeur, l'impossibilité de jouer la menace, de faire peur, tout ce que je me reprochais autrefois, au Conservatoire, tout ce que je discernais et enviais chez mes camarades Zico et Garrincho, particulièrement, qui n'avaient aucun effort à produire pour imposer leur violence d'acteur, la rendre lisible, exacte, spectaculaire – tout cela qui me subjuguait –, il faut que je m'en débarrasse. C'est moi qui me tiens là, en maillot de bain, trempé, devant la Grande Actrice. Je dois la faire trembler. L'autorité de Michel Bouquet. L'assurance de George Sanders. L'angoisse de Charles Denner. Non. Chasser les démons, les références. Je regarde mon visage lessivé dans le reflet des grandes vitres. « Vous ne m'aurez pas comme les autres, moi, Hilda Reiner, c'est moi qui décide, c'est moi qui dirige, vous m'avez débarrassé de cette bande de pleurnichards médiocres, de nullités, ça ne mérite pas de vivre… » Je la tiens. J'y suis. Je souhaiterais geler les mots tels que je viens de les dire, et qu'ils ressortent tels quels de ma bouche, plus tard, pendant la scène. Pour me remettre en condition, dédaignant l'habilleuse qui vient me tendre un peignoir, je me jette dans la piscine. L'eau a bien fraîchi. Longue brasse coulée. Crawl agressif. Je m'étouffe. Je ne peux crawler efficacement que sur trois mètres. Je plonge tout au fond du bassin, coupe ma respiration. Au-dessus de moi, l'argent acide des projecteurs frappant la surface m'éblouit comme en plein soleil. Mes poumons se vident. Je suis bien loin de posséder l'endurance du plongeur. Je frappe du pied et remonte.

*

À présent, le jour envahit le décor, malgré les tentures noires. La séquence est reportée à la nuit prochaine. La Grande Actrice s'est retirée. On me raccompagne à l'hôtel. Je sens le chlore à plein nez, j'ai les yeux rouges et les doigts tout gercés.

Portrait crayonné de Lehmann

Avec quel aplomb, quelle constance, quelle tranquillité Lehmann s'ennuie à mourir ! Je le regarde depuis une heure. Assis sur une table, les jambes pendantes qu'il balance de temps à autre, contemplant ses chaussures, il attend indéfiniment. Ce n'est plus de la patience. Il n'a rien dit, rien lu, rien fait depuis plus d'une heure, immobile sauf les jambes, qu'il balance de temps à autre. Acteur au cinéma, déposé comme un outil dont on ne se sert pas, enduit, maquillé, coiffé, habillé, il n'éprouve aucune difficulté à n'être qu'une chose en attente.

Réduit au silence de son enveloppe, vide de texte, de jeu, il ne cherche nullement à paraître.

Je me demande tout de même à quoi il peut s'intéresser. Je guette son regard. Rien ne s'y allume.

Cet homme, si absolument immergé dans sa parfaite mélancolie, ne doit plus connaître d'autre humeur. Il repose, comme en une eau stagnante, au fond de l'ennui le plus mat, réussissant à n'inspirer, pour qui le considère superficiellement, nulle tristesse, nulle commisération. On le voit, on ne le regarde pas. On le regarde, on ne le voit pas. Personne, sur ce plateau de cinéma encombré, affairé, ne songe ni à le déranger, ni à le distraire, ni à lui dire le moindre mot. Il fait en sorte que l'autre, à son égard, contaminé par son absence, s'absente lui-même.

Aucune morgue, aucun mépris, aucune distance : il est là, parmi tout le monde, ne fuit pas, ne s'isole pas, ne décourage pas la conversation si malgré tout quelqu'un s'avise de lui parler. Il prend alors le même ton que son interlocuteur et lui renvoie son image parfaitement réfléchie. Incolore.

J'ai dîné hier soir avec lui, en compagnie de trois camarades. Lehmann s'est montré délicieux, rieur, paisible, discret en tout. Il n'a bu que de l'eau.

Fin, éduqué, cultivé, il doit considérer ces qualités comme naturelles chez lui en même temps que médiocres. Il ne s'enorgueillit de rien. Je ne crois pas qu'il ait jamais désiré endosser une quelconque responsabilité. Appréciant les hommes distants et autoritaires, il s'est placé parfois délibérément sous leur bannière, sans sourciller, malgré les abus de pouvoir, les frustrations diverses dont il a dû souffrir. Lehmann est le contraire même de l'intrigant.

Sa mélancolie, il n'en fait aucun usage.

L'alcool a tenu la place aujourd'hui occupée par ce vide. Ce vide que l'alcool remplissait à heure fixe, le visage en porte la trace discrète.

Un court instant, hier soir, il a dit : « Je vais me saouler la gueule au vin blanc », parce qu'un plat proposé au menu était servi avec un verre de vin blanc. Il était tenté par ce plat. C'était une plaisanterie, mais personne ne l'a entendu ainsi. Il n'a pas insisté, n'a pas cherché à rectifier, croyant, voulant croire qu'on n'avait pas entendu. Il voulait peut-être signifier : « Si je bois un verre de vin blanc, je serai saoul. »

Très prudent dans ses jugements, il préfère poser les questions plutôt qu'y répondre. Avant de me parler, il s'assure de ma bienveillance à son égard.

Il m'interroge sur la Comédie-Française, qu'il connaît un peu. Il y vient quelquefois. Il y a des spectacles qu'il a beaucoup aimés. Il semble venir plus souvent qu'il ne le laisse entendre.

Il parle du métier d'acteur comme s'il en était retraité. Pourtant, chacun sait qu'il enchaîne film sur pièce, pièce sur film. N'a pas l'air d'y prendre plaisir. C'est une dépendance dont il n'a guère la maîtrise. À d'autres moments, j'entrevois néanmoins son désir de jouer. Il a aimé ça. Il pourrait encore l'aimer. Envisager des rôles lui plaît beaucoup. Il s'anime quand je lui en signale un qu'il jouerait à merveille. Mais il a déjà presque tout joué.

Longtemps il fut l'ami de Tissot. Compagnon de boisson plutôt. Que d'années à se finir sur les trottoirs, à rentrer en rampant au point du jour, à se réveiller lourd, morose, blême, à se rendre au théâtre à l'aveuglette, à jouer, jouer, jouer sans fin. Il ne cite qu'à peine les metteurs en scène, les titres, mais volontiers les théâtres, les genres, et les principaux partenaires : « Je jouais un vaudeville aux Bouffes-Parisiens… Je tournais une connerie avec Bourvil… »

Tissot et lui ne se voient plus. Éloignés l'un de l'autre par les maladies que chacun soignait dans son coin, ils se sont peu à peu rendus compte que, dégrisés, ils n'avaient plus rien à voir ensemble. Dire qu'on les associait toujours. Ils ont même fait des numéros comiques. Malgré tout, je sens que Tissot manque à Lehmann, sûrement plus que Lehmann à Tissot.

Il trouve un certain plaisir à ironiser sur le mépris que Tissot jadis affectait pour le cinéma et surtout la télévision, alors que, depuis quelque temps, celui-ci tourne films et séries les uns derrière les autres, et pas des meilleurs. C'est à mots couverts qu'il jette son fiel ; il aimerait mieux que ce soit moi qui le fustige. Il s'arrête avant la méchanceté, s'adoucit, bat en retraite, rend hommage finalement, à son vieux camarade, son vieux frère.

Il rit sans la moindre férocité.

Rien, en lui, ne mord, ne veut mordre, n'a jamais mordu.

Lui-même doit se trouver faible, faible de caractère, faible en son physique. Il ne s'aime pas et ne s'est jamais ménagé. Pourtant très bel homme. Aimé de toutes les femmes. Sauf de celles qui lui préféraient Tissot. Autre vieille jalousie.

C'est moins, à y réfléchir, une faiblesse qu'une béance de tout son être, ou la cicatrice d'une béance qui dut jadis le faire horriblement souffrir. Une béance, un flottement, une absence à soi, de soi, anonyme, inemployée, douloureuse, muette, qu'il ne dépasse qu'en jouant, en ne faisant que jouer, en ne cessant pas de jouer. (À l'inverse de Tissot, réfugié dans la misanthropie.)

Dans ce trou, il a tout investi. Avec raison. C'est un grand acteur.

Tantôt il me paraît usé jusqu'à la corde, tantôt riche d'une grande puissance comique et dramatique. Il doit lui-même éprouver la même ambivalence ; on le voit dans les expressions de son visage. Quand il commence à répéter une scène, son immense lassitude pèse. On tourne : le ton, le don, le détail inimitable reviennent. D'une prise à l'autre, il éblouit encore davantage. Nous tombons de nos chaises.

Capable, en scène, de toutes les démesures, de toutes les extravagances, il se dénie toute envergure, traverse la vie aussi platement que possible, dans le conformisme le plus résolu.

La vacance de certains grands acteurs, qui n'existent nulle part que dans le jeu, la comédie, sur la scène, en dehors de laquelle ils cessent d'exister.

Assez tôt dans la soirée, il a gentiment fait savoir qu'il était fatigué. L'addition est vite arrivée. Nous avons ri : il ne sait pas le moindre mot d'espagnol, après dix jours que nous sommes là, pas plus qu'aucun mot d'aucune langue étrangère.

Au moment de s'en aller, il a dû éprouver un regret, s'inquiéter de son départ trop rapide qu'il craignait qu'on jugeât mal, car il s'est un instant rassis, m'a parlé plus intimement. Il voulait savoir comment je faisais. Comment je faisais pour jouer autant, partout, cinéma, théâtre, lecture. J'ai ri parce que je pouvais lui retourner le compliment, la remarque. J'ai voulu m'entretenir un peu plus longuement avec lui, me sentant plus à l'aise, et lui plus familier. Dans un sens, je dirais que ce fut peine perdue.

Quand je lui pose mes questions, il répond vraiment, poliment, brièvement.

Tout en lui dit : « Je ne suis rien. Je suis ce rien-là, qui me fait être, jouer, autant que vous voulez, ce que vous voulez, comme vous voulez. » D'un moment à l'autre, tentation de dire un *et voilà* qui achève le portrait.

Absence de fatuité. Qualité précieuse de sa mélancolie sans phrase, de ce beau néant qu'il recèle – j'y reviens toujours, attiré –, la trace de son art. Son art tout entier, sa grandeur, sont là, dans ce *beau néant*.

Limpide et mystérieux, il ne cherche jamais à se rendre impénétrable.

Il est là et voilà tout.

Dialogue comico-dramatique

Deux comédiens jouent en alternance le même rôle de jeune premier. Ils répètent alternativement. L'un est un acteur comique, l'autre un acteur dramatique. L'acteur comique a la préséance sur l'acteur dramatique. Le metteur en scène a choisi le premier pour jouer les quatre générales de presse ; l'Administrateur a distribué le second en vue de la longue exploitation du spectacle.

L'acteur dramatique : Je ne sais pas s'il faut faire tout ça, les chutes, les culbutes, les regards au public, là.

L'acteur comique : Je n'en sais rien. Si on ne me dit rien, moi, je continue. Si on me demande d'enlever, j'enlèverai.

L'acteur dramatique : C'est drôle, hein, je ne dis pas, mais, en te voyant faire…

L'acteur comique : Tu sais, je suis un acteur comique. On m'engage pour ça. Je dois faire rire. Tout au moins, produire les signes de la comédie. C'est même une question de quantité. Alors je remplis ma charge. C'est tout. Toi, tu es plus spécialisé dans l'intense, le drame, tu sais pleurer en scène, adresser une déclaration d'amour émouvante, et si on t'a engagé, c'est pour faire ça, alors fais-le, en quantité, comme tu veux, tu verras avec la mise en scène, et surtout fous-moi la paix.

Dialogue inventé de toutes pièces, après une après-midi déprimante où rien de ce que je tentais n'était drôle, sous le regard de la seconde distribution qui, vautrée dans les fauteuils du quatrième rang, n'avait pas desserré les dents. Ma doublure avait même quitté la salle avant la fin du premier acte. Me croisant plus tard devant ma loge, ce camarade m'avait avoué, sans plus de commentaire, que le début, non, vraiment, ça n'allait pas du tout.

Le figurant

Je n'aime pas les figurants. Spectateur, je ne les regarde pas. Je ne crois pas une seconde à ces faux personnages. Leur seule présence est une affectation, une grimace. Dès qu'un figurant figure, je ne m'intéresse plus à rien, je vois la mise en scène mise en scène, le comédien jouer la comédie.

Voir en scène un figurant, de la salle, m'ouvre grand la coulisse, m'en révèle non pas le mystère, mais l'arrière-salle pleine de vieilles blagues, de turpitudes, de cancans. Le silence obligé du figurant, dans lequel il se contient mal, rend sa faction pesante ; l'imbécillité qui en émane déteint sur les autres. Les comédiens deviennent, par contact, des supérieurs hiérarchiques jalousés. Le théâtre prend un aspect de caserne, de corps de garde. Je ricane quand je vois un figurant mal mesurer l'étroitesse de son rayon d'action, outrepasser sa fonction, et s'efforcer de jouer muet : il commente tout ce qui se dit, approuve, conteste, accumule les mimiques, feint d'avoir peur, ou d'être heureux, bouge mal, recule en craignant de se cogner contre les camarades derrière lui, s'avance avec pompe, joue des coudes, finit par se lasser, s'éteint comme une ampoule au beau milieu de la scène.

Rares sont ceux qui s'en tiennent au vrai silence,

ne cherchent pas à s'épaissir d'une vaine présence, s'absentent avec délicatesse. Alors ils deviennent au contraire étrangement présents, se mettent à exister, occupent le théâtre. On les regarde. On détaille leur visage. On guette la pensée qui rôde. On formule des hypothèses.

J'ai longtemps nourri une haine absurde et farouche contre les figurants. Je me suis demandé d'où venait cette colère inutile et emphatique. Car ce fut un sentiment tardif. Il ne m'était pas venu à l'esprit de m'en prendre, en général, au métier d'*acteur de complément*, sinon que la tâche m'inspirait, comme à tout le monde, une tristesse naturelle, à cause de son ingratitude.

Cette colère m'est venue sans doute d'un spectacle dans lequel je m'étais mis à haïr – oui, haïr – un des figurants de la distribution.

De figurants, il y en avait trois : un jeune homme, étudiant, sympathique, ne prétendant pas à être acteur ; il arrondissait ses fins de mois, s'amusait de la compagnie des comédiens et se montrait toujours d'égale humeur. Il y avait une femme très douce, très anxieuse, qui croyait toujours mal faire. Et un vieil homme : très gros, bossu, les yeux plissés démesurément allongés de part et d'autre du nez, la bouche tordue et large, il fascinait le regard. Un tic de la mâchoire le faisait sans cesse ruminer. Une trachéite chronique signalait à chaque instant sa présence : il toussait, se raclait la gorge, claquait sa langue, salivait, déglutissait, en faisant des bruits d'évier ou d'égout – n'arrêtait jamais. Assis derrière le décor où il attendait son unique entrée, il se livrait à ses mastications et ses borborygmes. On devait toujours le rappeler à l'ordre : rien n'y faisait. Comme il se mettait en place longtemps avant son moment, tout le premier acte était invariablement dérangé par ce qui pouvait passer pour le jappement d'un gros chien catarrheux.

À quelques pas de lui, j'étais en scène, à le subir. Je le prenais en horreur et maudissais sa vieille chair bruyante et amorphe, sa tête de crapaud repu, ses allures serviles et ralenties, son incapacité à dépasser son souci immédiat, son abrutissement continuel, son obstination à être assis là trois quarts d'heure en avance, malgré mes demandes insistantes, amicales, hypocrites, ulcérées.

Tout avait bien commencé entre nous. Dès les premières répétitions, il s'était confié à moi. À l'écart de ceux qu'il appelait les *vrais acteurs,* il ne cherchait jamais à s'asseoir sur les fauteuils ou les chaises de la salle où nous répétions. Lui paraissait naturellement indiqué le banc qui longeait le mur, loin de la table autour de laquelle la distribution lisait la pièce. Il saluait toujours avec déférence les uns et les autres et n'attendait jamais qu'on le saluât en retour. Je lui dis bonjour, m'enquis de sa santé : stupéfait, heureux, confus, il me voua aussitôt la plus grande, la plus indéfectible, la plus féroce des sympathies, d'autant que ma qualité de personnage important de la pièce l'honorait, comme s'il voyait dans le lien qui se tissait entre nous une promotion, une distinction dont il pouvait attendre des fruits. À la fin d'une séance, répondant à un aimable sourire qu'il me faisait, j'engageai la conversation. Il me parla d'abord prudemment, guettant le moment où mon effort d'attention charitable se relâcherait, où je rejoindrais vite les vrais acteurs. J'avais du temps, cet homme m'intriguait. « J'ai toujours joué des petits trucs, des pannes. Ah oui, il y a un racisme catégoriel. Des fois, alors qu'on a beaucoup travaillé, quand on vous considère comme un petit, le cœur se serre. »

Il me regardait et souriait. « Je me verrais bien finir dans cette Maison. Engagé à la rentrée, comme pensionnaire, ça me ferait plaisir, ça. Ça serait une belle récompense. Vous êtes pensionnaire, vous ? Vous en avez de la chance. » J'étais alors pensionnaire, mais le sentiment d'appartenir à la troupe, et de ce fait, d'être un privilégié ne m'était pas encore vraiment perceptible.

« J'ai ma retraite, alors ça va. J'ai acheté un petit appartement grâce aux Assedic. Mais j'ai encore l'espoir. J'aimerais bien terminer avec un rôle gratifiant, ça me ferait bien plaisir. » Il insistait sur ce plaisir, cette récompense, après quarante ans de figuration, de *pannes, silhouettes, cassures*[1]. Il avait été assez patient, assez endurant ; il méritait bien quelque chose. Il devait exister une formule, l'équivalent d'une médaille, d'un titre, d'une pension honorifique, pour récompenser ce dévouement. La Comédie-Française lui semblait idéale, faite pour ça même ; il se croyait là comme dans un ministère, un bâtiment de la fonction publique : à force d'aligner les petits rôles, on devait bien grimper quelques petits échelons, qui vous amenaient naturellement à des rôles d'importance, pas les premiers bien sûr (ceux-là étaient réservés à une aristocratie qui ne le regardait pas), mais à des rôles qui, dans l'ordre militaire, auraient pu correspondre au grade de sergent, voire de capitaine. Il se demandait comment j'avais pu faire pour les grimper si vite les échelons, par quel hasard, par quel piston j'avais obtenu si vite de l'avancement. Il remuait fort des mâchoires, salivait et grognait, très échauffé, pas près de me lâcher. Je le rassurai sur ma disponibilité, bien que l'envie de m'en

---

1. *Panne, silhouette, cassure* : petit rôle, voire figuration.

aller me montât aux tempes. Ce fut alors le défilé des grandes heures de son existence : jeunesse en Algérie, vocation en voyant un spectacle au lycée Michelet, petit conservatoire d'Alger, la guerre, mariage, un puis deux enfants, le divorce, la télévision, les tournées, une bimbeloterie de rôles insignifiants, dans tous les genres, parlant des plus grands artistes avec admiration et respect, taisant quelques griefs qu'il avait contre certains, qu'il ne nommait pas, puis qu'il nommait enfin, parlant de ses semblables – les figurants – avec mépris, il poursuivait, ça n'en finissait pas, il avait écrit des scénarios historiques, deux encore récemment – un sur la retraite de Russie, un autre sur les Cent-Jours – confiés à des producteurs qu'il connaissait bien, pas encore de réponse, il me proposait un rôle dans l'un et l'autre film, des rôles difficiles, avais-je un agent, où habitais-je, s'enthousiasmant pour moi avec une rare tendresse, me demanda si je venais en voiture, quelle en était la marque – et je l'interrompis. Je devais travailler. Il me remercia vivement, s'excusa, me remercia encore.

Le soir même, nous fîmes le trajet de retour ensemble, par le métro. Il reprit la litanie des grands qu'il avait côtoyés, ce n'était pas nécessairement des acteurs, il y avait, je crois bien, dans ce sac qu'il trimbalait et vidait sous mes yeux, sans ordre ni préférence, Welles, Piaf, Godard (Monsieur Godard), Jurgens, Zitrone (Monsieur Zitrone), Varlet, Meurisse, Tissot, Thénard, Annie Cordy, Annie Girardot, Térence, Achille Zavatta, Royer, Vallette. J'en passe. Il semblait juxtaposer des petites figurines hétéroclites sur une étroite étagère de verre. Je savais tout et rien de cette vie remplie de noms sans personne, de ces plus *grands artistes* emplissant par dizaines cette bouche qui n'en finissait pas d'éructer, de mâcher, de rebattre, de ruminer la même inconsistante folie.

Maintenant nous étions amis. Notre voisinage le rendait heureux, nous nous retrouvions dans le métro, sur la place Colette, il me rattrapait le soir, il s'enfonçait avec moi dans la station, toussant et crachant, m'exposant plans de retraite, scénarios, projets divers.

Un soir, il fut pris aux Halles d'une quinte de toux qui faisait s'arrêter les passants. Il commença par rougir et tousser beaucoup plus que de coutume. Rien ne le soulageait, la crise augmentait, le pliait en deux. Il était horriblement violacé dans l'effort de se dégager un peu le larynx. Sa grosse gorge à vif râlait à n'en plus finir. Il soufflait, sifflait, suffoquait. Je ne savais comment lui faire passer l'horrible hoquet, cherchais sur lui des médicaments qu'il tâchait de m'indiquer. Entrecoupant ses quintes de petits *excuse-moi, excuse-moi*, il me montrait sa poche intérieure, où je dénichai enfin des pastilles. Nous entrâmes dans le métro. Je n'arrivais pas à le soutenir, m'accrochais à sa veste, lui à la mienne. Il s'écroula sur une banquette, attendit que la rame démarre, et voulut reprendre la conversation. Je le suppliai de n'en rien faire, mais il s'obstina, et succomba à une nouvelle quinte, dont il ne se remit qu'au bout de plusieurs stations.

Enfin il s'apaisa, se tut. Sa grosse tête boursouflée était tournée vers le noir du tunnel, se reflétait dans la vitre, ballottait, tombait sur sa poitrine. Il mâchonnait toujours, salivait et grognait – plus doucement. Parvenu à ma station, je m'assurai de son état, le laissai enfin, déclinant son invitation à prendre un verre.

Le lendemain, le surlendemain, les jours suivants, je réussis à l'éviter. J'évitais même de le croiser. Dès que j'entendais dans les couloirs son mâchonnement, sa rumination obsédante, je m'enfuyais. Par-dessus tout, je redoutais son regard chargé de regret et de sympathie intarissables. Dans le métro, il devait sans doute me chercher, tousser, saliver tout seul, tout seul remuer sa grosse mâchoire, et tout seul rabâcher la retraite de Russie et les Cent-Jours. Je m'en voulais de l'avoir laissé tomber. Je me reprochais ma morgue, mon indifférence, mon mépris. Que m'en coûtait-il de l'écouter un peu, certains soirs, avant la représentation, ou de partager la banquette du retour sur la ligne de métro ?

Mais rien à faire.

Je me demandais si les grognements, les bruits de tuyau et d'évier qui sortaient, à chaque fois, du mur blanc du décor, au premier acte, n'étaient pas un appel, la plainte enfantine, sournoise et inépuisable que ce vieux chien m'adressait, en mémoire de notre complicité des premiers jours.

Le gros acteur

Mayer : pendant la représentation, assis au foyer, jambes lourdes écartées, bedaine répandue, mains sur les cuisses, regardant au sol, l'œil rond, voix si grave qu'il semble toujours dire un texte d'un autre temps, parlant de sa campagne, de sa maison là-bas, où il se sent moins seul parce qu'il a des voisins, où il tâchera de filer ce soir, juste après la représentation, si l'alcool ne le fait pas tomber de sommeil :

« Je vais aller aux écrevisses. Mais quand j'y vais, *ffuitt*, elles foutent le camp, elles savent que j'arrive. »

Dans le spectacle, à notre dernière scène, nous nous tenons embrassés un bref instant. Pourquoi me serre-t-il à m'étouffer ? Je n'ai jamais osé le lui demander, ne le lui demanderai jamais. Hors de scène, nous sommes à une telle distance l'un de l'autre qu'il nous est presque interdit de parler de ce que nous jouons, ni de comment nous jouons. Nous sommes des autres, et voilà tout.

Le partenaire idéal
ou le jeu de l'amitié

Dans *Ruy Blas*, Boccage et moi jouons deux amis qui se retrouvent. À chaque représentation, je crois éprouver le même sentiment que mon personnage. Jamais *situation* au théâtre ne m'a parue aussi claire. Ma sympathie, mon admiration pour l'homme et pour le comédien, loin de m'inhiber (ce fut le cas pendant des années vis-à-vis de partenaires qui trop violemment m'intimidaient), accroît mon envie de jouer, déplie mon imagination et, pour tout dire, m'envahit le cœur.

C'est sans craindre de perdre mon pesant de vérité que je me hisse à la hauteur romanesque de mon rôle. Héros naturel, mon camarade m'embrasse avec une effusion familière, sans rien perdre de sa grandeur. La généreuse, la fraternelle, la belle vieille amitié que partagent César et Ruy Blas ! Elle nous est tout à fait immédiate et concrète, nous qui nous connaissons bien depuis peu de temps. Et tout ce que l'on reproche à Hugo – grandiloquence, romantisme pittoresque et sentimental – nous ouvre un large terrain pour nous dire, à nous-mêmes, sans pesanteur et sans affèterie, notre amitié. Nous avons la paisible certitude de lire autant d'humour et d'affection dans nos yeux que dans les alexandrins que, de gaieté de cœur, nous proférons. Cette longue scène d'exposition m'est toujours apparue facile et légère. Oui, les répliques de César y sont courtes et reposantes, mais je n'ai jamais à patienter, à guetter le dernier mot de sa tirade pour caser la mienne, à *servir la soupe*. C'est avec un bonheur bien dispos, bien paisible, sans penser à moi, ni à ma tenue, ni à mon regard, ni à mon *jeu* que j'écoute les périodes de mon camarade, comme s'il me confiait là, une fois encore, l'histoire même de notre plus réelle jeunesse. Je me sens bien.

La scène du Théâtre-Français m'est alors franche et familière. Quand nous descendons côte à côte à l'avant-scène, tout près, en léger surplomb des spectateurs, certains retardataires, agités et bruyants, venant à peine de s'installer, pourraient faire vaciller notre convention-nelle existence de théâtre : je n'en suis pas toujours autrement affecté. En silence, imperturbable, reclus dans mon rôle, j'imagine que je présente mon Ami à la salle. Il parle. Je couve sa parole de mon regard et de mon souffle. Fort de ma concentration, mon Héros entraîne doucement la salle dans l'obscurité du drame. Mon calme favorise et la douceur et l'avancée. Je n'aime rien tant que cette situation-là. Jadis, jouant Philinte, je rêvais que le regard d'inquiète compassion que je portais vers Alceste attirait aux portes de la comédie toute l'assistance encore dubitative.

Il me faut pour cela vouer au partenaire une affec-tion entière et sans mélange. Alors le rôle, la pièce, le public, l'idée même du théâtre me semblent concrets, présents, paisibles, heureux. Artifice, emphase, volon-tarisme ou mièvrerie, sont naturellement évités. C'est le règne pur de l'œuvre.

Au fil des représentations, nos voix sont descendues : aujourd'hui nous parlons presque bas. Une surprenante douceur. Boccage a une façon très particulière de dire les *Ô* : « *Ô quand j'avais vingt ans, crédule à mon génie…* » Puisée dans la gorge, la voyelle sort frappée d'un accent de douleur et d'étonnement. Dans les premiers temps où nous jouions la pièce, le trac et le manque de maîtrise irritaient nos voix : ses *Ô* étaient une blessure au début du vers, une déchirure gutturale. Ma voix me sortait tout entière par le nez. La peur, l'artifice, le corps, tout faisait obstacle. Et, peu à peu, nous en sommes venus, j'ose le croire, à nous réconcilier avec nous-mêmes, à faire de la scène une scène amicale. Et je suis persuadé que nous y sommes parvenus l'un par l'autre : Boccage m'écoutait avec la plus simple attention, me parlait de même ; c'est bien à moi qu'il s'adressait, non à quelque fantôme né du malentendu que l'on connaît si souvent avec un partenaire. Déçu, agacé, trompé par celui-ci, auquel on ne parvient pas à s'accorder, on s'invente délibérément un *autre*, en lieu et place du collègue, et qui fera office de personnage ; on efface la personne réelle, on joue avec le fantôme.

À chaque fois qu'il entre en scène, je reconnais Boccage. Ce sont de vraies retrouvailles. La scène passe comme un instant de vie, malgré le théâtre, les costumes, les erreurs, les trous, l'accumulation des représentations. L'habitude même, la routine de ces retrouvailles augmente la qualité secrète de ce moment si heureux et si paisible. Sans excès de béatitude, je rêve que le public n'est pas insensible à ce qu'il ne peut ni voir ni savoir, mais qu'il en sent la subtile émanation ; que la convention opère sans violence, que l'illusion est tendue d'un bout à l'autre de la salle comme une grande toile bienveillante, et que l'académisme, au moins ce soir-là, en est anéanti.

Pitié de ma voix

Ma voix, chaque jour, se voile, s'affaiblit, s'éteint. Chaque jour un peu plus. Ma voix ? Un bout de toile déchirée qui vibre pitoyablement. Le constat est, chaque jour, un peu plus amer : tous mes mots prennent la même teinte blafarde. Les nuances, les inflexions, toutes les variations s'égalisent, se fondent, disparaissent. Si j'ai parfois un accent, c'est un accent de fausset. Je ne possède plus le moindre grave. Les vers à dire extirpent de ma gorge une raucité de plus en plus navrante. Il faut bien répéter quand même. Il est étrange de parler de l'intérieur d'une blessure, de proférer du sang, d'ouvrir et rouvrir une plaie sonore. Ma plainte ne porte pas, mais se tasse au-dedans, dépecée. Une longue tirade est une falaise abrupte. Une montagne silencieuse que je dois expulser dans le souffle, tailler en syllabes vibrantes. Si je pouvais le faire avec mes mains… Je n'en peux plus ce soir. Brasier de gorge.

C'est la vie entière qui se tait et ne veut plus sortir. Mes camarades ont pitié. De scène, je suis sorti humilié. Il faudra y retourner bientôt. Je savais, pendant les dernières répétitions, que cela me coûterait quelque chose. J'attendais qu'on m'en fixe le prix. Je paye, de toute ma voix, les efforts, les facéties, les excès, les affèteries, ce que je crois mettre dans le rôle en fait d'invention qui ne s'y trouve pas et qui me revient à débit. Ma colère est bien là, muette, chuchotée. Hier encore, je pouvais faire illusion ; j'arrivais à pousser quelques vers devant moi, et les nuances demeuraient. Certaines nuances demeuraient. Il n'y faut plus compter. Les mêmes vers sortent maintenant si maigrelets, si pauvrement dits, si plats, si exténués. Tousser mon rôle d'un coup. En finir d'un coup. Charcuter entièrement cette misérable pâte buccale.

Avare de tous mes mots, j'attends au foyer ma deuxième entrée. Dans la bouche que je n'ouvre pas se réchauffent mes cordes. J'envoie des effluves d'haleine sur leurs bords tendus et meurtris. On me prépare un breuvage : eau chaude, gouttes de citron, miel, Aspégic. Quelques gorgées me brûleraient si je n'en sentais surtout la bienveillante émulsion.

Arrive le quatrième acte. Je dois en dire à peu près deux cent cinquante vers : quarante minutes de torture continue. Dès le monologue, je tâche de m'économiser en descendant très bas vers le public, parlant toujours de face. Je perds plusieurs voyelles, ne parviens pas jusqu'aux finales, et produis des accents de plus en plus sourds. Les gens ne rient guère aux endroits qui d'habitude amènent les publics les plus froids à faire au moins entendre leur approbation guindée. Sans doute ont-ils pitié de ma voix qu'ils ne veulent pas couvrir. Je sais l'impression que donne une voix blessée. On est triste et gêné. On n'en veut pas au comédien. On souffre à l'oreille. On attend que le martyre finisse. On n'entend ni n'écoute plus rien. Il est arrivé qu'on baisse le rideau.

Les obligations du rôle – quelques éclats nécessaires, les ruptures rythmiques indispensables, les accélérations – se retournent contre moi comme des pointes effilées. Je les vois venir une à une à mesure que je scie mes tirades – je ne peux en parer aucune. Mes cordes vont rompre, ne tenant plus que par un fil si mince dans ma gorge en sang. Aucune pause n'est assez longue qui me procurerait la moindre sensation de repos. Ah, si on projetait le texte sur le mur du fond, je n'aurais qu'à tendre l'index vers le passage concerné. Je rêve qu'on éteigne tout. Qu'on me laisse m'en aller.

On me laisse enfin m'en aller parce que j'ai fini ma partie. Heureusement César ne revient plus au cinquième acte. Grand plaisir de n'avoir plus rien à dire, sinon mes propres mots à moi, selon mon désir. Je parle à bon escient. Bonheur d'être bref, elliptique, monosyllabique – muet.

*

Un spécialiste m'a prescrit un traitement à la cortisone. Vingt minutes le matin, vingt minutes le soir, j'inhale une préparation antibiotique. M'enfouissant sous un linge, plongeant mon nez dans un bol, le fumet chimique m'entre dans la bouche, les narines, enduit mes cordes vocales, les trempe dans sa vapeur maternelle – réveillera des sons dont je ne suis plus capable. Je ne dis rien encore, mais je sais que la voix, pour l'heure endormie, reviendra nouvelle, lustrée. Les accents, les nuances, les *forte*, les éclats, même la puissance seront de retour et prendront leur essor du fond d'une gorge toute nouvelle.

Il est ridicule d'être fier de sa voix. C'est l'orgueil stupide du coq, l'apanage même du comédien conventionnel. J'ai sans doute été rudement châtié pour cela : j'aurai à m'en souvenir.

Après deux ou trois jours de traitement, deux ou trois nuits de vrai sommeil, sans représentation le soir, sans parler ou à peine, quelque chose revient déjà. C'est une voix sans voix, qui parle par la bouche de mémoire. Des souvenirs de voix, de voix entendues, de voix imitées, de voix aimées. Aucune n'est la mienne, mais la mienne est bel et bien faite de toutes ces voix, je le sais, je l'entends même si c'est inaudible. *L'inflexion des voix chères qui se sont tues.* Depuis le temps que ce bout de vers se tient au bord de mes lèvres, il fallait bien que je l'écrive, à défaut de le dire. Je le dis par cette voix embaumée dans les bandelettes et la cortisone. Je laisse se répandre un flot de paroles bouillantes. Surnagent au hasard les vers de mon rôle, morceaux d'autres rôles, parfois des premiers rôles, Tartuffe, Mascarille, bribes de poèmes appris jadis, citations, accents de professeurs que j'aimais écouter, paroles de chanson, incipits de livres lus à l'adolescence. Pur désir de bavard impénitent s'adonnant à son vice dans la caverne de sa gorge anesthésiée : *qu'avons-nous d'autre à léguer que nos corps qui reviendront à la terre nos biens nos vies tout est à Bolingbroke est-il rien que nous puissions appeler nôtre…* (*Richard II* dit par Jean Vilar), *Ciel ! à qui voulez-vous désormais que je fie les secrets de mon âme/et le soin de ma vie* (Auguste dans *Cinna* dit par le même), *j'ai vu des rois serviles et des mendiants superbes arbre déracinéééé, je vais de berge en berge sans jamais m'arrêter à l'une ou l'autre berge…* (Georges Moustaki) *In Xanadu did Kubla Khan/A stately measure dome decree/Where Alph the sacred river ran…* Tout y passe, s'accumule et ne veut absolument plus rien dire. *You've got a fight with Wilcox at ten, Rusty James.* (Phrase entendue dans ce film où j'adorais l'accent qu'y mettait l'acteur Ralph

Macchio.) *You have sixteen tons and what do you get...* Je chante à peu près le bon air, mais les paroles font vite défaut, je reviens à Shakespeare par les voix de Laurence Olivier, de Richard Burton, de Gielgud, de James Mason : *And yet, Brutus is a honorable man...* Il jouait en fait Brutus et Brando Marc-Antoine, mais peu importe. J'aimerais l'idée de soigner ma voix en la trempant dans une langue étrangère. Et ce serait une autre voix. On remarque volontiers que tout change en parlant dans un autre idiome : les inflexions, le rythme, les tics. J'ai rarement goûté ce plaisir. Ceux qui l'ont fait prétendent avoir éprouvé réellement le sentiment d'être un autre, plus que sous le masque d'un personnage.

L'ange Heurtebise sur les gradins en moire de son aile me bat me rafraîchit la mémoire seul immobile avec moi dans l'agathe... (Voix de Cocteau que j'aimais par ses partis pris de diction, *h* aspiré, liaisons insistantes – *de sonn'aile me bat*.) Ton poétique du temps où la poésie faisait partie des discours en usage, était même un spectacle possible, prisé, réel. *Sois sage, ô ma Douleur, et tiens-toi plus tranquille/Tu réclamais le Soir ; il descend ; le voici...* (Voix de Vilar à nouveau là.) *Allons enfin tout de même...* (Voix de Léautaud : son indignation sèche et son rire de vieille fille.) *J'ai appris hier, j'ai appris hier l'une des pratiques officielles les plus sensationnelles des écoles publiques américaines...* (Voix d'Antonin Artaud qui ne pardonne pas, me coupe la chique, ouvre ma gorge en deux.)

Long silence.

Voix cassée, je me la reconstruis dans le souvenir très sourd de ces anciennes imitations.

Mesdames et messieurs nous fermons.

Chaque soir, quand venait l'heure de fermer la bibliothèque de Versailles, l'immense employé – était-il le
conservateur en chef ? Je n'ai jamais su exactement quel
était son grade – toujours en costume noir trois pièces,
chaînette en argent au bout de laquelle il tenait sa montre
à gousset comme pour preuve logique de ce qu'il disait,
arpentait les quatre salles d'un grand pas et, du même
et inexorable ton, à l'entrée de chacune, articulait cette
simple phrase « *Mesdames et messieurs nous fermons* »,
qui me parvenait quatre fois, de plus en plus fort à mesure
que son grand pas l'amenait au seuil de la dernière salle,
où j'étais toujours installé. Voix pincée, guindée, sans
être antipathique, pendulaire de la tête aux pieds, cet
homme incarnait le temps immuable de cette ville où,
tranquille, studieux, esthète, j'aimais mieux ignorer à
quel point je m'ennuyais. La mécanique invariable de
l'intonation la rendait surtout comique à mes oreilles,
très familière et parfois même consolatrice, quand elle
me délivrait d'un travail fastidieux. Je reprenais souvent
la phrase pour moi-même, en rangeant mes affaires, si
machinalement et si musicalement que je sus l'imiter
parfaitement. Un jour que j'avais des amis dans la salle,
camarades de classe, avec lesquels, en verve, j'avais un
peu chahuté, voulant les séduire par un petit coup d'éclat,
sur le coup de 16 heures 30, j'imitai si exactement la
voix du bibliothécaire que certains, sans même relever
la tête, commencèrent à ranger leurs affaires, tandis
que d'autres sursautèrent et voulurent s'indigner qu'on
fermât si tôt. J'obtins un succès qui me valut même les
rires des personnes âgées, si respectueuses pourtant du
rite de fermeture, et de son officiant.

Mesdames et messieurs nous fermons.

Miettes de voix ramassées dans les coins du souvenir. Échos nasillards. Ce que ma voix a de nasillard. Ce constat fut contrariant. Je détestais qu'on me fasse remarquer que ma voix venait du nez. Enfant, les enregistrements attestent qu'aussitôt que je jouais je nasillais comme une trompette. Voilà peut-être ce qui me touchait tant chez Gérard Philipe : il déclamait dans le masque. *Percé jusques au fond du cœur/D'une atteinte imprévue aussi bien que mortelle...*

Je me tais et réfléchis. Il est rare que je réfléchisse silencieusement.

Heure de l'inhalation.

Combien la solitude est grande, tête sous serviette, nez dans le bol, et délicieuse.

Robe de chambre, fin de matinée, soleil ou pas, attablé sans manger. Nez plongé dans la fumigation. Nez sûrement rouge, pores ouvertes à l'extrême. Sensation très grande des cloisons nasales, du palais, de la gorge, de la luette, des amygdales, comme si je m'y promenais, détaillais les muqueuses, arpentais tous ces conduits et ces surfaces fatigués, passer le doigt le long des cordes vocales, les faire à peine vibrer. Je voudrais doucement, à l'aide d'un mince et délicat chiffon, les lustrer.

Je me passe sous silence.

Et si ça ne revenait jamais ? Je pourrais enregistrer des textes sur le souffle, à peine murmuré. Des haïkus :

> Si seul
> Que je fais bouger mon ombre
> Pour voir[1]

Je laisserais de grands silences.

> Le printemps s'annonce
> J'ai quarante-trois ans –
> Toujours là devant mon riz blanc[2]

Il faudrait être patient. Je pourrais même, bien armé d'un micro H.F., donner un petit spectacle. Avec de longues pauses.

> Mon visage déformé –
> Je le puise
> Dans la cuvette[3]

Je regarderais alors le public. Je prendrais congé. Je me tairais toujours davantage. Je ne donnerais aucun spectacle. J'aurais quitté Paris. Il ne serait plus question de théâtre. J'aurais tout abandonné. Je peindrais. Ça ne demanderait pas le moindre mot. J'écrirais quelques haïkus.

> Seul
> Je polis mes poèmes
> Dans le jour qui s'attarde[4]

1. Osaki Hosai.
2. Kobayashi Issa.
3. Sumitaku Kenshin.
4. Takahama Kyoshi.

Je cesserais bientôt d'écrire, cela me ferait trop parler. Je peindrais. Quoi ? Des riens. Quelque chose d'infiniment paisible. Pas très bien. J'aurais bientôt abandonné aussi la peinture. J'enverrais des cartes postales bien choisies, soigneusement composées. J'y recopierais des haïkus.

> Dans la fraîcheur
> Je m'établis –
> et je m'endors[1]

Car je serais à la campagne.

> Une carpe a bondi –
> l'eau s'apaise
> le coucou chante[2]

Les saisons, enfin, me seraient proches. Je les sentirais naître, mourir et renaître. Je comprendrais ce qu'est un cycle naturel. Je promènerais les yeux au ciel avec un air de vieux paysan. Accroupi, je jardinerais dans mon jardin, tête calme, traversée parfois d'un haïku.

> Dans mon dos passe un train –
> j'arrache les mauvaises herbes
> sans lever la tête[3]

Voilà ce que je ferais. Si ça ne revenait pas.

---

1. Matsuo Bashô.
2. Ikenishi Gonsui.
3. Osaki Hosai.

J'ai tout de même bon espoir. La corde n'est pas tranchée. La langue n'est pas coupée.

Je devrais néanmoins réfléchir. Je pourrais profiter de cette quarantaine vocale pour me poser certaines questions. Pas à voix haute. Ni même à voix basse. Je vais méditer sous la serviette, au ras de mon bol fumant. Je note qu'en ces jours de silence forcé je traverse par ailleurs une période particulière.

Attendre d'avoir retrouvé le son de ma voix ?

Noué par ma corde vocale qui ne peut vibrer sans déchirement, je m'amuse, je babille. Sans un bruit. Sans un souffle. Emmailloté.

Le semainier

De mon rivage académique, je regarde les révoltés, les frondeurs, les marginaux, les rebelles, les réfractaires, les dissidents, les nomades, tous ceux qui ne veulent pas pactiser, qui ne veulent pas rester, ne veulent pas être « récupérés », refusent l'institution, la combattent, l'ignorent, me considèrent sans doute *a priori* comme un installé, un classique, ou pire, néoclassique. Ils n'ont pas tort. Je tends d'impossibles passerelles vers ces îlots, ces esquifs, où la liberté fait rage. La violence aussi, contre soi, les autres, le temps, la durée, la paix, le silence. Le fracas est assourdissant. Et moi je suis comme un vieillard dans le vieux temple. Dans notre Académie. Nous y travaillons dur néanmoins. Existent aussi, dans notre monde séparé, des révoltés, frondeurs, marginaux, rebelles, réfractaires, etc. Jusqu'à un certain point. Au-delà, on s'en va, ou l'on est chassé. Une grande violence y règne, s'y perpètre – parfois s'apaise, demeure inscrite dans la règle.

Les comités de fin d'année m'ont valu les premiers ennemis que j'eus dans mon existence. Je ne m'en connaissais pas. J'en compte désormais quelques-uns qui me haïront peut-être toujours. J'ai signé leur renvoi. J'ai voté leur exclusion définitive. J'ai attesté leur échec. Moi-même sans haine contre eux, j'ai délibérément accepté la leur en levant ma main en faveur de leur départ. S'il leur arrive de me croiser, de m'apercevoir, je sais qu'ils sont partagés entre l'envie de me frapper et l'envie de vomir, de me vomir. Peut-être, avec le temps, l'écœurement se fait-il moins violent, s'apaise-t-il. Une rancœur simple. Une amertume. Un noir souvenir. Plus rien. Du mépris.

Certains furent de bons camarades. Nous mangions ensemble à la cafétéria. Nous plaisantions. Il y eut quelques bons souvenirs en scène. Nous avons joué plusieurs spectacles dans la même distribution. Je ne savais pas que je les tuerais un jour. Quel dut être leur étonnement, apprenant que je m'étais associé à leur éviction.

Après les jours de comité, une fois les sentences prononcées, je n'avais de cesse d'avoir avec chacun d'eux une conversation particulière, soit au téléphone, soit de vive voix. De voix, je n'en avais pas. Je ne parvenais à rien dire. Je m'offrais lamentable aux yeux du mépris, de l'accablement, de la plus terrible déception. Je finissais par dire que j'étais *désolé*. J'étais *désolé*. Je présentais ma désolation. Je ne niais pas ma responsabilité, je n'incriminais personne, je ne revenais pas sur le vote, j'avouais tacitement le mien, je ne consolais pas. J'étais là, à deux pas du mort, tête baissée, je ne disais plus rien, lui non plus, il fallait en finir. Je ne trouvais jamais le mot de la fin. Une fois, au téléphone, j'entendis une déclaration de haine circonstanciée, dans le ton froid et désespéré qui me semblait convenir exactement. Je n'avais rien à dire : les mots étaient à leur place dans cette bouche pleine de terre qui me vouait à l'enfer. Je fis pour la première fois de ma vie l'expérience d'une malédiction. En raccrochant, j'essayai d'évaluer à qui ce coup de téléphone pouvait être le plus profitable : à moi qui faisais face à ma cruauté, qui endossais courageusement la pire responsabilité, qui en finissais une fois pour toute avec l'innocence ; à l'autre à qui je donnais l'occasion de purger un peu de sa colère et de sa peine, dont les mots ravalés pouvaient atteindre matériellement une des cibles de sa haine toute nouvelle, formée en quelques heures, à la suite de l'annonce de son renvoi, ou même inventée là, au téléphone, conversion bénéfique de son désespoir et de son incompréhension.

J'ai raccroché. J'étais dans ma loge et n'avais plus rien à faire, sinon qu'il me fallait rester puisque, ce soir-là, j'étais *semainier*. Le semainier est un membre du comité qui, pendant une semaine, doit être présent lors des représentations. Il veille à la bonne marche de la Maison. S'adresse au public en cas de retard, de défaillance technique, peut être conduit à remplacer au pied levé un comédien, ordonne de baisser le rideau le cas échéant, prend la responsabilité des décisions. La plupart du temps, il n'intervient pas, se promène, va dans la salle, traverse les coulisses, bavarde, s'attarde dans sa loge et quitte le théâtre après avoir signé le rapport du soir, quelques secondes après le dernier salut.

Je suis sorti. Dans les couloirs régnait le grand calme des fins d'après-midi, après la répétition du jour, avant le spectacle du soir. Pas d'habilleuse, pas de comédien. Portes closes des loges marquées du nom des acteurs. Longtemps celui dont le sort vient d'être scellé conserve sa loge, puisque l'exclusion ne prend effet que six mois plus tard et qu'il doit assurer jusque-là ses engagements. J'allai faire quelques photocopies à l'entresol. Personne. À la cafétéria, j'ai mangé seul à une table. Je tournais le dos à la porte d'entrée, les épaules tombées dans mon assiette. Quelqu'un est venu à ma hauteur. « Ce que vous avez fait à Eymond, c'est vraiment infâme. Ça n'a pas de nom. » J'ai levé la tête et reconnu une personne de l'administration pour laquelle j'ai toujours eu une grande affection. Je n'ai su que dire. Elle s'adressait à moi sans violence mais avec une tranquille et triste indignation. Je me suis dit que mon travail de semainier, ce soir-là, consisterait en ceci : écouter la plainte, l'aigreur, la colère, la déception que nos décisions avaient suscitées. Les écouter seulement. Les recueillir sans rien ajouter. Elles finiraient par se dissiper. Cela valait mieux, c'était dans l'ordre des choses, il en avait toujours été ainsi, cruellement, nécessairement, régulièrement. Ce n'était pas l'espèce de nausée douceâtre que j'éprouvais qui devait m'arrêter, me rendre coupable, me faire regretter notre erreur, provoquer ma fuite. Ce n'était pas une erreur. C'était fait. Je devais être le témoin attentif du ravage exercé dans certaines consciences et savoir que rien, dans le fond, n'était changé et qu'eux-mêmes, ceux qui venaient manger là avant d'aller se préparer pour la représentation du soir, savaient aussi, dans leur indignation empathique, que la disparition de leur camarade, dans la liste de la troupe, ne dérangeait rien, pouvait même signifier leur propre survie, que la place ainsi libérée rendait la leur plus confortable, et que le chagrin passerait. Le cynisme dans lequel je me plongeais non sans stupeur – je ne m'y reconnaissais pas, mais il me semblait une étape nécessaire, un sas que je devais traverser – me tint jusqu'au lever du rideau.

Je regarde la scène se jouer de profil. Le régisseur, à mes côtés, envoie au micro les signaux, les appels, pour la machinerie, la lumière, les accessoires, les comédiens. Je suis debout entre deux grands pendrillons noirs qui délimitent mon angle de vue. Je ne vois rien du public, rien du fond de scène. Les acteurs traversent mon espace de gauche et de droite, sans me porter la moindre attention. Les voix me parviennent plus que les corps. Voir ainsi en coupe le spectacle me fait un bien inespéré. Les camarades jouent très bien ce soir. La salle est heureuse, pleine, rit de bonne gourmandise. Parfois, un comédien quittant le plateau vient en sueur me frôler ; je fais un pas de côté pour lui laisser le champ libre, et reprends ma faction paisible. On ne me parle pas. Aucune des plaisanteries habituelles, « maison », pas même une question sur ce qui fâche. Gaillard a refusé de me saluer. J'ai bien compris pourquoi et me suis douté que ce serait pour toujours, compte tenu de sa relation profonde avec Eymond. Des petites vagues de machinistes font des apparitions lors des changements d'acte. Poignées de main. Je ne connais pas le prénom de certains. D'autres me sont plus familiers. L'ombre et le silence requis nous dispensent de parole.

Je n'aime guère le mythe rebattu qui dit que toute société doit sacrifier l'un de ses membres pour assurer sa pérennité. Son fondement obscur, obscène et cruel.

Bien obligé pourtant d'y songer ce soir. La pensée roule dans mon esprit sans trouver de soutènement. Je me vois mal argumenter ainsi. Je me vois me taire longtemps.

L'ai-je voulu ? L'ai-je vraiment voulu ? Une décision collégiale. Réunis en comité, huit personnes prononcent le renvoi d'un des leurs. Qui a commencé ? L'ordre d'ancienneté détermine la prise de parole. Qui l'emporte dans la discussion ? Les regards se croisent. Castel a de l'influence. Son intelligence est respectée. Clairval a du cœur. Pas moins d'intelligence que Castel, mais plus de générosité. Il a porté ses efforts dans la défense de Quinault, dont le sort aurait pu être le même que celui d'Eymond. Fayolle n'a qu'à peine participé au débat, n'a dit que quelques mots qui n'engageaient à rien, laissant parler ceux que sa voix aurait pu incliner dans un autre sens. J'ai écouté Castel, Clairval, Müller. J'ai parlé. Il me semblait qu'il ne fallait pas garder Eymond. Je me suis tenu à cela. Worms aurait pu me faire changer d'avis du tout au tout : j'approuve toujours ce qu'elle dit. Je suis toujours d'accord. Pas toujours en fait. Je ne suis plus très sûr de ce que pensait Thomsen, au moment où elle a parlé. Je crois que Boccage l'a aussi conduite à voter le départ d'Eymond. Au deuxième tour de parole, j'ai faibli, j'avais mal aux tempes. La fumée des cigarettes m'incommodait. Je voulais en finir, et que l'on garde Eymond. Et Mayer. Après tout, ils jouaient beaucoup, honorablement, étaient estimés de tous leurs camarades ; je me souvenais de la première d'un spectacle où nous avions tant ri. J'ai agacé Müller, par mes retournements d'humeur et de choix. Elle s'était un peu reposée sur mon avis. Je l'avais décidée. Dans son esprit, c'en était fini d'Eymond. On est revenu au cas de Mayer. Les silences sont devenus métalliques et coupants. Worms a failli crier de douleur à l'idée que l'on renverrait Mayer. Elle a soudain bouleversé Boccage, Müller et même Castel. Eymond reprenait le chemin de la sortie.

Fallait-il vraiment se séparer d'un de ces comédiens ? Je crois que oui. Politique des engagements. Engorgement de la troupe. Vieillissement. Renouvellement. Il le fallait. J'ai moi-même développé plusieurs fois ce sujet. C'était indispensable.

Non, ce n'était pas indispensable. L'argument de Boccage pouvait se révéler juste et soudain profondément généreux : si l'on aime un acteur tel qu'il est, il en devient meilleur. Faisons avec lui, puisqu'il est des nôtres, lui qui tant de fois nous a montré son adhésion joyeuse, son bonheur d'être dans la troupe, son dynamisme dans le travail et le jeu. Au lieu de rêver une troupe imaginaire faite de comédiens qui ne s'entendraient peut-être pas aussi bien que ceux-là s'entendent et s'aiment, continuons avec eux à bâtir cette troupe, certes imparfaite, mais réelle et vivante !

Je ne sais plus qui a mis un terme à la sympathie que ce discours inspira pendant de longues minutes. Je crois que Boccage retourna lui-même son raisonnement. Il y eut encore d'autres échanges contradictoires. La semaine a passé.

Après tant d'heures de discussion, aucun de nous ne pouvait se croire ou se savoir déterminant dans le renvoi d'Eymond, de Mayer, de Fournel. La responsabilité, la cruauté, la violence étaient partagées. Elles faisaient un nuage au-dessus de la table, comme la fumée des cigarettes, c'était l'air même que nous respirions. Notre air. *Volonté générale.* Quelque chose avait pris dans l'haleine des huit membres, et dressait dans l'atmosphère de la petite salle du Comité le fantôme pétrifié, irradiant, dévastateur de la décision maintenant consignée. C'était fait.

Je me vois me taire longtemps. Et demeurer là : dans la coulisse, debout, regardant par une large fente le succès de mes camarades qui n'y prêtent pas plus d'attention, vont et viennent, de la scène au foyer, ne s'arrêtent pas une seconde jusqu'au salut final, qu'ils répètent plusieurs fois – ils passent tous devant moi de profil, en se tenant par les mains, souriant, descendant, remontant, vague après vague – avant que le rideau ne coupe ce manège rituel. Je signe la feuille de *semainier*, notant qu'il n'y a rien, ce soir, à signaler, et quitte au plus vite le théâtre.

Souvenir du premier

Un de ces jours de pure attente, pendant le tournage de *La Chambre des officiers*. J'ai le rôle d'un capitaine breton de la guerre de 1914, au visage fracassé par un obus. Du front jusqu'au menton, sur mon profil droit, je porte une prothèse de gélatine.

Parfaitement seul, sans angoisse ni ennui, dans ma loge assez confortable du studio d'Épinay.

Parfaitement seul, à l'autre bout du centre des événements, dans le cercle le plus extérieur de la spirale qui conduit là-bas, au lieu même, au foyer rougeoyant : la caméra, le réalisateur, les acteurs en jeu.

Je suis tout au bout du couloir : la dernière loge avant les toilettes.

Je n'entends rien. Parfaitement seul. Rien ne me parvient de ce qu'il se passe, des plans que l'on tourne, de ceux qu'on prépare. Si je voulais, je pourrais sortir et chercher un stagiaire pour me renseigner. Il en passe un parfois dans le couloir ; je le repère au grésillement de son talkie-walkie. En fait, c'est une jeune femme, très belle et très sérieuse, au pas toujours empressé. Je ne la dérange pas. Elle a frappé tout à l'heure, pour voir si je ne manquais de rien, café, verre d'eau, gâteaux, sandwich, et s'est excusée du retard pris dans la journée, qui m'oblige à une attente plus longue que prévue. Parfaitement seul.

Les heures passent, ronronnées par le petit aérateur de la loge.

Hier, je n'ai tourné qu'un plan, couché dans un brancard, la tête bandée, loin de la caméra. Pas une ligne de dialogue. J'aurais pu être doublé. Je crois même qu'on ne m'a mis dans ce plan qu'afin de rassurer la production, et lui montrer qu'on ne me paye pas pour rien.

Je suis arrivé ce matin à l'aurore : l'installation de la prothèse est très longue. Depuis maintenant deux heures, j'ai sur le visage la chaude et rose gélatine qui me défigure. Protubérante par endroits, très fine et presque transparente à d'autres, elle enserre mon œil, le contraint à se fermer, ou à me faire lever la tête pour regarder par en dessous. Elle dessine et modèle, sur mon profil, un paysage ravagé de peaux mortes, de crevasses béantes, de chairs fraîchement, douloureusement et opiniâtrement recousues. Quand ils me croisent, les figurants, les techniciens, tous me dévisagent longuement, avec plaisir et effroi ; leur sidération les fait reproduire, malgré eux, sur leur propre visage, un rictus à l'imitation de ma blessure. Ma hideur est achevée lorsque je mets en bouche les deux appareils dentaires, armés de boules cireuses et d'une tige très fine, qui déforment complètement mes lèvres, gonflent mes gencives, plissent mon nez et ma joue droite, en les faisant remonter. Les lignes du visage sont alors définitivement rompues ; on imagine sans peine les éclats d'obus emportant ce visage par morceaux. J'ai longtemps contemplé dans les miroirs cet effondrement de chair sur ma face, jouissant comme un enfant de la perfection du maquillage, de l'embellissement de la partie gauche, épargnée, du visage, bien dessinée par la perruque qui recouvre, côté droit, la bande supérieure de la prothèse. Celle-ci disparaît très réalistement sous le postiche, renforçant la dissymétrie avec le profil gauche, où les cheveux sont solidement implantés, assez bas, sur le front. Ma calvitie ainsi dissimulée, je retrouve, sur ce côté, un air de jeunesse flatteur, que rehausse encore mon uniforme d'officier, bleu nuit à col montant : voilà qui me donne, de pied en cap, sans aucun effort de ma part, une svelte et presque naturelle élégance. Effet facile, très efficace : je me regarde de trois quarts, côté sain, et pivote lentement, découvrant peu à peu ma pitoyable disgrâce. Je me prête à ce jeu quelques minutes, mais l'ennui gagne, le premier reflet venu ne capte bientôt plus mon regard.

La colle commence à me tirer sur la paupière. Une toute petite démangeaison me donne envie de détacher la prothèse près de la tempe. Je passe nerveusement les doigts sur les reliefs de la gélatine, déchire quelques petites fibres qui se décollent sous la transpiration.

Parfaitement seul. Je veux m'assoupir ; ne m'endors pas ; me redresse. Je ne veux pas déranger ma perruque. Comment m'allonger ? Où faire reposer ma tête ? Je renonce au petit somme. Lire est difficile avec cet œil obstrué. Je renonce également ; me lève ; bois de l'eau ; sors dans le couloir des loges, désert. Parfaitement seul.

Dans ces lieux mêmes, peut-être dans la même loge, il y a bien dix ans, je connus une curieuse mésaventure.

Il s'agissait d'un film en costumes. Années vingt. Première séquence. C'était la première fois que je tournais dans un studio, à l'ancienne, au milieu de dizaines de figurants, de machinistes, d'électriciens. Tout ressemblait à l'idée enfantine que je m'étais faite du cinéma. Je me promenais dans un rêve.

Le décor représentait une vaste salle de tribunal où se concluait le procès d'un jeune Arménien, coupable du meurtre d'un député turc. J'étais cet accusé : trois jours de tournage, deux phrases à dire, des regards à adresser, tantôt apeurés, tantôt effrontés, puis effondrés, une déclaration finale, c'était tout. Cela suffisait pour mourir de peur. Le dernier jour fut le plus terrible.

Dans les loges, chemises, vestes et pantalons nous arrivent soigneusement amidonnés, pendus à des cintres qui accentuent leur forme raidie, leurs plis impeccables. Faux cols.

Mon trac ne s'est pas atténué en trois jours. C'est aujourd'hui que je vais devoir parler. Deux répliques assez anodines, où je décline mon identité, mon lieu de naissance, et une minuscule tirade, mais tirade tout de même, où je dois m'enflammer à l'évocation de la cause arménienne. C'est peu de dire que j'ai mouliné et malaxé ces quelques lignes de dialogue. Elles ont pénétré les plus ténues de mes fibres nerveuses. Si je mourais, mes derniers mots seraient ceux-là. Je les ai hurlés, chantés, susurrés, sur tous les registres de ton, afin de prévenir toutes les indications possibles du metteur en scène. L'heure approche. Je suis maquillé, coiffé, sentant le fard et la laque. J'ai enfilé mon costume noir. Le faux col blanc, amidonné, blesse mon cou. Des bretelles à l'ancienne, trop tendues, ne tarderont pas à meurtrir mes épaules. Un assistant déclare qu'il me faut être prêt dans un quart d'heure. Je le suis comme jamais. Un quart d'heure à tuer. Je m'en vais aux toilettes. Après m'être perdu, j'en trouve *à la turque*. M'accroupissant, me soulageant, je ne m'aperçois pas qu'une de mes bretelles pend juste sous mes fesses, et que, recevant, comme en pleine figure, un peu de matière, elle se trouve immanquablement souillée. Pressé par le temps et le trac, je remonte vite mon pantalon et fais claquer les bretelles sur la blancheur lustrale de la chemise. Fumet foudroyant. Un millième de seconde d'incompréhension. Aussitôt honte, effroi. De retour dans la loge, je nettoie comme je peux, passe un coup de savon frénétique, mouille toute la partie droite de ma chemise et renfile la veste avant que le même assistant ne vienne me chercher. Nous partons vers le décor. Notre trajet m'inspire des sensations militaires : le rythme de nos pas, le visage fermé de mon acolyte, le silence que nous observons, la peur, la gêne, le désagrément du costume qui m'étouffe et me blesse au cou, le sentiment d'une fatalité pesante à laquelle je ne vois pas comment échapper, le tournage que je perçois comme une grande bataille incompréhensible, le cinéma qui m'apparaît comme une guerre meurtrière, une *boucherie* où je fais office de piétaille bientôt anéantie, et je porte en plus cette souillure qui va sans nul doute précipiter ma fin. Comme je regrette le temps où j'étais simple *amateur*, où nous arrêtions tout quand avec mon frère nous n'avions plus envie de jouer. Je ne songe pas une seconde qu'aujourd'hui on me paie pour aller *tourner*. Le mot me ferait presque vomir.

Dans le box des accusés, j'attends mon plan avec une anxiété croissante ; je renifle discrètement mon épaule droite. La chaleur des projecteurs réveille insidieusement l'odeur que le savon ne parvient plus à masquer. Je veille à ce que personne ne s'approche de moi, décline de loin toutes les offres qui me sont faites, café, verre d'eau, sandwich ; d'un geste, je décourage le zèle des maquilleuses qui voient la sueur perler à mon front. Je me refuse à toute conversation. Un électricien scrupuleux ignore mes tentatives de barrage et vient coller son visage au mien pour vérifier l'intensité d'un projecteur qu'il a réglé sur moi. Désemparé, je l'assure qu'à mon avis sa lumière est parfaite, il peut s'employer ailleurs. Il sourit de ma naïveté et vient se placer derrière mon épaule droite. Je perçois nettement sa stupeur à sa soudaine immobilité. J'évite ses yeux. Il s'imagine le pire, de toute évidence ; sans un regard pour moi, il s'en va vers les habilleuses ; hésite à leur parler. Le premier assistant annonce qu'on va tourner. Mon ultime déclaration au président. Émouvante, si possible. Selon le vœu express, transmis par le premier assistant, du réalisateur, qui, loin de moi, derrière son écran de contrôle, ignore tout de mon trouble. En revanche, les habilleuses paraissent averties, mais ne s'approchent pas encore. Une maquilleuse s'avance vers moi pour me donner un ultime coup de pinceau. L'odeur à présent complètement libérée la cueille au visage et fait également se retourner mon avocat. On me croit manifestement trahi par la peur au point de m'être oublié. Je les vois qui parlementent et commentent et délibèrent. Il y en a qui rient et s'écartent. D'autres me contemplent avec plus de pitié que de réprobation. Les figurants commencent, l'un après l'autre, à me regarder. Je ne suis pas sûr qu'ils soient au courant. Ils se doutent seulement de quelque chose, imaginent peut-être un malaise. J'esquisse de pauvres sourires sans regarder personne, en m'épongeant le visage. Le premier assistant fait allumer le rouge à l'extérieur du studio.

On tourne. Je m'applique. Qu'on en finisse. Malgré l'affreuse impression que j'ai de bredouiller sans la moindre conviction, le réalisateur, après la seconde prise, déclare être satisfait. Il n'est au courant de rien.

Je suis liquéfié. Deux habilleuses viennent pudiquement me proposer de retourner dans ma loge, en attendant la prochaine séquence. Le second assistant ne cache pas son hilarité. Je quitte le plateau au plus vite. Un costume complet est déjà suspendu dans la loge. C'est une chemise qu'il me faut. Par bonheur, j'en trouve une de rechange. Je jette la mienne, avec les bretelles, dans le lavabo que je remplis. Le pantalon tient à peine sur mes hanches. Il me faut le tenir. On frappe à ma porte. Un régisseur me demande avec bien des égards si je n'ai besoin de rien. Ses yeux considèrent une fraction de seconde le lavabo où surnagent chemise et bretelles. Je devine sa grande perplexité au regard qu'il jette ensuite sur le second costume que je n'ai pas revêtu. Ma voix est presque inaudible qui lui dit que tout va bien. Nous pouvons reprendre le chemin du plateau. Sur le trajet, j'éprouve maintenant des sensations d'hôpital psychiatrique : je suis un grand aliéné reconduit, après une crise, à la salle commune ; mon infirmier m'a donné les calmants nécessaires ; le tournage est une grande, lourde et ingrate thérapie, dont je ne mesure ni la nécessité ni l'efficacité, mais seulement la force humiliante et cruelle.

Je ne me souviens plus de ce qui s'ensuivit. J'ai quitté le tournage sans saluer personne.

Parmi les témoins de cette histoire, seul le visage interloqué de l'électricien, à deux centimètres de mon nez, me reste en mémoire. Son étonnement, puis son embarras, m'ont rétrospectivement touché par leur délicatesse. La honte a effacé les autres têtes.

*

On m'apprend que je ne tournerai pas aujourd'hui. Je vais pouvoir me rhabiller, quitter mon costume d'officier, dans lequel j'ai erré et attendu toute la journée. J'ai transpiré sous ma prothèse, qui se décolle plus facilement. Là-bas, sur le plateau, le travail se poursuit. Je n'irai pas les saluer, ils ont trop à faire.

Si parfaitement seul aujourd'hui, je n'aurais pas connu ce qui est aussi l'ordinaire et le délice d'un tournage, dont je n'avais pas idée du temps de ma mésaventure : les conversations, les conciliabules, les babillages, les jeux, les tours, la drague, tout ce qui se trame autour du plateau ; adolescence reconstituée, organisée par une équipe de production, de régie et de réalisation qui sue sang et eau pour nous tenir dans ce parc de loisirs, en vue du film qui ne gardera rien de ces enfantillages, de ces instants suspendus, heureux ou malheureux.

Retourner au théâtre le soir même, jouer la comédie déjà longtemps éprouvée, dire ses répliques dans le plein silence de la salle, entendre sa propre voix entrelacée à celle des autres, écouter le partenaire tantôt loin de soi, tantôt tout près, saisir dans ses yeux la densité d'un secret, d'un aveu, d'une demande, ou d'une blague, voilà qui me rend mon métier séance tenante. J'agis en adulte, librement, spontanément, dans un monde réel et partagé. Solitude rompue, je fais ce que je dois faire, et les autres m'y entraînent, comme je les entraîne aussi. Ni armée ni hôpital, le théâtre n'offre aucune vacance, sinon le répit de la coulisse, jamais si éloignée que l'on entende toujours la pièce se poursuivre, l'action suivre son cours, la vie continuer.

Bonheur de *Platonov*

Pas d'échauffement. Je rejoins ma loge assez tard. Pas d'*italienne*. Il y a des semaines que je n'ai pas consulté la brochure. Est-ce la fin de saison qui rend ce spectacle plus fluide, ou ce spectacle qui convient à la fin de saison ? C'est un rôle que l'on dit écrasant. Angoisse, désespoir, fureur, folie, tout y passe. Passion noire. Je devrais être fébrile, contracté. C'est le contraire. Gai comme un pinson, en plus ! Habillage et maquillage rapides. Les vêtements sont faciles à enfiler. Pas de perruque. Je teinte légèrement ma barbe naissante. (Je la fais ressortir au mascara pour la seconde partie.)

Dès la coulisse, je suis entré. Dos voûté, mains dans les poches – de la veste ou du pantalon –, tête baissée, sourire amer, tombant (j'emprunte à mon frère, à plusieurs personnes de ma famille, ce sourire particulier, où le pli de la commissure descend), je marche à pas menus et lents. Je vais de la cabine de régie au lointain, fais un crochet dans le couloir à décor, reviens, comme si j'y étais déjà. J'y suis déjà, sans peur, sans effort, sans ostentation. C'est bien à mon frère que j'emprunte aussi mon allure. La voussure des épaules. Dans le quatrième acte, mes mains, ma bouche, mon rythme sont les siens. Et l'âpre forme d'humour, qui donne ses coups de dents, juste avant les larmes.

Faubert à mes côtés prépare le landau. Je salue brièvement les camarades, les techniciens, toute la population de la coulisse, parfois même des personnes que je ne connais pas. Petite poignée de main absente. Pieds nus dans mes sandales. J'attends sans attendre puisque je suis déjà entré.

En scène, ils sont déjà là. Il y a la Générale et Triletski. La représentation ne commence réellement qu'au premier mot – dit en russe – de Triletski, mais le spectacle, lui, a déjà commencé. Les spectateurs se placent pendant que l'atmosphère d'été s'établit sur la scène. Au fond, de l'eau. Un plongeoir. Frondaisons de feuilles. Ciel. Chaleur de midi.

Je ne fais guère attention au premier mot prononcé. Tout en pente douce. Les choses amènent les choses, et, de proche en proche, j'en viendrai à la plus complète déchéance. Puis à la mort. Aucune étape n'est particulièrement marquée. Les événements font défaut.

Pieds nus dans mes sandales. Nous avons effacé tous les seuils.

Nous passons enfin sur le plateau, dans la lumière étale. Poussant devant moi le landau, je vais du même pas lent et menu, Faubert à mon côté. Le public est loin de nous, tout en bas de la scène. Marée basse des spectateurs, dans le reflux de la saison. Fauteuils vides comme des rochers qui affleurent à la surface de l'eau dont émergent, à l'orchestre, une centaine – à peu près – de personnes. Le décor se prolongeant dans la salle, par où entrent et sortent les acteurs, ce demi-vide ne me dérange pas. Nous devrions en être affectés. À aucun moment nous n'éprouverons cela comme un déni, une indifférence, d'autant que la ferveur des présents compense l'ingratitude des absents.

Je suis entré, j'entre encore. Nous nous saluons, les

uns les autres. « *Porphiri Semionitch, je suis ravi de vous voir.* » Ce genre de réplique m'ouvre une petite porte, comme une haie de jardin que l'on pousse. Il n'y a rien à penser, rien à faire : je regarde Glagoliev, descends vers lui, main tendue, je suis ravi de le voir, le dépasse, contourne le fauteuil d'osier, m'arrête. Je n'ai comme rien dit. La phrase ne s'est pas extraite d'un réservoir dont j'attends de sortir la prochaine. Pas de différence de nature entre la parole et le silence dans le premier acte de *Platonov*. Pas vraiment de réplique différenciée. Un tissu général de conventions, d'anecdotes, de petites humeurs, des déchirures. Ça vient, ça parle, ça s'échauffe, ça étouffe. Nous avons bien sûr la contrainte de nous parler fort, à quelques centimètres les uns des autres. Avec le temps, nous nous sommes habitués. Ce n'est pas un effort. Des amis, une famille qui se retrouvent après une assez longue séparation parlent haut et fort, font assaut de santé, de gaieté, de convivialité. Quand les retrouvailles ont lieu dehors, ils n'en donnent que plus de voix.

Je suis entré, mais je ne suis pas encore là. J'arpente la scène, mains dans les poches, dos voûté, absent, souriant, égaré. Déjà commencée, la représentation autour de moi mène son train, sans que j'y prenne part. Pas de saut, pas de course, pas de geste. J'ai plaisir à ne pas indiquer l'humeur précise de mes répliques. Légèrement acerbe vis-à-vis de Voïnitsev, qui n'a toujours pas d'emploi. On évoque mon père. *Nous étions les meilleurs amis du monde*, dit Glagoliev. *Je ne pourrais pas en dire autant…* Premier écart sensible de Platonov. *Je ne peux pas aimer cet homme-là…* C'est d'abord une plaisanterie, et ça tourne à l'aigre. Mais cela ne dure pas. Quelqu'un vient, on passe à autre chose. En répétition, Leclerc me reprenait souvent sur ce petit passage. Il m'attendait chaque fois à ce tournant. Pas assez de dureté, pas assez de violence sourde, envers moi-même, contre moi-même. Platonov apparaît moins dans l'éclat d'une réplique que dans l'accent sourd destiné à l'étouffer. Ne pas crier. Souvent je n'y arrivais pas. J'allais vite pour contourner la difficulté. Leclerc m'y reconduisait. J'y retournais, comme un cheval devant l'obstacle. Nouveau refus, et parfois, hop, je passais. Je passe quand je suis resté longtemps absent à moi-même. J'entre de n'être pas entré. Quand rien n'est performant, accompli, lancé, la réplique ainsi glissée dans la conversation générale a quelque chance de diffuser la gêne et le mal-être dont elle est envenimée. Ainsi progresse Platonov : de propos déplacés en apostrophes provocantes, sans donner l'impression d'envahir la scène, la laissant aux autres qui la monnayent, la bradent, la liquident. Ses coups d'éclat sont des blagues, ses pitreries des accès de haine ou d'amertume dont il est la première victime. Et puis il s'en retourne à sa faction taciturne.

Je suis en scène depuis vingt minutes comme si j'attendais un train sur un quai de gare. Le trac m'a quitté depuis longtemps. Cela fait plus d'un an que la première est passée. C'est si loin. Je n'ai jamais eu autant plaisir à jouer. La pensée m'en vient en m'asseyant au bord de la scène après les retrouvailles avec Sofia. *Comment c'est vous ? Vous ? – Comment m'auriez-vous reconnu Sofia ? [...] – Vous avez terminé vos études ? – Non, j'ai tout laissé tomber... je suis là, posé comme une pierre sur la surface de la terre...* Je sors de scène au bord du plateau. M'asseyant, je m'extrais du jeu pour quelques minutes à peine, me repose dans la pénombre de la salle qui commence à mes pieds. J'étais, au début des représentations, gêné de la proximité immédiate avec le public. Les visages ne m'échappaient jamais. Je décelais les pensées, captais parfaitement l'adhésion, ou la désapprobation. Ce soir, il n'en est rien. S'il arrive qu'un spectateur s'en aille, je le vois, m'en désole un peu, le temps qu'il sorte, l'oublie aussitôt. La pièce me reprend dans son sillage.

Je suis au lointain, monté debout sur le plongeoir. J'en ai pour un petit moment ainsi. Seul dans l'extrême lointain, puis sur le plongeoir. Mélancolie soudaine et réelle. Je regarde vers la coulisse. La porte donnant sur le couloir de service s'entrouvre : lumières des néons découpées dans le noir alentour. Une habilleuse porte un manteau. Un machiniste traverse mon angle de vue, sans voir que je le vois. Je regarde ce monde comme si j'en étais coupé. Minuscule inquiétude : douleur infinitésimale ressentie dans le genou gauche. Est-ce d'être monté trop brutalement sur le plongeoir au moment de présenter Ossip ? D'avoir couru de ma loge au foyer ? Un mal plus ancien qui se réveille ? La douleur, sitôt interrogée, s'estompe. Je vais très bien. Je retourne jouer comme on retourne danser.

*

Dernier acte. À bout portant, Sofia me tue. La déflagration est si puissante qu'il s'en faut de quelques centimètres (quand Auger raccourcit trop la distance) pour être violemment assourdi. Je m'écroule sur le flanc droit, saisis la petite poche de sang dissimulée derrière le seau, la fais éclater sur ma poitrine, dégouliner sur les mains. J'agonise. Plaisir de jouer la mort qui vient. Laisser mon corps peser de tout son poids dans les bras de mes camarades. On me porte sur un banc. Plessy me tient la tête, demande de l'eau, m'en fait boire, ne cesse de m'appeler, pour me faire revenir, « *Micha, Micha, Micha* », avec la même inflexion douce, insistante, identique, comme on appelle un enfant, sans se décourager. « *Micha, Micha !* » Leitner me ferme les yeux. « *C'est fini* », dit-il. Cri de la Générale, que Plessy ne profère jamais sans me bouleverser. Elle me recouvre d'un drap. Mes camarades échangent les dernières répliques. Au travers de la toile, rouvrant les yeux, j'aperçois les projecteurs qui déclinent. La salle vire au noir. Je suis si tranquille sous mon drap que j'en oublierais de le relever si Plessy ne le faisait dans l'obscurité, que s'ensuivent les saluts.

Portrait de Fournel

Un acteur fait de raideur déployée, parvenant à tirer forme de cette contrainte terrible. Timide, poli, yeux clos ou cillant légèrement lorsqu'il sourit ou salue, désigné pour les rôles de premier valet de chambre, de maître d'hôtel. Au reste, fin, spirituel et sympathique. Voix raide, aux accents de gorge douloureux et emphatiques, qui témoignent autant d'une peur constante que d'une embarrassante théâtralité, qu'il cherche à retourner en principe de style. L'obstination douloureuse rend le personnage touchant, le comédien singulier quoique presque identique de rôle en rôle. Chaque soir, avant la représentation, il occupe le plateau jusqu'au dernier moment. Il redessine son parcours, scène après scène, prévoit chacun de ses gestes, chacune de ses inflexions, de ses respirations, transpirant à larges gouttes. Lorsqu'on lui signifie qu'il doit libérer la scène, il s'en va se livrer ailleurs à son rituel, dans les dessous, dans une loge ou dans la buanderie du théâtre.

Chaque soir, au prix d'un effort de contention qui sûrement l'épuise, il semble devoir arracher son corps à une angoisse pétrifiante, parvenant même à en tirer quelques gracieux mouvements.

Sa carrière est jalonnée d'épreuves qui n'ont jamais été des échecs absolus, en raison de sa constance et de sa loyauté dans l'effort. Sauf une fois : Thénard sans cesse brisait et humiliait son travail, cassait sa gestuelle, l'empêchait de répéter seul, réclamait sans cesse du naturel, qu'il bougeât *comme dans la vie*. Tous les soirs, il pleurait en se rhabillant, s'attardait dans sa loge pour ne croiser personne, décourageant même les amis qui pouvaient l'attendre.

Son statut de pensionnaire chevronné le soumet chaque année à la menace du renvoi. Certains comédiens s'étonnent, et ricanent de le savoir encore dans la Maison. D'autres le défendent ardemment, invoquent son sérieux, sa sincérité dans le travail, ses progrès mesurés mais constants, et parviennent, *in extremis*, à le sauver.

Très souvent distribué, il ne s'est jamais plaint de jouer les rôles les plus ingrats, qui ne lui valent que de courtes apparitions en scène. Sachant qu'il passera bien plus de temps dans sa loge que sur le plateau, il aménage celle-ci en y apportant livres, fleurs, tableaux, photos, cahiers, cartons à dessin, ustensiles de cuisine, réchaud, pommes de terre, jambons de pays, pâtés, vin et fromages. Subtil et gourmet, il peut détailler une recette de haute cuisine avec humour et volupté.

Je l'ai croisé l'été dernier en Avignon.

Je l'aperçois de loin, place de l'Horloge, entièrement vêtu de blanc, chemise, short, chaussettes, casquette (blanc crème), tenant d'une main deux places de théâtre, de l'autre une jeune femme. Il me fait signe : j'avance, il rit, c'est un homme éclatant de bonheur que je retrouve. Avec une immense fierté retenue, une timidité rieuse et néanmoins solennelle, il me présente la personne qui l'accompagne : son épouse. Ravissante et coquette. Le couple m'étonne aussitôt. Je ne songe pas à en rire. Il prend un soin délicat à m'expliquer qu'ils sont en voyage de noces : pour chaque soir du festival, il a acheté deux places, afin de ne rien manquer des meilleurs spectacles. C'est son cadeau de mariage. Très mutine, sa femme sourit et se tortille. Il rit d'aise, tout bonheur dehors, me précise qu'il quittera le festival le premier : il s'en va finir d'aménager l'appartement qu'il a loué, pour sa femme, à Agen. Elle vient de réussir le concours d'entrée à l'école de théâtre, et va vivre deux ans là-bas. Ils seront séparés dans la semaine, mais se retrouveront le week-end. Tous deux se regardent avec une belle connivence. Je ne peux m'empêcher de penser qu'il s'en va œuvrer consciencieusement à sa perte.

Un an plus tard, le couple tient toujours.

Nous partageons la loge. Je me suis copieusement servi d'un bon morceau de fromage qu'il m'a proposé. Au deuxième acte, il me demande de ne pas faire de bruit. De son portable, il vient d'appeler sa femme. Pour lui permettre de suivre toute la scène qu'elle joue au même moment, à Agen, elle a placé son propre portable, offert par lui-même, en coulisse, au bord du plateau. Il peut ainsi entendre toute la scène. Suavement, les yeux fermés, il écoute. La scène achevée, il lui prodigue encouragements, conseils et infinies tendresses. Il raccroche enfin, plus amoureux que jamais. C'est le moment de venir, en ma compagnie, saluer le public de notre spectacle, qui vient de se terminer.

*

Six ans plus tard, Fournel a quitté la Comédie-Française. J'ai fait partie du Comité qui a voté son renvoi. Nous nous sommes parlé au téléphone. Je ne sais comment il trouva le courage de contenir sa peine, l'élégance de n'exprimer ni colère ni rancœur, la délicatesse de ne pas me charger de sa vindicte. Le couple n'a pas tenu. Ils ont une petite fille. Je ne sais presque plus rien de Fournel. Plusieurs mois après son départ, j'ai vu son nom à l'affiche d'un spectacle, puis plus rien. Il y a quelques semaines, j'ai appris que, après avoir passé un permis de navigation, il est devenu batelier, comme il en avait rêvé dans son enfance, aurait-il précisé à l'ami qui m'a rapporté ces nouvelles. Comme il pilote des bateaux-mouches, il aimerait organiser, à bord, des spectacles de théâtre.

Rêverie tauromachique

Pour le levant la percale rose
Pour le couchant la sueur de sang
Et pour le pôle ce tournoiement

Je suis à Sanlúcar de Barrameda, près de Cadix, en Andalousie, au milieu des marais et des taureaux de la Marisma qui règnent partout ici, font la loi et ma loi, m'obsèdent et meuglent à n'en plus finir. La nuit tombée, leurs cohortes noires se confondent. Certains se détachent au blanc de la lune. Les cornes montent de chaque côté du frontal, comme deux morceaux de lyre symétriques. Des hommes à cheval circulent doucement auprès des troupeaux, leurs voix sont gutturales, taillées dans la raucité nécessaire à l'interpellation des bêtes. Je n'y atteins pas. Je ne peux pas parler dans cet entourage qui m'est si profondément étranger. Je n'y ai pas de place. Pourtant je suis là, les deux pieds plantés dans la terre humide et mouvante des marais. Non que je m'y enfonce, mais je suis incapable de faire un pas. J'en ai peut-être décidé ainsi. Je n'ai pas peur. D'autres hommes à cheval arrivent, plus jeunes et plus gais. Il ne fait pas si noir. Parmi eux, je reconnais : Enrique Ponce, José Tomás, Javier Conde, Morante de la Puebla, Cesar Jimenez. *Mata-*

dores. Noms profondément incrustés dans ma mémoire, plus que sur ces visages à moitié dérobés par la nuit, les lueurs fugitives, leurs expressions semblables de jeunes *toreros*. Tomás est le moins joyeux. Quelque chose toujours en lui de lointain et fatigué, ennuyé et timide. Je voudrais aller lui parler. Qui m'en empêche ? Je suis pourtant bel et bien là, et ces jeunes gens à cheval, disponibles, calmes, souriants, sont tout près de moi. Ils ne sont pas en représentation ; leurs habits sont plus ordinaires que les miens : chemises à carreaux très banales, sans couleur, pantalons tristes, bottes. Certains sont des gamins. M'ont-ils seulement aperçu, parmi les pelages, les muscles, les cornes et les piaffements ? J'ai une *muleta* à la main : étoffe rouge repliée sur une tige de bois. Je veux leur montrer que je sais toréer la nuit comme jadis Belmonte au seul clair de lune. Ou sans lune. Et la peur était grande, on voyait à peine le taureau : rien que l'œil blanc, à l'instant de la charge. Je tends l'étoffe en direction de ce grand-là aux cornes presque droites. Plus haut que moi. Je secoue légèrement la toile. Rien ne sort de ma gorge, malgré ma bouche ouverte, mon cri tout prêt. La masse noire de mon taureau se tourne vers moi. Cornes hautes. Entendez-vous le souffle ?

Seul
devant les ronces des cornes

Les jeunes gens à cheval se sont arrêtés, s'ils ne m'ont pas encore vu. Je n'entends plus leurs rires. La houle noire et luisante aux reflets de la lune. Il charge. Le galop ne s'entend pas comme dans une arène. Je tiens tendue ma *muleta* de la main gauche, devant moi, les jambes plantées et jointes.

Un éclat de voix provient des cavaliers. Quelqu'un a peur. L'un d'eux descend de cheval, mais je ne saurais dire lequel. Il marche sans doute vers moi, mais je ne regarde pas. Mes yeux dans la nuit cherchent la patience noire de mon taureau, qui n'a pas encore accéléré son pas. Je suis si étranger à ce monde. À la Marisma. À Sanlúcar. Aux bords indéfinis du Guadalquivir. À l'Andalousie.

Je m'en fous. Être précisément là où je ne suis pas né, où je n'ai rien à faire, où tout me dit *non*, voilà ce que je veux. Vers ce refus, je tends toujours ma *muleta*, lui imprime de brèves secousses. Elle ondule et l'ondulation se communique à la nuit, parvient à mon taureau. Qui se met en branle. Houle des muscles. Accélère. Accélère vraiment. C'est pour maintenant. Le galop est lourd, plus lourd que la terre de la Marisma. La lune tout soudain me découvre mon taureau, et moi à lui.

> *À notre gauche*
> *le taureau long*
> *cœur ou boulet désenchaîné*
> *qui contre nous se serre*

Quelqu'un a peur. C'est peut-être moi. Mais José, Enrique, Cesar, Morante sont là, ils ne me laisseront pas me faire tuer. Je sais qu'à la distance où je suis de la bête le salut est dans la plus rigoureuse immobilité. Tendre l'étoffe, puis la dérober ; le taureau va se retourner ; la retendre, dérober à nouveau ; enrouler mon taureau autour de moi, le ralentir, l'adoucir, l'arrêter. Je n'ai jamais de ma vie exécuté pareille prouesse.

Je sais que cela ne peut se faire ainsi, en un soir, au milieu de mille autres taureaux. Il n'est plus temps d'y réfléchir. Étoffe rouge tendue. Souffle rauque. Noir. Muscles noirs jusqu'au sommet du ciel. Falaise. Pointes jaillies. Les merveilleuses cornes. Ô mon sang. Ô mon sang, encore dans mes veines, qui va couler. Veines dont l'entrelacs sera si impitoyablement déchiré. Veine fémorale, veine saphène : si ces deux-là sont atteintes, on ne pourra pas juguler l'hémorragie. Jet de mon sang à faire déborder les marais de la Marisma. Pourquoi être venu ici dans cet enfer qui ne m'est rien, où je n'ai pas une attache, pas un souvenir, pas un ami, pas un parent ? Au milieu des taureaux dénoueurs et arracheurs de veines. Mon cri toujours dans la gorge. Je suis plus silencieux que mon morceau d'étoffe qui s'agite à quelques mètres du mufle de mon bourreau noir. Qui m'attendait depuis l'éternité. Comme *Islero* attendait Manolete, *Bailador* Joselito, *Avispado* Paquirri. La litanie des tueurs et des tués. Je connais par cœur ces couples funèbres qui jalonnent l'épopée tauromachique. Et les noms des villes où les attendait leur exécuteur : Linares pour Manolete, Talaveira de la Reina pour Joselito, Pozoblanco pour Paquirri. Je peux en réciter d'autres : Granero que tua *Pocapena* à Madrid en l'énucléant, Nimeño II dont *Pañolero* brisa l'échine pour jamais, sanction qu'il refusa en se pendant un an plus tard, le Yiyo que tua *Burlero* à Colmenar el Viejo, dont le cœur fut trouvé, par le chirurgien qui l'opéra en vain, « ouvert comme un livre ». Je ne sais pas le nom de celui qui m'arrive dessus, à Sanlúcar de Barrameda, au milieu des marais. Mon étoffe s'envole et s'affole. Le vent s'est levé. Mais si je parviens à ne donner qu'une seule passe, ne serait-ce qu'une seule passe, je puis être sauvé. Mais il se retournera plus vite encore et, même si je le trompe une deuxième fois, je n'aurai jamais ni le courage, ni la force, ni le savoir, ni le temps d'enchaîner une troisième passe. Et fuir n'est plus envisageable depuis longtemps. Je n'entends plus personne. Les *toreros* ont disparu. Les autres cavaliers aussi. Ce sont eux pourtant les *professionnels*, ceux qui savent : ils sauraient dévier cette noire absurdité.

Non. Personne. Alors je rive mes deux pieds dans l'humidité du marais. Alors je tends plus que jamais mon étoffe. Alors je suspends tout ce qui souffle, frémit, palpite et bat dans ce qui est encore moi, un *moi* veiné où circule chaud un sang que je n'ai versé jusqu'à présent qu'à toutes petites gouttes parcimonieuses. *Donc le* matador *se tient debout*. Raide. Droit. Dur. Immobile. Mais paisible, absolument calme dans la blancheur de mon effroi. Vertueux. Enclin à la douceur. Y consentant, m'y absentant. Par-dessus la nuit, attendant mon taureau.

Un cri. Un arrachement de la gorge. Qui ? Qui a crié ainsi ? J'ai bien entendu. À quelques pas de moi. J'allais mourir, et, à quelques pas de moi, un cri, une autre étoffe, un *autre* que moi a reçu le taureau. De la main gauche. Une passe. Très douce. Accompagnatrice. Lente. Attentive.

Un torero entraîne le fauve
dans la vallée de sa cape

Le corps est mince et droit. Sa silhouette est familière, mais je ne la reconnais pas encore. La main est basse, et la toile touche la terre, l'enveloppe. Une autre passe, encore une autre, et deux nouvelles passes.

> *L'envol morfondu de la cape*
> *plane très bas*
> *Par-dessus le va-et-vient de l'énorme machine*

Je le reconnais. José Tomás. Et la passe de poitrine.

> *Au ras du cœur, à hauteur de sanglots*

Le taureau envoie haut son frontal : ses cornes montent dans l'aube qui vient. La bête s'arrête, dominée. Je contemple ce souffle épais qui soulève les flancs par saccade. Respiration de l'animal leurré que la main a souverainement fatigué. La nuit s'en va de tous les côtés de la Marisma. Reste mon taureau détourné qui n'est plus mon taureau. Je regarde le *matador*. Il est immobile et regarde la noire suffocation qui m'aurait tué.

« C'est toi José ? Je ne vous entendais plus, ne vous voyais plus, je croyais qu'aucun ne m'avait remarqué. Tu étais là ? Alors tu m'as sauvé. Que ta main est légère quand tu torées. Tu n'as pas peur ? Si ? Moi je n'ai plus peur à te voir. Je ne t'ai jamais vu de si près. Pourquoi as-tu arrêté ? Tu en avais assez ? Tu préfères toréer au hasard à la fin de la nuit, comme Belmonte ? Tu n'as plus besoin de – l'habit de – lumière ? » José ne dit rien, me sourit un peu. La fatigue le prend sans doute. Il appelle de nouveau le taureau. Dans sa gorge, ce n'est pas un cri : une apostrophe tout au plus. La bête charge. Une fois, deux fois, trois fois encore. La *muleta* épanche le galop qui s'épuise. Les cornes passent très près de toi. « José, tu n'as pas peur ? Si ? J'ai peur pour toi maintenant. Avec le soleil qui vient, j'ai l'impression de reculer, de vous voir de plus loin, toi et la bête. »

Ils s'éloignent, se partageant l'horizon. Je veux rester là, à Sanlúcar. Je veux encore regarder José Tomás qui, dans – ou malgré – sa retraite, ne torée que pour moi, cet unique petit matin. Une passe ; encore une, à droite maintenant.

« Montre-moi, José. Je veux donner aussi une passe. Donnez-moi un veau, un chien, une poule, que je connaisse une fois la sensation du leurre. Faire passer l'animal dans les plis d'une étoffe. »

José ne veut pas me laisser faire. Il a raison. Je n'y connais rien. « Je n'avais pas vu que tu avais avec toi une épée. Tu vas le tuer ? »

Il se profile. Mon taureau le regarde, langue pendante. En face de lui. Les quatre pattes dans l'alignement. L'épée est parallèle au sol, pointe tendue vers la nuque montagneuse de la bête. Le *matador* vise, genou gauche fléchi.

« Pourquoi ne reviens-tu pas dans les arènes ? Tu étais le plus grand. Ils l'ont tous dit. »

Épée dans l'échine. D'un coup. Entière. Glissée dans la masse. Quelques secondes. Tu ne veux pas que j'approche. C'est toujours dangereux un taureau, même à l'instant du dernier souffle. L'épée luit comme un colifichet posé sur l'encolure. Effondrement.

Reçu le juste poids de fer
Acquittée la dette de sang
Le sphinx au poil mouillé se couche
Cargaison louche abandonnée par des marchands
Fuyant de désert en désert

José retire sa lame doucement. Sans un regard pour moi, il s'éloigne pour toujours. Je n'ai pas bien vu son visage. Il ne m'a rien dit. Mon frère. Je ne vois plus personne alentour. Comment retrouver âme qui vive dans ces marais andalous ? On ne peut héler José Tomás. Il a choisi son retrait. Ce n'est pas moi qui pourrais le persuader de revenir. Mais j'ai vu quelques instants de son grand Art. Comment pourrais-je apprendre cela ? Je ne parle même pas la langue. Retourner à Sanlúcar, dans la ville elle-même. Je suis perdu. La nuit prochaine, peut-être. Mon taureau m'attend encore, je ne l'ai toujours pas rencontré. Je ramasse mon tissu rouge. Il me faudrait une épée. Je vais en acheter une, et attendre la nuit.

Je voudrais toujours demeurer à Sanlúcar, d'où j'écris sans rien y voir, sans rien savoir, d'où je lance des phrases comme des secousses d'étoffe, d'où je m'asperge de ces mouvements vains que je rêverais défi-nitifs, dans lesquels je m'enroule, m'absorbe, m'enivre, me complais, et maintenant m'efface.

> *De toile*
> *De sable*
> *De cuir saignant et de brocard*
> *Blason de l'opéra funèbre*
> *Quand le taureau retrouve la bauge de son ombre*
> *Écrasée comme lui sur le sol*
> *Fruit trop mûr becqueté par des oiseaux criards*[1]

*

Ce rêve, j'ai dû le faire parce que les arènes me manquaient, parce que je ne sais pas ce que j'y vais

1. Toutes les citations sont extraites de *Abanico para los toros*, ensemble de poèmes publiés dans *Haut Mal* de Michel Leiris (Gallimard, « Poésie », 1969).

chercher qui s'y rencontre rarement ; parce que les noms qui étoilent la tauromachie roulent dans mon esprit ; parce que j'aime le mouvement des capes et des étoffes, les regarder et les décrire ; parce que je regrette le *matador* José Tomás, dont le personnage, la manière de toréer, et jusqu'à la retraite, ont exercé sur moi, comme sur tant d'autres, une inlassable séduction esthétique. Et pour d'autres raisons qui m'échappent et sans doute me leurrent.

Il me paraît évident, relisant ce texte trois ans plus tard, que sous le masque de José Tomás, c'est mon frère qui s'est présenté à moi dans ce rêve. La retraite de ce grand matador *à la mélancolie souveraine désigne son suicide, et Sanlúcar de Barrameda, la région nocturne, indécise et dangereuse où je le retrouve et le reperds indéfiniment.*

Khlestakhov

Le rôle de Khlestakhov est entreposé bien sagement dans ma loge. Il occupe une part dans l'ombre de la penderie. Dans ma loge. Il est enfermé là-bas, pendu, dans le noir, et moi, je suis chez moi. Je n'ai plus rien à voir avec l'ombre du personnage de Khlestakhov entreposé là-bas, pendu.

Fierté. Le costume tout bonnement, à quoi se pend la fierté. Longtemps après les errements, les échecs et les émotions contradictoires, le costume est – finit par être – le corps dépouillé de mon orgueil, obligatoirement tu, qu'étouffe le silence enfermé dans la penderie de ma loge : l'orgueil de se croire un instant le digne comédien d'un rôle. Se dire : ça, je le joue bien, j'en suis content, je crois que c'est un peu cela, Khlestakhov, c'est ce que je fais de meilleur, j'aurai au moins fait cela, je peux encaisser des coups, maintenant, j'aurai au moins cela, qu'on ne pourra pas m'enlever, et qui dort suspendu à la veste rouge de mon costume.

Et le cintre, dans la penderie. Lorsque je prends ma veste dans la penderie, c'est le cintre que j'attrape. Je tiens alors ce cintre comme un *torero* sa *muleta*, et lentement, bras tendu, main basse, regardant au sol, pivotant sur moi-même, je fais quelques passes, avec un sérieux infini, veillant à ce que le mouvement soit ample, achevé. Je le fais également avec la veste du *Legs*, mais celle-ci est bleue.

C'est aussi, bien sûr, une démonstration d'orgueil, parfois même une fulguration d'orgueil, l'aveu d'une prétention sans exemple et qui claque du pied, comme à la fin d'une série brillante, le *torero*, furieux d'une fierté vengeresse après la peur, poitrail devant, cambré comme une femme lascive, exécute le *desplante*. Il me faut cela, d'un coup, dans ma loge, cette singerie ridicule pour libérer ces curieuses bouffées, ou flatulences, d'orgueil, qui exaspèrent mon corps de Khlestakhov. Et que j'aime ce nom. Khlestakhov. *Khlist*. Coup de fouet, je crois, en russe. En tout cas je l'ai lu. Schlak ! Et j'aimais me répéter cette phrase : *Le rôle de Khlestakhov est entreposé bien sagement dans ma loge.*

Le rôle de Khlestakhov repose dans l'ombre de la penderie de ma loge. Le rôle de Khlestakhov repose droit sur le cintre, dans l'ombre de l'armoire de ma loge. Le rôle de Khlestakhov, où je l'ai laissé la dernière fois, dans la penderie, costume vidé de mon corps, repose. Et sur le pied à perruque, bien sagement contre le fond blanc et nu des murs de ma loge, flamboie le petit amas décoiffé de cheveux roux, tous noués sur un filet délicat. Le rouge de la veste, dans le noir de la penderie, le roux des cheveux en désordre, dans le blanc de la pièce. Chez les accessoiristes se trouve ma canne de Khlestakhov. Chez les habilleuses, la cape et la casquette. Khlestakhov. *Matador de toro*. Ou toro lui-même, dont la corne frôle mon gilet. Il ne me manque que de saigner un peu. Le taureau Khlestakhov repose dans l'étable de ma loge. Le rôle de *matador* s'entrepose au fond de l'armoire de mon orgueil. J'ai enfermé à clef cette fièvre noire qu'il me faudra mettre en pièces. Assez paradé.

Grandes Espérances

Je regarde un point invisible, dix centimètres environ à côté de l'objectif, tenté, bien sûr, de plonger mon œil dans l'œil noir de la caméra qui me fixe. Silence partout. Seul s'entend le petit bourdon de la pellicule dans le moteur. Pas de dialogue dans ce plan. On filme ma réaction à une scène précédemment tournée. Mon visage. Ma physionomie. Mon expression. À cette épaisseur de peau et de chair, je n'imprime aucun mouvement ; à cette surface luisante et lasse, aucune pensée ne remonte. Je ne fais rien. Crois ne rien faire.

J'entends des étouffements. Un nez qui se pince. Je perçois une hilarité grandissante autour de moi. Un à un, pour ne pas me déconcentrer sans doute, les techniciens me dérobent leur visage. Les épaules du cadreur tremblent. Son assistante me tourne le dos. Pris de fou rire, lui aussi, le réalisateur laisse tourner le moteur au-delà du temps nécessaire. Il me gobe des yeux, tout heureux, je le sens, de m'avoir dans son film, de s'en payer et remettre une bonne tranche. Ça repart de plus belle. J'en ai assez. On continue. Mes expressions – je dois en avoir plusieurs, et de fameuses, pour susciter un tel chahut – se succèdent et font mouche.

Je suis donc un acteur comique. Mon registre relève indiscutablement de ce genre. Je l'infère du peu d'effort que me coûte ce plan. Je ne fais rien, me contiens, demeure obstinément, farouchement, en dessous de la ligne du burlesque ; et pourtant ça marche. Je sens que l'on aimerait maintenant que j'en fasse un peu plus, que je me lâche ; quelque chose en moi refuse de s'abandonner au courant de sympathie et d'hilarité ; la pression est forte ; je suis à deux doigts de céder : faire le bouffon, sortir la grosse artillerie, jouer de la grosse caisse ; qu'on en finisse. Je résiste. Le réalisateur s'obstine. Il veut du délire, de l'excès. Me sent chaud pour le gros numéro. Réclame la grimace. Je contracte mes traits, amoindris la bulle de mes yeux, tords ma lèvre supérieure, me crois enfin débarrassé de toute expression. Ça tourne toujours. Je dois rêver ; ou quelque chose dans mon dos a dû se produire, qui rend la scène irrésistible. Je m'abandonne. On coupe. « T'en as fait des tonnes, mais c'est super. » Je croyais faire partie de la caste des comiques fins et spirituels qui font rire en douceur, malgré eux. Acteurs très prisés, à mi-distance du cinéma commercial et du cinéma d'auteur, ils profitent des deux : très sobres dans le premier, ils déboulent pleins de verve et de fantaisie dans l'univers distingué du second. Faute de prudence, j'ai pris pour une œuvre du second genre un scénario qui relevait du premier : me voici pitre de luxe dans une bluette.

Quelques jours plus tard, dans une petite ville du Sud-Ouest, je tourne une scène presque nu. Toute la journée. J'avais mal lu mon rôle. Et la scène, de nuit, se poursuit dehors. Toujours à peu près nu. Je cherche une ruse pour m'éviter l'humiliation au milieu des badauds. Et si Marius, mon personnage, s'emparait du pantalon de survêtement que Max ne pouvait pas ne pas avoir laissé dans l'entrée, dès lors qu'il venait de posséder Albine à cet endroit précis (qu'est-ce qui m'a pris d'accepter ce film ? Pensais-je être si bien payé ? Que lisais-je d'autre à ce moment-là ?), et sortait en enfilant maladroitement le pantalon, ce qui pouvait être drôle, d'autant que le pantalon est forcément trop grand puisque Max a trois têtes de plus que moi ? Je suis prêt à tout pour ne pas tourner la séquence. Le réalisateur, immense, très costaud, fait la moue, regarde au plafond, plisse des yeux, soupire, commence une phrase, l'interrompt, réfléchit, esquisse un geste, marche un peu, s'éloigne, revient : « Non. » Il le dit si mollement, si faiblement, si pauvrement, que je crois pouvoir le convaincre encore. J'attaque ce pan-là du scénario. Non sans violence, j'argumente contre les deux écueils patents : lourdeur et prévisibilité. Le comique ne doit pas s'obtenir par les moyens éculés du boulevard, surtout dans la partie *poétique* du film – j'ai hasardé le mot et retenu aussitôt son attention intermittente et douloureuse : je lui fais de plus en plus de peine –, qui déséquilibrerait alors fort maladroitement l'onirisme de la fin. Il baisse la tête, plein d'un vaste et nouveau souci. Son assistant vient nous demander de reprendre le travail. L'équipe s'est démobilisée. L'entretien se déroule au milieu même de la pièce où nous tournons, parmi les câbles et les projecteurs, devant tout le monde. Je regrette de publier ainsi mon désaccord, balaye d'un coup mes propres objections, et l'assure de tourner ce qu'il voudra tourner. Il est infiniment perplexe. Sa voix est asséchée par la peine et les réflexions contradictoires qui parcourent son cerveau. J'ai durement, semble-t-il, endommagé sa confiance, altéré sa gaieté de tout à l'heure. Sa bonhomie souffre d'une situation si opposée à son caractère conciliant, qui ne trouve pas de moyen terme. Brusquement, hystériquement, il ordonne le silence. Qui régnait déjà, hostile et pesant. Je ne sais si l'équipe en veut à moi qui discute, ou à lui qui ne sait s'imposer. Nous tournons quelques plans, la tête ailleurs. Presque nu jusqu'au soir, même entre les prises, j'erre dans les diverses pièces de l'appartement envahi de caisses, de meubles déplacés et entassés, comme si j'étais là depuis des semaines, bourru et négligent. Je furète, ouvre des livres, m'allonge sur un lit, en attendant la piètre fin de journée.

*

Le lendemain, je suis sur un autre tournage, dans une villa de milliardaire. Film, budget, décors, machinerie, acteurs, techniciens, tout impose, pèse, écrase. Des monstres sacrés rôdent dans les immenses couloirs, comme de grands fauves au repos. Les ordres se donnent silencieusement ; non, ils sont toujours déjà donnés : dans les contrats, et les mille avenants qui ont dû se conclure bien avant le tournage. Chacun semble observer une règle stricte et implicite, logée jusque dans les sourires, les objets, les accents des comédiens. Il en va de même pour moi, qui ne me reconnais pas d'un jour à l'autre, si discipliné, si aimable, si discret aujourd'hui. Sans un regard pour les figurants, aux vedettes je glisse, sans flagornerie excessive, sans empressement, sur un ton presque froid, quelques compliments qui m'achètent leur bienveillance et ma tranquillité. Parfaitement haïssable, je me range à tous les avis, indications, suggestions et blagues du metteur en scène. Mon rôle est conséquent sans être de tout premier plan, mais je peux fort bien tirer mon épingle du jeu ; j'ai des scènes drôles, et des scènes émouvantes. Nous tournons ce matin une scène émouvante, mais simple. Persuadé qu'il m'en coûtera peu, sachant mon texte *au rasoir* –, un point d'honneur chez les comédiens dits de théâtre, ne serait-ce que pour en remontrer aux acteurs dits de cinéma – j'attends mon heure en lisant *Les Grandes Espérances* de Charles Dickens, dont les dernières pages me bouleversent : *Car la tendresse de Joe était si merveilleusement proportionnée à mes besoins que je me trouvais comme un enfant entre ses mains. Il s'asseyait à côté de mon lit et me parlait avec son ancienne confiance, son ancienne simplicité, son ancien air protecteur sans prétention, et il me semblait que toute la vie que j'avais menée depuis les jours de la vieille cuisine n'était qu'un phantasme de la fièvre disparue.* Je m'isole pour lire au calme. Pip, malade, est revenu auprès des marais qui l'ont vu grandir. Sa fortune est faite mais ses espérances sont mortes. Son vieil ami Joe, dont il moquait jadis la balourdise, le soigne, avec toute l'ancienne et primitive affection dont il n'a jamais cessé de vouloir l'entourer. *Joe monta à côté de moi et nous roulâmes ensemble dans la campagne où tous les fastes de l'été paraient les arbres, où toutes les senteurs de l'été parfumaient l'air.* Je m'interromps, lève la tête, écoute un instant et vais dans le grand séjour où se prépare la séquence qui me concerne. L'affairement est paisible. Nul ne me cherche. Les producteurs conversent avec Keller, le réalisateur. Les stars sont à l'étage. Un sourire : une jeune assistante me propose un gâteau, un café, un verre d'eau, quelque chose ? Je décline et retourne à ma page. *Une autre chose chez Joe que je ne saisis pas tout de suite, mais que je compris peu à peu pour mon chagrin, c'est qu'il devenait moins à l'aise avec moi à mesure que mes forces et ma santé revenaient.* La distance sociale, retrouvée à mesure que Pip se rétablit, détruit toute illusion d'un retour à la tendresse familière d'autrefois. Dans les dernières pages, Pip ne cesse de faire, à chaque retrouvaille, la cruelle expérience de la plus totale dilution de ses espérances. Estella, son premier amour, a manqué sa vie et, ruinée, s'apprête à vendre le terrain. Les deux héros se donnent la main. Leur amour définitivement hors de saison, ils se jurent mutuellement, dans l'amertume et la mélancolie, une éternelle amitié. « *Nous sommes amis, dis-je en me levant et en me penchant sur elle comme elle se levait du banc. – Et nous resterons amis une fois séparés, dit Estella.* » Je me laisse lentement submerger par une émotion qui, affluant au visage, m'empourpre, me donne la fièvre. Le souvenir des riches heures de ma lecture, enfin parvenue à son terme, suscite un réel sentiment de deuil. Une vie entière se trouvant enclose dans ces *Grandes Espérances*, de l'enfance à la vieillesse, j'éprouve l'immense nostalgie d'une époque révolue – aussi bien celle de l'histoire elle-même que celle de ma lecture – dans laquelle je me suis passionnément engagé, et dont plus rien ne reste. Je fus si fortement Pip, l'orphelin Pip, qu'au moment de fermer le livre je suis tout à fait perdu. Dans mes mains, le volume fatigué, taché, annoté contient encore tant de vivantes sensations ! Tout m'est familier, typographie, style, épaisseur et saveur des pages. Impression déboussolante d'être plus présent dans le monde de Dickens que dans celui de ce tournage, où je dois absolument reprendre pied.

Je retourne aux abords du plateau. La séquence précédente vient de finir. Je croise le regard de Keller – qui m'intimide. « À nous », dit-il, sans un sourire, un fond de lassitude dans la voix.

Moi qui comptais encore sur une bonne demi-heure

de battement avant la scène, je constate que les lumières sont déjà en place, le décor nettoyé, la caméra prête. Nous répétons. Ma femme et moi nous sommes encore une fois longuement disputés. Elle s'est enfermée avec notre fils dans la salle de bain. Devant la porte close, avouant le ratage total de mon existence, j'accepte mes torts, je leur dis tout mon amour. La déclaration se doit d'être, bien qu'habituelle, sincère et désespérée. Keller insiste plusieurs fois sur le mot *sincère*. « Allez-y mécaniquement, ne vous épuisez pas, préservez votre émotion ! Surtout toi ! », m'adresse-t-il, supposant peut-être que ma réserve étant limitée, je devrais en faire davantage provision. J'aime profiter de ces *mécaniques*, dont le réalisateur, plus attentif aux aspects techniques, n'attend pas *a priori* de résultat, pour jouer quand même, en toute liberté. Je me mets en route en douceur, me teste, vérifie discrètement, aux réactions de Keller qui, me guignant du coin de l'œil, se montre plus vigilant qu'il ne le laisse croire, si lui et moi sommes en phase.

Après quelques-unes de ces répétitions formelles, je crains qu'aujourd'hui nous ne le soyons guère.

Les acteurs supportent mal qu'on doute de leur sincérité dans le jeu. Tous sont *sincères*, à moins d'être des escrocs. Même le plus mauvais, au moment où il parle le plus faux, est *sincère*. Il se peut qu'il soit lui-même profondément ému. La question n'est pas là. S'il n'est pas dans le ton juste, sa bonne volonté n'est pas en cause. Ce n'est pas en lui demandant d'être *sincère* qu'on le rend meilleur, bien au contraire. On l'humilie, on lui ôte tout pouvoir de s'améliorer ; l'indication n'a pour lui pas plus de sens que si on lui demandait soudainement de changer de tête.

Querelle inutile de mots. Pour l'heure, je sais pertinemment ce qui ne va pas : je suis *nul*. Malgré ma furieuse envie d'ouvrir un vaste débat, quitte à perdre un temps considérable, et de renverser la sotte mythologie de la *sincérité* devant toute une équipe de cinéma, acteurs et techniciens au complet – à l'instant même de tourner un plan assez ordinaire au demeurant, auquel chacun s'active avec décontraction –, je réprime cependant ma pulsion. Je me conforme aux injonctions de Keller, tout en réprouvant une si pitoyable philosophie. Cinq prises s'enchaînent et n'aboutissent pas. Je m'entends dire à chaque fois la même chose : je suis faux, je *chante*, sans émotion ni *sincérité*. « Il ne se passe rien, rien, rien », conclut trois fois Keller, cherchant à me piquer.

J'encaisse le coup. Plus aucun cœur à sortir mon plaidoyer. Il se fait un silence des plus lourds dont je suis le lest. Des années que cela ne m'était pas arrivé. On me propose de sortir au jardin quelques minutes, le temps de boire un petit café. « Non ! » Je refuse sèchement, et demande plutôt à revoir deux des prises manquées. Keller tapote nerveusement le petit écran de contrôle, à mon intention : « Tu vois, c'est là, tu *chantes* sur la finale, là, là, tu vois ? Hein ? Tu vois ? Tu es d'accord ? – Je suis d'accord. – On y retourne. » Nous y retournons. « Pas d'émotion ! » C'est moi qui ai lancé l'expression honnie, en manière de fustigation masochiste, dont j'espère recueillir le fruit d'une bien-veillance générale. J'irais même jusqu'à réclamer de la pitié, comme en un jour d'exécution. Cette comparaison soudaine m'émeut violemment. Je me recharge.

Pitié. Ma nuque rasée, on a déchiré le col de ma chemise de condamné. J'avance dans le petit matin. Quelle bêtise ! La métaphore m'abandonne par trop de pittoresque. Mes yeux tombent sur le livre de Dickens que j'avais oublié sur un cube, à deux pas de Keller.

Je le rouvre mentalement. *Car la tendresse de Joe était si merveilleusement proportionnée à mes besoins que je me trouvais comme un enfant entre ses mains.* « On y retourne ? » Keller m'arrache à Joe. Sans succès.

Si je pouvais pleurer ! Je n'ai jamais su pleurer. Pour y parvenir autrefois, j'essayais – avec une impossible discrétion –, écarquillant les yeux, bloquant les paupières, de provoquer un rougissement rapide de la cornée ainsi asséchée. Voilà qui pouvait passer, espérais-je, pour un assez bon simulacre de larme. De mes mains, je me faisais des œillères, jusqu'à l'apparition des premières rougeurs, qui entraînaient alors de violents picotements auxquels succédaient de frénétiques et irrépressibles battements de paupière. Loin d'atteindre l'effet escompté, l'attitude si bizarre que me faisait prendre ce cérémonial difficile à masquer et, de ce fait, incompréhensible ne manquait pas de m'attirer questions embarrassées, critiques ouvertes ou sévères moqueries, dès que se trouvait percé à jour le but de ma manœuvre.

J'ai idée d'un petit stratagème. Introduire une cassure dans la phrase, comme fait un sanglot dans la voix. Je reprends mon dialogue en tâchant d'y placer ce petit effet. La ficelle est trop grosse. Moi qui n'aime guère les manœuvres suggestives pour se faire pleurer, comme on se fait vomir, je fouille sans vergogne mon lot de peines, de deuils, de déceptions. Du plus lointain passé, quelques chagrins d'enfance émergent, à la demande : trop secs et trop polis par le temps. J'en viens, en désespoir de cause, toute honte bue, à la mort de mon frère. Mais les larmes sont si loin. Je ne l'ai jamais pleuré depuis. Le calme de la tombe où il repose, entre les autres tombes, borde et allège mon souvenir : jamais la douleur diffuse du deuil n'outrepasse cette frontière tracée entre mémoire et chagrin.

En pleine prise, sans raison, des larmes qu'on n'attendait plus rougissent mes yeux. La fatigue, probablement. « Mais personne ne te demande de pleurer ! C'est pas vrai, ça ! » Keller est décidé à en finir. On y retourne.

De gros nuages se sont interposés aux fenêtres. Il faut corriger la lumière. Dans le jardin, un monstre sacré, attendant paisiblement auprès d'un élégant massif la prochaine séquence, me dit qu'il m'aime bien.

On me rappelle. J'y vais le cœur léger. Une, deux prises. Keller déclare être satisfait. Ce n'était qu'un petit blocage, voilà tout. L'interruption du plan, due à la rectification d'éclairage, a été salutaire. Nous nous serrons la main. « Moi aussi, j'ai adoré *Les Grandes Espérances* », me glisse-t-il, me souriant pour la première fois.

Un rêve de janvier

Éric – mon frère disparu – fait du théâtre. Dans un lieu décrépit et minuscule où l'on donne, semble-t-il, simultanément plusieurs spectacles, il *joue*. Sur l'une de ces scènes miteuses, qui me fait déjà peine pour lui, il *joue Dom Juan*. On s'assoit – maigre public – sur de grosses marches inconfortables, tandis qu'il *joue* en contrebas. Tout l'espace est noir. Il *joue* de malchance : la représentation est interrompue. J'en ignore la raison. À peine a-t-il commencé à *jouer*. Je craignais beaucoup d'aller le voir, qu'il ne fût pas à la hauteur, et que mon regard le blessât. Mais, dans ces conditions, je ne peux guère le juger. Pendant l'interruption, une de ses amies se montre très dure envers lui, sans doute pour m'éprouver : croyant prévenir mon avis, elle se fait plus sévère pour m'obliger à le défendre. Elle lui reproche un détail : de ne pas bien prononcer les « a ». Je n'avais pas remarqué. Je l'ai encore à peine vu *jouer*.

Je ne sais qu'en penser parce que tout cela me rend trop triste. Sa tentative de faire du théâtre. *Jouer Dom Juan* dans un lieu si désolé. *Jouer* de malchance. Devant si peu de monde. Alors, en face de cette amie d'Éric, je me tais. Je veux le revoir. Je crains qu'il ne puisse m'apercevoir dans les gradins, que cela le gêne et lui fasse perdre ses moyens. En réfléchissant un peu, je

271

me dis que je l'ai trouvé *naturel*. Je suis enchanté de l'épithète. Mon frère est *naturel*. Le spectacle reprend. Aussitôt je constate qu'il manque de force, d'énergie. Sa mélancolie est trop visible et trop constante. Son regard est d'une insoutenable tristesse, qui me fait enrager. Nouvelle malchance : nouvelle interruption. Dans la cour minuscule, je retrouve mon plus jeune frère, Laurent. Il me rappelle que nous avions prévu d'enchaîner sur un autre spectacle, donné par deux personnes âgées que nous connaissons bien, qui se préparent déjà – nous les voyons –, ils nous saluent avec bonhomie. Dans la cour, ils vont *jouer*, avec une petite brouette pour tout décor, sur laquelle sont inscrits les titres de différentes saynètes. Tout cela est impeccablement précis, éprouvé, calculé. Ils *tournent* ce spectacle depuis des lustres.

Éric devrait maintenant reprendre. Laurent préfère suivre la pièce que *jouent* les vieux. Ils nous ont vus, il faut honorer leur invitation. Je devine aussi que le spectacle d'Éric lui est trop pénible, infiniment trop pénible. Lors de la première interruption, il pleurait.

Je retourne dans le petit théâtre tout noir. On a recommencé à *jouer*. Une vive angoisse me noue le ventre. Je me rends compte que je n'ai pas adressé la parole à Éric pendant l'interruption. Et pourtant je le voyais, j'aurais pu franchir la petite distance qui nous séparait et ne pas le laisser fumer en silence ; il a dû s'imaginer que c'était par désintérêt, désapprobation, mépris. Pourvu que non. Je me glisse dans la salle en tâchant de ne pas me faire voir et qu'il puisse *jouer* comme si je n'étais pas là. Pourvu que non. Je crains que le mal ne soit fait.

Toujours ce *naturel*. Cette *prestance*. (Les mots que je trouve m'enchantent, et leur banalité m'indiffère ; je les investis d'une si éclatante précision qu'ils ont un sens nouveau, que leur confère tout entier l'être *noble* de mon frère.) Et cependant si peu de force. Exténué. C'est une énergie qui semble couler comme une eau qui se répand et se perd. La mélancolie fige son visage, altère ses paroles, accable son inflexion. Et pourtant ce *port*, cette *noblesse*. J'aime comme ces mots reviennent le prendre dans leur belle toile, belle et immémoriale, et l'arrachent à mes désolantes impressions, à ma pitié. Vrai, beau, *noble* Dom Juan.

Non, je ne sais que penser. Tout cela me rend décidément trop triste et je voudrais en finir.

Une nouvelle interruption survient. Ce n'est pas possible. Ma colère me donne une suée soudaine, très abondante. Les rares spectateurs vont se décourager avec ces multiples retardements. Mon indignation baigne dans son jus, inefficace. Cette fois, ce sont des pompiers qui ont fait irruption dans la salle et sur la scène. Il faut évacuer. Éric s'arrête, sans déception ni colère apparente, ne dit rien – pas le moindre regard vers la salle – et disparaît en coulisse. Vais-je le voir ? Je sors en nage au grand jour étouffant.

Le rêve devient vague. Je suis presque éveillé. Je pilote moi-même, du haut du ciel, les événements.

Je le retrouve et lui parle et le félicite, sans parvenir à trouver ni la force, ni la conviction nécessaire, ni même une syntaxe correcte. Je cherche les mots, les phrases, les constructions. Écoute-t-il mon bégaiement ? Son visage est ailleurs. Il croit comprendre qu'il n'est pas au niveau, que sa tentative de faire du théâtre est vouée à l'échec. « Non ! Ce n'est pas ce que je te dis ! » Je combats mon pessimisme – et le sien – par une irruption de fureur que je regrette aussitôt. Et en

273

plus, cette malchance. Je l'ai à peine vu *jouer*. Ses amis sont durs avec lui. Je peux me retrancher derrière cela : je l'ai vu *jouer* si peu. Comment me ferais-je une idée ? Il n'a pas *joué*. Il n'a pas pu *jouer*. Ce sera pour une prochaine fois. Je dis cela, pense cela, sans la moindre conviction. Je le dis à voix haute précisément par manque absolu de conviction.

Je ne suis pas sûr de lui parler. C'est un remords que j'ai, qui me fait lui parler *a posteriori*, tandis que je suis maintenant tout à fait éveillé.

En fait, si mon souvenir est exact, dans mon rêve, à la sortie, je l'ai perdu de vue.

*

J'ai voulu lui dérober mon embarras. Ce n'était pas le signe d'une désapprobation, ou d'une condamnation de son talent, mais le masque de mon intenable tristesse, parce que cette tristesse, c'était la certitude de sa mort.

À la place du verbe *jouer*, il faudrait sans doute lire le verbe *vivre*.

Dans *La Forêt*

Nous sommes revenus hier de Moscou, après en avoir fini avec La Forêt *d'Alexandre Ostrovski, que nous aurons jouée, en trois séries, pendant deux ans. Le public français vint nombreux la première année, moins la seconde, mais accueillit toujours le spectacle avec une immense ferveur. La critique fut excellente, applaudissant en Garine l'un des plus grands maîtres de la scène mondiale. Au Théâtre d'Art de Moscou, on afficha complet chaque soir. Un public large, populaire et enthousiaste se pressait aux portes du théâtre, achetant même des places au marché noir. Ce fut un triomphe, même si plusieurs journalistes moscovites ont attaqué Garine. La Comédie-Française retrouvait le faste de ses plus prestigieuses tournées.*

J'ai salué Garine, pour la dernière fois, au téléphone. J'étais si ému que je ne lui ai presque rien dit. J'entendais assez mal sa voix au demeurant fatiguée. Nous parlions dans un pauvre anglais. « Goodbye ! Thank you for everything ! – I hope to see you again ! », etc. Ainsi finissait une histoire qui marquera pour toujours ma vie d'acteur. Je sais que je n'en connaîtrai d'autre que rarement. Encore sous le coup de l'émotion considérable que ne manque pas de susciter la fin d'un spectacle aimé, couronné de succès, fin célébrée dans l'ambiance russe qui plus est – chants, vodka, embrassades –, j'exagère peut-être mes impressions. Je voudrais me souvenir de tout, me projeter le film de cette aventure, cherchant moins la preuve que la saveur de cette rare sensation d'achèvement.

I

Dans la salle froide commence la répétition. C'est le premier jour. Garine parle en maître. De foi, d'amour, de musique, de l'hiver, du théâtre, de son cher Ostrovski, du travail, de la peine, du peu de temps qui nous est donné pour répéter. Il s'emporte parfois. L'art dramatique est l'art de la vie. J'ai mal compris sans doute. N'a-t-il pas voulu dire plus simplement : un art de vivre ? C'est un problème de traduction. L'interprète est une petite femme qui parle vivement sitôt qu'il laisse un suspens. Garine ne paraît pas heureux de son discours, pressentant peut-être qu'il n'a pas réussi d'emblée à gagner notre attention. Il en termine brutalement avec les considérations générales. Comment passerons-nous de la table à la scène. Et retourner de la scène à la table. La tête et les fesses. Les fesses doivent souvent retrouver le contact de la chaise pour refaire travailler la tête.

Granger n'écoute plus un mot : il apprend quelques lignes de son rôle ; je le vois à ses lèvres qui remuent doucement. Worms essuie longuement l'intérieur de ses lunettes. Courant d'air froid. Mugissement de la soufflerie. Les lumières sont pâles et hostiles. L'hiver, plus sec aujourd'hui, passe par tous les interstices de l'immense salle de répétition. Le décor installé m'intrigue. En l'air flottent des parapluies ouverts, toiles en bas, garnis de faux feuillage. Une maison, dont les murs sont transparents, occupe le centre du plateau. Partout des souches d'arbres de tailles variées. A-t-il perçu ma rêverie ? Toujours est-il que Garine précise quelques exigences quant à la disponibilité des acteurs. Nous comprenons qu'elle doit être totale. Seules quelques petites absences, demandées par écrit et légitimées par la signature de l'administrateur, seront tolérées. Regards des uns vers les autres, qui convergent vers l'assistante. Beaucoup d'entre nous, sur ce point, vont attendre impatiemment la première pause pour présenter leurs premières doléances. Garine a compris qu'il valait mieux pour l'instant ne pas insister là-dessus, et retourne à un discours plus général sur l'œuvre. À l'écoute de ce discours inaugural, commencé maintenant depuis deux heures, j'ai l'impression d'être un élève entrant dans une nouvelle école, dont les règles, les traditions, la légende nous sont patiemment exposées. Dans les mains de Garine, le livre d'Ostrovski est usé, prêt à partir en feuilles désunies. Jusqu'au dernier jour, il l'aura sous les yeux.

Les personnages. Il commence par les plus secondaires. À chacun son histoire, sa biographie. Avec le sens du moindre détail, plein d'affection pour ces figures qu'il paraît côtoyer depuis très longtemps, il raconte des vies entières sans jamais paraître les inventer. Pleinement rassurés par cette délicate intention – on prend rarement tant de soin à présenter les petits rôles –, leurs interprètes, sourire béat, se laissent gagner par le charme puissant et stratégique de Garine.

Controverse sur une expression qui déchaîne les rires : vaut-il mieux dire « bayer aux corneilles » ou « se tourner les pouces » ? Le traducteur explique son choix, mais se montre ouvert à toute modification. Des questions d'étymologie surgissent, certains avouent leur ignorance, leur indifférence, parlent d'autre chose, évoquent un souvenir. La main du Maître retombe bruyamment sur la table et coupe court à ce babil. Ressentir la perspective de chaque rôle. La mémoire du texte est moins dans la tête que dans le regard de l'autre. Écouter ses camarades. Écouter. Sait-on ce que cela veut dire ? Le sait-on ? Garine se lève, s'emporte. Reconnaître, ressentir, comprendre et construire l'action de l'âme ! De l'âme physique, nerveuse, instinctive ! Silence. Puis il reprend, avec force, un passage du rôle de Talbot. Garine, jouant, est prodigieux. Magnifiques ruptures dans le phrasé. Sa malice étincelle autant que sa virtuosité. Il s'arrête net, fixe l'un de nous. Œil de feu. Je ne suis pas tout à fait dupe de ce faste rhétorique, mais ne peux échapper à son charme. Il coupe toute une tirade, d'un trait, à la grande surprise de Talbot qui se voyait déjà jouer triomphalement ce morceau si bien indiqué par le Maître. Rien à faire. Sans lever les yeux de son livre où il raye les lignes au stylo rouge, Garine s'excuse à voix douce : il craint que le spectacle ne fasse quatre heures à l'arrivée.

À la pause, yeux mi-clos, teint livide, traits tendus, épuisé, il est près de s'effondrer. Un homme malade, qui n'en aurait plus pour longtemps.

*

À Moscou, nous n'éprouvions plus les multiples inquiétudes que son état de santé avait à tout moment soulevé dans les premières semaines de répétition. Nous connaissions une fois pour toutes cette étrange santé intermittente, qui le faisait apparaître, disparaître, d'un instant à l'autre, sans transition ni annonce, s'endormir et se réveiller, blêmir et s'échauffer, sans cesse nous délaissant et nous revenant par surprise.

*

Nous commençons la lecture. Garine, non sans humour ni délicatesse, mais avec fermeté, interrompt systématiquement les acteurs. « Vous dites cela comme si vous étiez à la fin de la pièce. Recommencez ! » Granger ouvre à peine la bouche. « Non, non, non ! » Etc. Il parle beaucoup d'intonation : « *Intanazia.* » Jamais la bonne. Ordinairement, nous répugnons à entendre ce mot d'intonation. Nous ne sommes pas des moutons que l'on dirige, en nous mâchant le travail, à l'intonation. Mais, en russe, le mot ne nous offusque pas. Nous le respectons. Cherchons la juste *intanazia*, comme une certaine note, rare, musicale. Garine parle d'un silence de soprano, d'un silence de basse, de *legato*.

L'emprise du Maître est maintenant totale. Éblouissant, il joue tous les rôles, chante, cavale, tonne, chuchote, vitupère, et s'arrête – silence de ténor – et repart. Il se carre devant Talbot, le considère longuement, s'enflamme – on croit qu'il va le battre –, le serre furieusement dans ses bras, lui parle à l'oreille et lui claque un baiser sur le front. La traductrice court derrière lui, se colle pour l'entendre ; il la repousse ; ne se décourageant pas, elle recolle, traduit très vite, se tait sous le feu de son regard qui lui intime le silence. Il s'écarte, va seul dans le décor et danse. Elle le suit encore et traduit, traduit, cependant qu'il psalmodie quelque chose qu'elle-même finit par ne plus comprendre. Il a réussi à la semer. On ne le voit plus, disparu derrière un rideau. Des rires fusent. Le revoici, en trombe. À la fin de ce carnaval à une voix, tandis qu'il a tout joué, il conclut par un « Vous êtes d'accord ? » qui ne souffre qu'un acquiescement béat, définitif : nous sommes embarqués.

À Granger, il demande une intonation tout à fait chantante : « Madame qui arri-i-ve » ; à Martel, un long, vibrant, nostalgique et déchirant accent sur le nom du vieux serviteur, Karp, qu'il devra toujours appeler ainsi, puisant le mot du fond de sa poitrine, buste en arrière, tête renversée, l'expulsant de toute la puissance de son organe, le déployant dans l'espace, l'étirant démesurément jusqu'à complète extinction du souffle sur la lettre finale, imitant même le *pop* d'un bouchon de champagne : « KaaaaaarP ! » Chacun s'emploie, sans demander raison, à chanter les syllabes. L'effet, d'abord, semble un peu curieux. Je m'y essaye aussi, comme je soufflerais dans un instrument qui n'est pas le mien, et dont je n'ai pas à jouer. On entend dans la salle quantité de notes de ce genre, tantôt fausses, tantôt presque justes. Toujours timides et fluettes. « Mnia ! » : c'est ainsi que Madame Gourmijskaïa (rôle tenu par Thomsen) doit ponctuer quantité de répliques, comme un tic de langue qui signifie, selon l'*intanazia*, l'approbation ou la désapprobation, la surprise, le désir, la haine. Tout le rôle est contenu dans cette onomatopée. Garine ne justifie point son choix : c'est ainsi. Selon le même principe d'autorité, il coupe dans le texte, déplace des répliques, en invente d'autres, modifie le scénario de la pièce. Ostrovski aurait fait la même chose, nous dit-il. Nul ne songe à le contredire sur ce point. « Mnia. » J'aime beaucoup répéter ce *mnia*. Une journée durant, je m'en repais. « Mnia ! » Thomsen m'entend. Je dois l'agacer tandis qu'elle s'y risque avec prudence. « Mnia ! KaaaaaarP ! Madame qui arri-i-ve ! »

Vanhove rougit de plaisir au portrait que Garine brosse de son personnage, avec une intensité de couleurs et d'accents, de gestes et de suspens qui promet un triomphe sur mesure. Titre de ce portrait improvisé dans l'instant : *Le Destin offensé d'un guerrier*. Chacun reçoit son personnage comme un enfant son cadeau. Ravi, confus, modeste. « Tu seras génial », ne peut s'empêcher de lui dire Thomsen, débordante d'enthousiasme lorsqu'il s'agit des autres personnages, et soudain si inquiète, si retenue, si gauche, quand on en vient au sien. Garine se livre alors à un grand numéro comique pour apaiser et noyer les réticences.

Comme Strehler, dont Vitez aimait à dire que la voix, recouvrant le spectacle tout au long des répétitions, ne cessait de se faire entendre qu'au lever du premier rideau, je sais que Garine nous enveloppera toujours de sa voix, nous coupera à tout instant, s'échauffera, grondera, nous embrassera, fervent, fou, épuisé à défaillir, et nous quittera dans les larmes. Nos larmes.

Il est dans la nature du théâtre. Dans le théâtre comme en sa forêt même. Une nature dans la nature du théâtre. Taillé dans le bois de cette forêt de théâtre. Le théâtre est le bois dont il se chauffe, l'asile où il demeure, comme en sa nature même.

*

La salle du Théâtre d'Art est toute en bois clair, fauteuils, balcons ; les rideaux sont verdâtres, La Forêt dans la forêt.

Lecture interminable et hachée. Chacun hésite devant sa réplique, la lit faiblement, un œil vers le Maître, attendant qu'il reprenne et donne le ton lui-même. La note. L'effet parfois est si foudroyant que la réplique, le personnage, la pièce même semblent se dresser devant nous. Il pourrait la jouer seul. En quelques secondes, l'un ou l'autre d'entre nous se montre meilleur qu'il ne l'a jamais été, en se contentant de reproduire l'intention donnée par Garine, sans même se soucier de la comprendre. Grande beauté des ruptures. Plus les situations deviennent denses, plus elles gagnent en clarté et en subtilité. Résultat souvent difficile à obtenir au théâtre.

Le froid a gagné toute la salle. Pendant que nous enfilons nos manteaux, resserrons nos écharpes, Garine, debout, en bras de chemise, raconte l'hiver russe.

On se chamaille un peu sur les ajustements de traduction. Thomsen a toujours un argument dramaturgique pour ne se rien laisser couper, et trouve parfaitement justifié qu'on enlève des tirades entières à ses partenaires, qui s'en agacent naturellement. On s'y perd ; Garine lui-même s'enlise et finit par se taire, ne comprenant plus ce que la traductrice, prise dans le tumulte général, ne peut plus lui traduire. Le regard embué, il s'affaisse un peu sur sa chaise et paraît s'endormir. Thomsen présente plusieurs doléances, propose quantité de changements, et prend le silence du Maître pour une approbation. La journée finit en bavardages : ne parvenant pas à surmonter sa fatigue, Garine laisse les propos des uns anéantir les propos des autres, ne dit presque plus rien, sinon que le temps nous manquera sans doute.

J'ai sérieusement pensé, pendant plusieurs longues minutes, qu'il allait mourir, là, sous nos yeux. Verdâtre, les yeux vides, visage tiré comme une chose de cire, il a laissé retomber sa tête sur sa poitrine et, perdant l'équilibre, il serait tombé comme une masse si nous ne l'avions retenu.

*

Il demande à Talbot de se servir de l'écho de sa propre voix. Milonov est un personnage qui s'écoute si bien parler qu'il est le premier à tomber sous son propre charme.

*

J'aime les rapports que Garine établit entre les Vosmibratov, joués par Clairval et Leitner : le père dresse son grand fils, successeur désigné à la tête des affaires. Il le bat et l'adore. Le mouche et l'embrasse. Ils entrent en musique selon une chorégraphie qui les unit en un seul corps. La musique cesse. Le père, de son fouet, ordonne au fils de s'asseoir, le fait immédiatement se relever, puis rasseoir, puis relever. Autorité dérisoire qui veut en imposer à la maîtresse de maison à laquelle il achète la forêt, en espérant l'obtenir à vil prix. La violente amertume du père Vosmibratov, accumulée et réprimée dans la transaction, la tension furieuse et humiliée qui en résulte, se libèrent et se déversent sur le fils, seule personne présente qui ne lui soit pas socialement supérieure.

Garine met en scène ce passage très rapidement,

avec une précision définitive. Il n'y changera plus rien, tout en affirmant qu'il peut, d'un jour à l'autre, tout bouleverser.

*

L'*énergie d'égarement* : faculté, dans le langage de Garine, de quitter le moment présent, de se retirer en soi-même, de divaguer, tout en donnant l'impression de pouvoir reprendre incessamment le dialogue, comme s'il ne s'était rien passé. C'est un suspens actif, tendu, long ou court, qui donne au jeu son caractère instable et syncopé. Il colore et sous-tend l'ensemble. Il ne s'agit pas nécessairement d'un silence prolongé, d'une apnée systématique dans la diction du texte. Rien de tout à fait prévisible, de tout à fait descriptible : ce peut être un rire, un sanglot, un grognement, une note de musique, un geste, une réaction (entendant un coucou, Thomsen et Martel comptent, main ouverte, chaque stridulation, en repliant un doigt, qui signifie une année de vie en moins). L'acteur, à ce terme, doit surprendre, se libérer de la mise en scène, faire sourdre un secret qu'il ne dévoile pas. Dans ces failles du jeu, temps faible converti en temps fort, et inversement, Garine s'engouffre, se loge, improvise toute une vie. Me demandant d'inventer un rire amer, chargé de tout un passé de souffrances et d'espoirs déçus, il me joue l'intégralité du premier acte de la pièce de Soukhovo-Kobyline : *La Mort de Tarelkine*. Il importe pour moi, selon Garine, de comprendre l'*enthousiasme macabre* de ce personnage qui, jouissant de se faire passer pour mort, découvre les pensées que les siens ont toujours nourries contre lui.

Garine n'aime rien tant que ces embardées hors de la

284

stricte répétition. Prenant la scène, l'envahissant – quitte à nous en chasser d'un geste élégant et ferme – le don, le plaisir du jeu, l'invention magistrale et fugitive, les souvenirs aussi, lui reviennent, l'enflamment, le déportent, et soudain – perdu, essoufflé, hagard –, il revient directement et spectaculairement à l'œuvre, au moment exact d'où il s'était envolé. Son retour au travail concret est foudroyant. Il monte la scène en quelques minutes, avec d'autant plus d'aisance que le comédien, chargé de ce feu communicatif, est offert, disponible, prêt à tout.

*

Le deuxième acte (la rencontre des comédiens au plus profond de la forêt) vient très lentement. Garine ne l'aborde jamais de front, comme s'il en négligeait la mise en scène proprement dite. Il décrit succintement la forme de nos retrouvailles : nous devons arriver de la salle, à cour et jardin, nous mettre chacun sur une souche dans un coin du plateau, faire nos petits et grands besoins respectifs. Infortunatov (Martel) chante une élégie de Massenet. Je reconnais sa voix, remonte mon large pantalon, et me tournant vers lui, avec cette tendre et joyeuse ironie des vieux comédiens complices que le hasard réunit, je l'apostrophe. La scène s'engage. Nous nous rejoignons, nous asseyons au bord du trou du souffleur, plein centre de la scène et de la salle, comme auprès d'un feu. Notre conversation peu à peu rend cet endroit essentiel et familier. Nous racontons nos vies, nos désillusions, nos rancunes diverses. Des noms de ville, de théâtres, de comédiens et de tragédiens ponctuent les anecdotes. Scènes de la vie d'acteur de province. Un monde bien connu de Garine. Nous

285

concevons l'esprit et l'atmosphère de cette scène. Mais quel chemin prendre ? Que faire ? Garine, mystérieux et facétieux, ajoute : qui est coupable ? Où ai-je mis mes lunettes ? Questions que chaque matin, dit-il, Staline ne manquait jamais de se poser.

Nous n'avançons guère. La scène reste une friche où l'on va au petit bonheur.

Des soirées entières. Des dimanches. Dans la salle de répétition. Dans la chambre d'hôtel de Garine, les jours où il garde le lit. Nous avons l'impression d'épuiser le temps. Naît parfois l'esquisse d'un rapport : moments (brefs) où la relation s'établit, vivante, lisible, dans les répliques et hors des répliques. Trop heureux d'éprouver cette épaisseur tant convoitée, nous poursuivons la scène sans nous arrêter ; surpris de ne pas entendre Garine sèchement nous interrompre, nous lui jetons un coup d'œil, dans l'espoir secret de le découvrir attentif, passionné – *otchin karacho*[1] ! –, nous le découvrons alors parfaitement endormi, à deux pas de nous, derrière la table, renversé dans sa chaise.

Réveillé, il reprend délicatement, de très loin, le fil de la scène. Sa parole est lasse et bienveillante. « Mes chers amis… », commence-t-il. Il a entendu notre esquisse, salue, non sans tendresse, nos tentatives comiques ou dramatiques, les petites improvisations que nous avons cru pouvoir lui plaire, mais balaie tout cela d'un geste large et fatigué. Il faut recommencer. Retour à la table, au texte. Ressaisissant son volume en charpie, il relit en russe l'une ou l'autre réplique, plusieurs fois, scande l'intonation, la chante, en fait un refrain. Se levant, délivré de sa torpeur, il digresse.

Un vieil acteur russe, amateur de vin et de femmes, est

---

1. En russe : « Très bien ! »

en tournage dans la steppe, sans alcool et sans femme. Chaque jour l'énerve et le frustre davantage. Un soir on apporte enfin de la vodka. Il se saoule toute la nuit. Au petit matin, sortant pisser, il tombe sur une oie. Il s'en empare et la viole. Un peu plus tard, dégrisé, revenant sur son acte, il déclare : « Alors elle et moi, tous deux, moi sur elle, nous nous sommes envolés… »

Grand exemple de l'*énergie de l'égarement*.

Nous répétons minutieusement un tout petit passage, plusieurs fois de suite, sans préciser ce qui se passe avant ni après. La scène comporte quelques morceaux de bravoure célèbres dans le théâtre russe pour leur pittoresque, offrant aux acteurs matière à briller. Voilà qui ennuie Garine au plus point. Surtout pas de pittoresque. Il est plus sensible à la mélancolie légère de la scène, à ses accents parfois réalistes (nous jouons de vrais comédiens) qu'à sa virtuosité comique.

*

La Forêt. Frondaisons de la salle Richelieu. L'odeur d'humus à même les fauteuils rouges. Autour du trou du souffleur, bivouac au milieu exact de la Forêt Richelieu, nous bavardons, Martel et moi, sans souci du spectateur à venir, avant même que la répétition ne commence, comme si nous étions à l'écart, dans un petit asile discret, et pourtant au cœur du théâtre. Derrière nous, Natacha, la chorégraphe, fait travailler Baron.

*

À Moscou, Garine nous demande de ne plus bouger. Mouvement intérieur, statisme extérieur. Parlons aussi simplement que possible. Les phrases doivent être

rapides, enchaînées. Elles portent et ne pèsent pas.
Parlons de nous, de notre métier, du théâtre, sans la
moindre théâtralité. Gestes mesurés et précis. Je dois
soigner mon pied avec précision pendant que je décris
ma misérable carrière d'artiste comique devenu, par
la force des choses, souffleur. Je gomme la plupart
des jeux de scène, des mimiques, des accents – tout le
pittoresque dont je n'avais pas réussi à me défaire –
qui, aujourd'hui, à Moscou, nous paraissent inutiles.

*

Il arrête la répétition plus tôt que prévu. À la façon
dont il range son livre et referme son cartable, nous
comprenons que le travail lui a déplu. Agacé par nos
remarques, il coupe court, répondra plus tard.

Le lendemain, c'est la riposte. Il parle d'un acteur
russe de la troupe de Meyerhold. Un artiste fin qui
jouait avec intelligence mais sans vie. Où veut-il en
venir ? À moi. Son regard, quoique toujours empreint
de cette chaleur affectueuse dont jamais il ne se départ,
même dans la colère, me cloue sur ma chaise. Je joue
bien. Je joue très bien. Mais quoi ? Pas de passé. Pas
d'expérience réelle qui affleure. Peu de vie. Quelle
est la « dominante » d'Arkacha (dit Fortunatov), mon
personnage ? Garine raconte l'histoire d'un comédien
qu'il fit travailler. Son talent était modeste, mais il
aimait d'un amour absolu ce métier qui le lui rendait si
mal. Lorsqu'il jouait, on s'ennuyait, la nuit était noire ;
quand il racontait ce qu'il voulait jouer, il faisait plein
soleil. Arkacha est une canaille, un destin détruit, mais
il a de la grandeur. Je dois trouver cette grandeur. À
chacun, Garine rappelle la *dominante* de son rôle. L'un
après l'autre, nous revisitons notre personnage comme

on revisiterait une maison, ses pièces, ses recoins, ses cachettes. À chacun, il raconte à nouveau le livre de son rôle, la *perspective* ou *biographie*.

*

Jusqu'à la veille de la première à Moscou, au lieu de répondre à des questions d'ordre immédiat, il s'est obstiné à reprendre le roman de nos caractères. Il les avait dessinés de manière si vivante : nous finissions par éprouver leur autonomie, parfois en nous, parfois hors de nous, fantômes errants que notre interprétation, pas toujours à la hauteur des exigences du Maître, peinait à incarner.

*

Nous traversons décidément une mauvaise passe. Fin d'après-midi maussade, agaçante, pleine de torpeur. Dans le quatrième acte, nous mesurons la distance qu'il nous faudra combler entre ce que nous faisons aujourd'hui et la description idéale que Garine nous propose. L'écart se creuse. Nos voix, nos jeux, nos gestes sont pour l'instant outrés, faux, morts. À la pause, on ne peut rien échanger d'autre que fade plaisanterie, brefs accès d'humeur, considération naïve et inutile. Le découragement l'emporte, ce soir. Lui-même, yeux baissés, ne cache pas son abattement. Anéanti par notre néant. Le vide autour de nous et en nous. Il s'en prend à Thomsen. Avec son infinie douceur coutumière, prélude aux plus lourdes remises en question, il la prie d'abord de ne pas se vexer de ce qui va suivre. Elle écoute. On aimerait voir moins son emploi qu'elle-même. Ses trouvailles sont parfois

touchantes, mais l'agitation, le volontarisme, la super-
ficialité les dispersent, les boursouflent, les détruisent.
Elle n'a pas mesuré l'amplitude de son rôle. Peut-elle
renoncer à certaines coquetteries ? Beaucoup de chemin
à faire. En sera-t-elle capable ? Qu'elle réfléchisse. Il
n'est pas trop tard pour tout arrêter. Il la remercie de
son attention. Elle s'excuse, demande de la patience,
invoque le costume, étouffe un sanglot, se tait. Rien
à ajouter. Il s'en prend ensuite, méthodiquement, sans
forcer le ton, à Martel, qui sentait le coup venir, ayant
entendu dans le réquisitoire contre Thomsen maintes
allusions à sa propre partition. Il convient sans sourciller des plus dures remarques. Dans ses membres, pas
la moindre velléité de mouvement. La chaise le sup-
porte. Les camarades Talbot, Vanhove, Baron, Clairval,
Leitner, Mante, qu'il ne ménage pas mieux, semblent
faits de la même matière morte. C'est cela : pour ne
pas endurer davantage, nous nous refusons, ce soir, à
l'existence. Il fait froid. Nous laissons ce froid nous
pénétrer, nous engourdir. La journée va finir. Nous
attendons cette fin, c'est tout, rien d'autre. Mais le
temps, saisi de la même inertie, s'arrête. L'heure ne
passe pas. Nous regardons devant la scène vide où nul
ne veut plus se risquer. Une bouteille d'eau est posée
sur la table. Nous sommes un certain nombre à en faire
notre objet d'étude. À moitié vide, on ne sait plus qui
l'a apportée, qui l'a bue. Nul ne s'y risque. Nous nous
souvenons qu'elle était déjà au même endroit la veille.
Et l'avant-veille. L'étiquette est presque entièrement
déchirée. Des bulles de vapeur en tapissent l'intérieur
et n'incitent pas à la boire. Et pourtant j'ai une soif qui
me tient depuis deux heures au moins. L'un de nous
pourrait monter à la cafétéria, chercher des boissons,
des cafés, ramener un peu de vie. Nul ne parvient à

bouger. Ma main cherche discrètement un petit bonbon à la menthe dans le fond sale de ma poche. Leitner a deviné mon intention, mais, trop loin de moi, craignant de déclencher un quelconque mouvement, n'ose pas m'en réclamer. Me regarde en silence porter à ma bouche la pastille blanche. Je laisse fondre.

Je ne suis pas loin de penser que l'aventure pourrait s'arrêter là. Il rentrerait à Moscou. Ne vaut-il pas mieux renoncer maintenant, plutôt qu'aller droit vers cet échec ?

Rien n'a changé ni n'a bougé, mais quelque chose renaît. Garine tarabuste la boucle de son vieux cartable. Je viens d'apercevoir une brève lueur dans son regard. On entend un tout petit filet de voix. Nina, la traductrice, se penche vers lui, au plus près de son murmure infiniment fragile et délicat. Il garde la tête baissée. Nina parvient miraculeusement à tramer sa propre voix dans le suspens, dans le frêle souffle de Garine. Il parle de Dorval, de la voix de Dorval, qui est la vie même. Il aime la musique de la voix de Dorval. Parlant de Dorval, il aime entendre affleurer dans sa voix l'accent d'un passé tragique, dont il ne connaît pas l'histoire, entend préserver le secret. Il parle de Granger, dont il se sent frère, comme s'il l'avait toujours connu, puis de Baron, qu'il connut lors d'un exercice d'élève au Conservatoire, et qui a mûri, puis enveloppe Vanhove, Talbot, tous les autres dans un même élan d'affection et de confiance retrouvées.

Thomsen parle toute seule, à l'écart. L'air d'une folle. Elle demande à reprendre la scène avec Dorval.

Bouche immobile, je ne mâche plus. Un effluve nouveau me parcourt. Thomsen et Dorval jouent à la perfection. Nous enchaînons le quatrième acte. C'est la sortie de l'ornière. Le texte nous vient autrement, teinté d'une couleur imprévue. La mélancolie nous a quittés. Corps et voix allégés, désaffublés, vont grand train. Plaisir d'improviser de grands passages. La sensation de dépouillement est si vive que nous nous croyons réellement nouveaux dans ces répliques jusque-là rebattues, mécaniques. Chacun entre dans la sarabande à son moment exact, sans un geste de trop. Le ton est doux et vif. Rien ne peut empêcher le bonheur de cet achèvement dans l'inachevé, de cette perfection provisoire. Garine virevolte, le chapeau de Martel sur la tête. Dans la vitesse même du jeu, il ajoute mille indications, que les acteurs entendent et n'entendent pas, qu'ils reçoivent et oublient, négligent et avalent. « Et maintenant, vous allez jouer comme vous voudrez », dit-il, à la fin de l'acte. Et puis s'en va.

*

Aujourd'hui, les choses vont vite. La scène est accueillante. La chorégraphe résout de nombreux problèmes d'interprétation en dessinant les gestes, les pas, les bonds, les arrêts. Attitudes nouvelles. Sentiments et intentions sont exposés d'un trait. La musique enfle nos voiles. Les larmes aux yeux, j'admire l'entrée des Vosmibratov, marchant l'un dans l'autre d'un même pas. Sur la musique, le père saisit son fils au col et le fait tourner autour de lui-même et sur lui-même. Puis le fils reprend sa place dans leur attelage comique. Garine fait inlassablement reprendre cette entrée, autant pour la perfectionner que pour satisfaire son goût du jeu de scène musical et théâtral. Leitner et Clairval, épuisés par les reprises, n'ont plus conscience de la bouleversante beauté de leur duo.

Deux ans plus tard, à Moscou, Garine s'est montré moins attentif aux mouvements chorégraphiés. Il cherchait même un certain statisme. Néanmoins, l'ensemble du système de jeu, construit sur les attitudes et sur l'enchaînement de ces attitudes dans une gestuelle stylisée, demeure. Il est maintenant si incorporé qu'on ne s'y arrête guère. Il fait partie de la grammaire naturelle du spectacle.

Natalia Dabbadie, notre chorégraphe, est morte. Nous n'aurons pas retravaillé avec elle. Et pourtant son travail était présent dans chacune de nos silhouettes. J'entends sa voix qui infléchit, varie, achève chacune de mes postures.

Chaliapine avait beaucoup de caractère. Un jour que le tsar réclame instamment qu'il se produise pour la cour, le grand chanteur refuse, voulant être payé, et déclare : « Il n'y a que les oiseaux qui chantent gratuitement. » Garine aime évoquer les extravagances de Chaliapine, comme celles de tous les artistes de cet acabit.

Un comédien de la troupe que Garine dirigea à Leningrad arrive un jour en retard à la répétition. Ainsi s'excuse-t-il : « Pardon. Mais je suis artiste. Je suis en retard, oui. C'est mon droit. J'ai eu un moment de tristesse. Je me suis arrêté pour réfléchir. Je suis artiste. Je suis allé aux toilettes. Et j'ai perdu la sensation du temps. C'est mon droit. » Ce comédien était à vrai dire presque systématiquement en retard, mais les excuses qu'il présentait étaient toujours si inventives, si lyriques, si démesurées que l'on préférait qu'il vînt en retard, pour le plaisir d'en entendre de nouvelles.

*

De part et d'autre de la scène, deux phonographes tendent leur très large pavillon vers la salle. Le Maître, aujourd'hui, est en colère contre un comédien. Las de ces emportements quotidiens, je n'y prête guère d'attention, je rêvasse. J'imagine un châtiment qui serait dans l'esprit de Garine : l'acteur fautif place sa tête dans le pavillon du phonographe, relié à un tube dans lequel Garine lui-même souffle d'un coup sec, à pleins poumons. Grand bruit qui ressemble à un gigantesque barrissement. Le coupable extirpe sa tête assourdie, et reprend le travail. Jour après jour, de grands barrissements retentissent dans le théâtre.

*

Garine demande à Baron de sortir lestement en donnant une pichenette sur le pavillon, qui déclenche la musique. Baron l'exécute avec la grâce du jeune athlète que décrit Kleist dans son court traité sur la vie des marionnettes. C'est avec cette même grâce qu'il travaille longuement l'exercice de gymnastique du premier acte, sous le regard de Madame Gourmijskaïa, dont le désir s'enfièvre : *comme je suis jeune, dans l'âme.*

*

À Moscou, regardant Baron répéter, je me suis souvenu de son accident. Nous n'étions pas loin des dernières représentations à Paris. Un soir, Baron se prit les pieds dans un fil électrique et trébucha. Son coude heurta violemment une souche du décor. Nous étions au quatrième acte. Martel et moi, alors sur le plateau, nous tenions dans l'ombre de la gloriette. Martel me fit remarquer que Baron avait une voix plus faible qu'à l'accoutumée. Je prêtai l'oreille : en effet, son timbre était presque éteint, comme s'il était endormi, drogué. Il joua toute la scène ainsi et, n'y tenant plus, quitta le plateau, bientôt suivi de Thomsen, qui comprit la gravité du mal. La salle gardait le silence devant le vide, où seules deux ombres immobiles (Martel et moi, sous la gloriette) demeuraient ; croyant à un effet de mise en scène, le public attendait sans doute que l'action, curieusement interrompue, reprît à notre initiative. Le rideau tomba enfin. Nous nous précipitâmes en coulisses. Des pompiers encombraient le couloir où une habilleuse, à la vue du bras démis de notre camarade, avait tourné de l'œil. Baron gisait sur un divan du foyer, livide, suant et gémissant. Deux pompiers l'examinaient précautionneusement, en attendant l'ambulance. Les acteurs affluaient. Le médecin de service se faufila près de lui et, lui saisissant le bras, faisant valoir sa qualité de spécialiste, déclara que, les muscles étant chauds, il pouvait remettre l'os en place. Il s'y employait avec rage, tandis que Baron, dont les traits se creusaient toujours davantage, laissait échapper des cris de pure et insoutenable douleur. Dans les retours, le semainier, ne sachant estimer la gravité de l'accident, faisait patienter le public. Le médecin ne perdait pas espoir de voir Baron remis sur pied et retourner en scène. Il en faisait une question d'honneur personnel. Je ne pus supporter davantage le spectacle de la trop vive souffrance de notre camarade, demandai à ce tortionnaire d'en finir, et que l'on prononçât l'annulation de la représentation. Thomsen était au bord des larmes ; Mante allait bientôt perdre aussi connaissance ; l'habilleuse, à peu près remise, tremblait comme une feuille ; chacun donnait son avis haut et fort. Le médecin, piqué de notre défiance, entendait poursuivre sa manipulation. « Ça vous fait mal ? » condescendait-il à demander à notre camarade, que la fièvre envahissait et dont tout le visage annonçait une syncope imminente. L'ambulance arriva. Le médecin s'en remit à l'hôpital, mais jurait qu'il avait déjà rebouté ainsi des artistes, jugeant peut-être Baron un peu trop douillet. Quand celui-ci apprit que nous venions d'interrompre définitivement la représentation, la tristesse le submergea. Ses gémissements furent alors moins de douleur que de remords. Nous tâchions de le consoler. On l'emporta.

Baron m'a toujours frappé par la solidité, la maturité de son travail et de son talent, et par la fragilité, presque maladive (minceur extrême, pâleur, voix gracile), dont toute sa personne est empreinte. J'attribuai, sans doute à tort, une signification particulière à cet accident. (Je me méfie du caractère forcé de mon analyse, par le goût que j'ai de donner un tour légendaire aux péripéties survenues au cours de ce spectacle.)

Mais Baron fascine en ce qu'il inspire toujours un mélange de plaisir solaire (jeunesse éclatante) et d'inquiétude sourde (fragilité romantique). Les deux composantes produisent un art d'une surprenante délicatesse.

Ayant beaucoup travaillé, beaucoup joué depuis son entrée à la Comédie-Française, n'en était-il pas venu à un point de rupture ? Ce qui faisait sa force le mettait aussi en péril. J'ai cru voir dans l'accident un passage : la perte de l'état de grâce et d'insouciance, *prélude nécessaire à la formation véritable de l'artiste. (Kleist décrit parfaitement ce deuil nécessaire.)*

À Moscou, Baron joua son rôle avec une autorité nouvelle, beaucoup plus d'humour, et composa magistralement la tartufferie de son personnage. Il n'a rien perdu de sa fragilité, qui ne semble toutefois plus être la conséquence d'une fatigue, d'une faiblesse, mais une qualité incorporée, principe d'une grande force expressive.

Plus manifeste et plus éclatante encore apparaît la jeunesse de Baron dans ce choix qu'il a fait de quitter la troupe de la Comédie-Française à la fin de l'année. Il ne sait pas vraiment ce qu'il fera, mais le souhait de jouer ailleurs, autrement, avec d'autres, l'a emporté. J'ai salué, et tous les camarades aussi, le libre courage, le souci de justesse, de sincérité qu'il a dû mettre dans sa décision.

*

La lenteur. Tous assis. Revenus dans la salle de répétition. Salle de punition. On relit. Nous étions sur le plateau et nous retournons à la table. Table de reconstruction. Paroles liturgiques. Les mêmes choses. Rumeur de fatigue et de rengaine. Les chemises, les pantalons, les gilets de répétition sont sales et déchirés. Une paresse infinie. Garine n'a plus envie de rien et nous non plus. D'où viendra le branle ? Pourquoi recommencer à soulever le temps ? Nous revenons à des scènes mille fois travaillées tandis que d'autres sont à peine défrichées. On fait l'inventaire de ce qui tient debout. Presque rien. Nous avons tous vieilli. Pendant que cette après-midi s'étire et se perd, Garine déclare qu'il ne nous reste plus de temps, qu'il faut profiter du peu d'heures qui nous seront comptées. Et plus rien ne se passe. Quelqu'un va aux toilettes. Nous le regardons partir. Nous l'envions de son envie. Pendant quelques minutes, ses gestes auront un sens. Le voilà retiré de notre monde appauvri.

*

Malade, Garine ne viendra pas aujourd'hui. Nous répétons avec Nina, la traductrice. Pendant un moment de détente, elle me demande pourquoi j'*aggrave* mon rôle. Je cherche à me délester de tout jeu outrancier, je travaille la part tragique du personnage, je suis la direction que Garine m'a indiquée, je… Elle approuve et s'excuse de m'avoir dérangé. Je tombe de perplexité. N'aurait-elle pas raison ? Ne suis-je pas en train de basculer dans l'envers ? Ne dois-je pas, avant toute chose, préserver la gaieté naturelle de Fortunatov, *dominante* contenue dans son nom même, en russe et en français, opposée structurellement à la *dominante* mélancolique d'Infortunatov ? Je reviens vers Nina et lui demande de préciser sa remarque. Elle s'y refuse et m'assure de la qualité de mon interprétation. J'insiste. Elle désigne trois moments. Martel me regarde à la dérobée. Je sens qu'il approuve. Je reprends avec lui les deux scènes concernées. Je me désencombre de quelques accessoires, change deux déplacements, accélère le rythme. Trois fois de suite nous refaisons la scène. Je m'y sens mieux. Martel et la traductrice font le même constat. Qu'en pensera Garine ?

Le lendemain, le voici à sa place habituelle. Au cours du filage, je joue les deux scènes avec les modifications apportées la veille. Si l'exécution m'en paraît moins bonne, je sens néanmoins la justesse de l'intention.

Le Maître enregistre ces changements sans plus de commentaire. Je ne suis pas sûr qu'il ait rien remarqué.

*

Les deux générales sont très bien accueillies. La salle applaudit longuement. En saluant, je considère ces bouquets de têtes radieuses, ces yeux pleins de reconnaissance, ces mains levées qui battent en saccade, et je m'incline dans une ivresse qui me donne des larmes. Lorsque Garine vient saluer à son tour, le public redouble de ferveur. Les saluts se désorganisent. Le rideau se relève sur les acteurs dispersés qui tâchent de rappeler Garine et ses collaborateurs ; ils se dérobent puis reviennent aux rappels successifs, s'inclinent humblement devant les applaudissements.

Vin d'honneur au foyer des artistes. Garine s'est rasé la barbe et porte un gilet que nous lui avons offert. Il y a des toasts, des serments, des rires, de nouveaux applaudissements, des visages russes que nous ne connaissons pas et qui n'économisent pas leur enthousiasme. Acteurs de l'Atelier de Garine, amis de passage, compatriotes, tous boivent et fêtent le Maître. Il nous serre dans ses bras, et nous soulève du sol, l'un après l'autre. Nous sommes ses enfants ce soir-là. Pour ma part, je suis très mécontent de ma prestation. Tandis que la rumeur joyeuse du succès se répand de la salle aux couloirs, des couloirs aux loges, des loges aux foyers, des foyers à la rue, la crainte d'avoir déçu Garine me rend un peu étranger à la fête. Celle-ci n'en est pas gâchée pour autant. Rien ne peut l'empêcher, tant les amis, les familles, les comédiens, les spectateurs de tous bords, affluant au foyer, ne cessent de nous féliciter. Ma tristesse devient minuscule ; démentie par les faits, noyée dans le champagne, elle n'est bientôt qu'une petite coquetterie de mon orgueil. Garine me soulève à nouveau de terre. Son mufle sur mon nez. Ses yeux. Des Russes me saisissent, me placent au milieu d'eux et nous nous faisons tous photographier. Je les embrasse à pleine joue.

*

Sur la photo, il y a notre chorégraphe, Natacha. Elle porte perruque, n'a pas deux ans à vivre. Je ne me suis rendu compte de rien.

*

À Moscou finit l'histoire de La Forêt.

Dans le foyer du Théâtre d'Art, les acteurs du passé ont chacun leur portrait, sous lequel trois petites photos les présentent dans trois de leurs meilleurs rôles. Cela va de Stanislavski lui-même jusqu'aux années 1990. Tchekhov est là aussi, et Gogol, Dostoïevski, Tolstoï, Maïakovski.

Garine donnait à la répétition un rythme tendu, inquiet, haché. Tantôt il s'obstinait inexplicablement sur deux répliques dont il faisait retravailler les moindres intentions et intonations, tantôt il laissait filer la pièce sans intervenir.

Au deuxième acte, j'attendais mon entrée dans un réduit minuscule donnant sur la salle, dont j'étais séparé par un vieux rideau. En l'écartant du doigt, j'entrevoyais la scène qui précédait. Dans une bouffée de musique qui accompagnait son élan juvénile et passionné, Ania (Mante) courait du fond vers l'avant-scène, très vite, passait in extremis *sous le tulle qui* tombait juste derrière elle, se jetait dans les bras de Piotr (Leitner). J'avais depuis toujours, à tout moment, tout aimé de cette scène : le chant d'amour à deux voix qu'allongés (Mante reposant sa tête sur le ventre de Leitner), ils semblaient faire monter vers les cimes des arbres ; le soupir léger, sensuel, dont Mante scandait les strophes de la chanson ; l'envolée enthousiaste et comique de Leitner qui prenait soudain Mante sur son dos et, courant de droite à gauche et retour, mimait le voyage qui, de Kazan à Saratov, les eût fait échapper à la tyrannie sociale qui les séparait. Mante riait, puis, inquiète, demandait à Piotr d'arrêter ce jeu ; il la déposait, précautionneux et délicat ; s'agenouillait, écoutait son ventre. Silence. On comprenait alors qu'elle était enceinte. La scène basculait : ce n'étaient plus deux jeunes premiers dont l'innocence et l'audace nous charmaient, mais un couple traqué, qui ne savait comment s'en sortir, comment trouver de l'argent. Amers, ils en venaient à évoquer un double suicide.

À deux pas de mes camarades, cueilli au vif, les larmes aux yeux, j'écoutai. Rien qui ne m'enchantât : la beauté de leur échange, leurs voix accordées, infléchies des nuances les plus tendres, l'allégresse tenue, l'ironie désespérée. Mante et Leitner étaient au meilleur d'eux-mêmes dans cette après-midi difficile. Garine ne commenta pas la scène, accéléra la répétition, nous demanda de sauter plusieurs passages, voulant en finir avec cet acte.

Pendant que nous répétions, des petites vieilles – les « petites mères » – s'affairaient au ménage. Munies de petits balais de paille, elles passaient sans un regard, sans un mot, sans un bruit.

Les jours où l'on jouait, à cinq heures, par toutes les portes de la salle, courbées, lentes, résolues, elles entraient avec leur petit balai, commençaient leur rituel, replaçant les chaises, essuyant les balcons, balayant les allées, sans un bruit, sans un mot, sans un regard.

L'après-midi de la dernière représentation, nous avons visité le Studio de Stanislavski, à quelques pas du Théâtre d'Art. C'est une petite salle très claire. Une vieille dame faisait le guide. Il y a des chaises soviétiques rangées selon deux axes en quinconce. Trois fauteuils sur le côté droit : celui du milieu est ancien, oriental ; les deux autres sont en vieux cuir noir. Sur une photo, le Maître est assis sur le fauteuil de gauche. Un piano. Au fond, la scène surélevée, modeste, encombrée de quatre colonnes ouvragées, offre peu de surface. C'est une estrade plus qu'une scène, de celles qu'on trouve dans les théâtres de société, d'amateur ou de patronage. L'acoustique est douce. Derrière un vieux rideau, que la « petite mère » tira avec précaution, une belle table ancienne, deux fauteuils de part et d'autre, un divan, d'autres chaises, formaient le seul décor possible.

Dans ce lieu minuscule, Stanislavski donna ses cours, fit travailler ses acteurs, mit au point ses exercices. Nul besoin de porter la voix. On comprend pourquoi la rencontre du cinéma et de son enseignement fut si riche. Les acteurs américains sont nés ici. La guide précisait la matière, la provenance et l'usage de chaque objet. Je restai au pied de la petite scène. La clarté, la douceur, la modestie de la salle faisaient toute ma joie. Je ne m'attendais pas à ce qu'elle soit si petite. Nous étions comme au cœur d'un très clair secret, gardé, préservé par quelques petites vieilles, qui veillaient à ce qu'on ne s'attardât pas trop. On s'attarda. Sur la scène, nous étions si à l'étroit que nous ne bougions pas. Les « petites mères » s'étonnaient de nous voir assis *longtemps et silencieux. J'avais envie – je n'étais pas le seul – de m'essayer en douceur. Jouer tout un rôle, ici même, dans ce fauteuil étroit. Il n'y aurait eu qu'à l'évoquer, l'effleurer, à peine le circonvenir. Assis, buste droit vers le public, mains reposées, l'une sur la table, l'autre sur la cuisse, le rôle tout entier contenu dans quelques expressions – des pensées plutôt – et quelques gestes. Devant une assistance parfaitement visible, à la seule lumière du jour, déposer les premiers mots dans l'espace limpide, souffle léger. Habillé de noir, chemise blanche, dans la couleur de pain du Studio. Reprendre ainsi tout Le Misanthrope. Rakitine. (Ainsi le jouait Stanislavski, statique, dans un fauteuil, tout en mouvement d'âme.) Platonov : désespéré, saoul, à moitié fou, rester néanmoins assis, main sur la table, main sur la cuisse : « Elle est partie ? Elle est partie... Peut-être qu'elle n'est pas partie ? Adieu femme que j'aime... Et je ne la reverrai plus... elle aurait pu rester cinq minutes de plus... »*

Dans cette petite salle, Garine a dû venir bien souvent. Qui n'aimerait pas travailler là quelque temps avec lui, dans la lumière de pain et de bois clair ? Nous qui avions imaginé ce laboratoire de découverte encombré, désordonné, sombre et vétuste, nous ne pouvions envisager là que des passions paisibles, des conseils mesurés, une ferveur silencieuse. Un théâtre translucide.

Je suis tombé sur cette phrase de Stanislavski : « La principale différence entre l'art de l'acteur et les autres arts réside en ce que n'importe quel autre artiste peut créer au moment où lui vient l'inspiration. L'artiste dramatique doit être maître de son inspiration et savoir la faire surgir aux heures et jours indiqués sur l'affiche. » Voilà qui nous emmena précipitamment

au Théâtre d'Art où nous devions bientôt commencer
la dernière représentation de La Forêt.

*

Garine, pris d'un malaise, ne resta pas jusqu'au
bout. Nous ne l'avons pas revu. « I hope we will work
again together », m'a-t-il dit au téléphone. J'en ai rêvé.
Apprendre le russe ? Venir à Moscou, y vivre et jouer,
jouer ici même ?

Dessin Jean-Paul Chambas.

Remerciements

Certains textes ont déjà fait l'objet d'une publication : dans *Les Cahiers de la Comédie-Française*, d'abord, grâce à l'attention de Jean-Loup Rivière. Grâce ensuite à mon ami Jean-Baptiste Goureau, dans la revue littéraire *Le Nouveau Recueil*. Une dizaine de textes parurent dans plusieurs numéros, et je dois aux conseils, aux corrections, au regard exigeant et précis de cet ami l'énergie qui m'a permis d'aboutir au livre. J'aimerais, si l'amitié n'enlevait à ce souhait toute forme d'objectivité et de désintéressement, et bien que mon style ne soit pas à la hauteur du sien, que ce livre, du côté de la scène et de l'acteur, soit le pendant de son *Rappels*, demi-roman d'un spectateur.

Mais c'est à la persévérance, à la patience, à la délicate et amicale insistance de Michel Archimbaud que je dois de publier le livre.

*

Je remercie également Jean-Paul Chambas, qui m'a fait l'amitié de réaliser les dessins présents dans le livre, mais aussi Emmanuel Bourdieu, Yves Charnet, et mon frère Bruno, qui furent déterminants pour des raisons qui leur échapperont sans doute.

Je remercie tout spécialement ma discrète et délicate première lectrice, Aliette Martin, qui, dans son petit bureau de la Comédie-Française, sait tout de la vie d'acteur.

Table

RÉALISATION : NORD COMPO À VILLENEUVE-D'ASCQ
IMPRESSION : CPI FRANCE
DÉPÔT LÉGAL : SEPTEMBRE 2014. N° 118603-4 (2040858)
IMPRIMÉ EN FRANCE